Femme fatale... ou presque

MISHA BELL

♠ MOZAIKA PUBLICATIONS ♠

Dépôt légal © 2022 Misha Bell
www.mishabell.com/fr/

Publié par Mozaika Publications, une marque de Mozaika LLC.
www.mozaikallc.com

Couverture par Najla Qamber Designs
www.najlaqamberdesigns.com

Photographie par Wander Aguiar
www.wanderbookclub.com

Traduction : Annabelle Blangier pour Valentin Translation

e-ISBN : 978-1-64366-549-8
ISBN imprimé : 978-1-64366-551-1

CHAPITRE

Un

J'ENFONCE mon doigt dans le trou de balle en silicone de Bill.

— Qu'est-ce que tu fous ? s'exclame Fabio dans un murmure horrifié. Tu pousses trop. Tu dois être délicate. Aimante.

Je lâche un grognement frustré et retire vivement ma main.

Le trou de balle de Bill émet un bruit de succion étrange.

— Tu vois ? rétorqué-je. Mon doigt lui manque. Ça ne devait pas être si désagréable que ça.

— Écoute, Blue, lâche Fabio en étrécissant ses yeux ambrés. Tu veux que je t'aide, ou pas ?

— Très bien.

Je lubrifie mon doigt et examine à nouveau ma cible. Bill est un torse en silicone dépourvu d'une tête avec des abdos, un derrière et un sexe – à moins qu'il s'agisse d'un godemichet ? – dur et saillant, en temps normal,

1

en tout cas. En ce moment, le pauvre est écrasé entre le ventre de Bill et mon canapé.

— Et si tu faisais comme si c'était ta chatte ? suggère Fabio en plissant le nez de dégoût. Je suis sûr que tu ne l'enfonces pas comme un bouton d'ascenseur.

— En général, je frotte mon clitoris quand je me masturbe, maugréé-je tout en ajoutant un peu de lubrifiant sur mon doigt. Ou bien je me sers d'un vibromasseur.

Fabio émet un bruit de haut-le-cœur.

— Tu ne me paies pas assez pour que j'écoute ce genre de trucs.

Avec un soupir, je fais tourner mon doigt plusieurs fois autour de l'anus de Bill d'un geste séducteur, avant de le pénétrer lentement du bout de mon index.

Fabio hoche la tête, j'enfonce donc mon doigt un peu plus loin, m'arrêtant à la première articulation.

— C'est beaucoup mieux, approuve-t-il. Maintenant, vise entre son nombril et sa queue.

Je grimace. Je déteste le mot « queue », parce que ça me rappelle les queues des oiseaux, et que je hais tout ce qui a trait aux oiseaux. Mais je fais quand même ce qu'il me dit.

Fabio secoue vivement la tête.

— Ne plie pas le doigt. L'idée est d'aguicher.

Je retire mon doigt et recommence.

Cette fois, mon doigt entre en restant bien droit.

— Hum, lâché-je une fois que je suis enfoncée jusqu'à la deuxième articulation. Il y a quelque chose ici. On dirait une noisette.

Fabio ricane.

— C'est une noisette, andouille. Je l'ai fourrée là-dedans à des fins pédagogiques. La prostate, ou point P, est à peu près là où tu te trouves en ce moment, mais la vraie est plus douce et lisse. Maintenant que tu l'as trouvée, masse-la délicatement.

Pendant que je donne du plaisir à la noisette de Bill, Fabio secoue le mannequin pour simuler la manière dont réagirait un vrai homme. Puis il se met à émettre des sons pour Bill, en mettant à profit tous ses talents de star du porno.

« Bill » gémit et grogne jusqu'à connaître « le meilleur P-gasme du monde », selon les mots de Fabio.

Je retire à nouveau mon doigt. Mes sentiments sont mitigés quant à cet accomplissement.

Fabio me prend le menton et me fait lever la tête.

— Montre-moi ta langue.

Avec l'impression d'avoir cinq ans, je tire la langue.

Il secoue la tête d'un air désapprobateur.

— Elle n'est pas assez longue.

Je la rentre dans ma bouche.

— Assez longue pour quoi ?

— Pour atteindre la noisette, bien sûr, répond-il avec un soupir théâtral. Je suppose que je vais faire avec ce que j'ai.

Argh. J'ai le droit de le gifler ?

— Et si on se concentrait sur son pénis ?

Avec un autre soupir, il retourne Bill.

— Tu as pris les pastilles, comme je te l'ai demandé ?

Pour la millième fois, j'éprouve des doutes concernant mon instructeur. L'objectif de cet entraînement est simple : je veux devenir espionne, ce qui nécessite d'obtenir certaines capacités de séductrice/femme fatale. Imaginez le personnage de Keri Russell dans *The Americans*. D'après son histoire dans cette série, elle a étudié dans une école d'espions flippante qui leur apprenait la séduction. En fait, on entend souvent parler de ce genre d'établissements dans les films avec des espions russes – comme récemment dans *Anna*. Hélas, ces institutions sont plus dures à trouver dans la vraie vie. J'ai donc décidé d'engager un professionnel, mais la prostituée à qui j'ai demandé de l'aide a refusé. Idem avec les stars du porno féminines que j'ai contactées sur les réseaux sociaux. En dernier recours, je me suis tournée vers Fabio, un ami d'enfance devenu star du porno masculine. En tant qu'acteur de porno gay, il affirme savoir donner du plaisir à un homme mieux que n'importe quelle femme.

— Oui, j'ai sucé les pastilles, acquiescé-je. Ma gorge est engourdie et je sens à peine ma langue.

— Super. Alors enfonce-moi ce zguège au fond de ta gorge, m'intime Fabio en pointant Bill du doigt.

Je scrute le membre de Bill avec appréhension.

— Tu es sûr ? Les pastilles ne risqueraient pas d'engourdir le pénis ? Si Bill était réel, je veux dire.

— Bill, répète-t-il en levant un sourcil.

Je hausse les épaules.

— Je me suis dit que si je devais avoir des relations sexuelles avec lui, il ne devrait pas rester anonyme.

Fabio me tapote l'épaule.

— Les pastilles servent juste à te donner un peu plus d'assurance. Une fois que tu auras vu que ça rentre, tu seras plus détendue le jour où ça arrivera vraiment, et tu n'auras pas besoin de t'engourdir. Ne t'en fais pas. Je vais t'apprendre la respiration adéquate et tout ça. Tu seras bientôt une pro.

— OK.

Je retire ma perruque sexy et la pose sur le canapé. Avant que Fabio ait pu faire la moindre remarque, je lui assure que le jour où ce genre de situation m'arrivera vraiment, je la garderai sur ma tête.

Désormais plus à l'aise, je me penche et prends Bill dans ma bouche, aussi loin que je le peux.

Mes lèvres touchent la base en silicone. Waouh. Je n'ai jamais réussi à avaler aucun de mes ex aussi loin – et ils étaient aussi gros que ça. J'ai très facilement des haut-le-cœur. Même une brosse à dents me pose parfois problème, quand je m'en sers pour me laver la langue. Cependant grâce à l'engourdissement, le godemichet en silicone est entré en entier.

C'est intéressant. Ces pastilles pourraient-elles aussi aider à supporter la torture par l'eau ? Si je veux devenir espionne, je dois apprendre à supporter la douleur, au cas où je serais capturée. Bien sûr, la torture par l'eau n'est pas ce que je crains le plus. Si l'ennemi a accès à un canard – ou à n'importe quel autre oiseau, pour tout dire – je révélerai tous les secrets d'État que je connais pour maintenir cette monstruosité à plumes loin de moi.

Oui, OK. La CIA avait peut-être une bonne raison de rejeter ma candidature. D'un autre côté, dans *Homeland* – une autre de mes séries préférées – on laisse Claire Danes rester dans la CIA malgré tous ses problèmes. Ce qui me rappelle que je dois m'entraîner à faire trembler mon menton sur commande.

Fabio me donne une tape sur l'épaule.

— Ça suffira.

Je me désengage et déglutis pour avaler l'excès de salive.

— C'était pas si mal. Je dois recommencer ?

Il secoue la tête.

— Je pense qu'il te faut un petit boost de motivation.

Je sais de quoi il parle, alors je sors mon téléphone.

— Oui, approuve-t-il en se frottant les mains comme un méchant des premiers James Bond. Montre-moi à nouveau la photo.

J'affiche l'image de nom de code : Sexy McEspion.

Cette photo a été prise par un agent du FBI sous couverture, parce qu'il traquait l'un des hommes figurant dessus, mais ce n'est pas ma cible. Non. Tout le monde pense que Sexy McEspion n'est qu'un type normal, alors que *moi*, je pense qu'il s'agit d'un agent russe.

Fabio émet un sifflement.

— Quels magnifiques spécimens masculins.

C'est vrai. Sur la photo, un groupe d'hommes extrêmement délicieux est assis autour d'une table, dans un *banya* à la mode russe – un hybride entre un hammam et un sauna – vêtu uniquement de serviettes et, dans le cas de Sexy McEspion, une paire de lunettes d'aviateurs antireflet qui doivent disposer d'un revêtement anti buée. Avec la sueur qui perle sur les muscles brillants de tout le monde, ils ressemblent à un rêve érotique personnifié.

— Ils jouent au poker, précisé-je. C'est pour ça que je prends des leçons de poker.

— Oui, j'avais deviné vu que la photo s'intitule « Hot Poker Club », répond Fabio, en énonçant les trois derniers mots d'un ton réjoui. Tu te rends bien compte que ça ressemble au titre d'un de mes films ?

Je hausse les épaules.

— Cette photo a été nommée par un agent du FBI, pas par moi. Ils en avaient après un autre des hommes présents dans cette pièce, et je les aidais au nom de la collaboration entre agences.

Fabio tapote l'écran pour zoomer sur Sexy McEspion.

— Et c'est lui que tu veux ?

Je hoche la tête et étudie à nouveau l'image. Sexy McEspion est celui qui a les muscles les plus durs, parmi ce groupe d'hommes impressionnants. C'est aussi lui qui a la mâchoire la plus carrée. Ses traits ciselés et masculins sont vaguement slaves, et c'est la première chose qui m'a rendue soupçonneuse. Ses cheveux sont blond foncé et aussi soignés que dans une pub pour le shampoing. Même mes perruques ne sont pas aussi belles.

Je ne serais pas surprise d'apprendre que cet homme est le résultat d'une expérience menée par des généticiens slaves tentant de créer un spécimen mâle parfait/super-soldat/agent de terrain. Et je ne serais pas choquée non plus de découvrir qu'il a servi d'inspiration pour la version russe d'une poupée Ken (Ivan A. Grospaquet ?) Même si je ne le prenais pas pour un espion, j'aurais infiltré ces parties de poker rien que pour lui arracher ces stupides lunettes de soleil et voir ses yeux. Même si je les imagine très bien…

— Tu baves, remarque Fabio. Non pas que je puisse t'en vouloir.

Je manque de m'étrangler avec ma salive traîtresse.

— C'est faux.

— Oui, c'est ça. Sois honnête, tu en as après lui parce que c'est peut-être un espion, ou parce que tu veux l'épouser ?

— La première option, assuré-je en cachant mon téléphone. Espion ou pas, le mariage est hors de question pour moi. Mon attitude actuelle s'agissant des relations amoureuses a presque le même acronyme que l'agence pour laquelle je travaille : SA, sans attache. Mais ce n'est pas le sujet, de toute façon. Si j'arrive à exposer un espion à moi toute seule, la CIA sera obligée de me remarquer et de réexaminer leur rejet de ma candidature. Et même s'ils ne m'embauchent pas, j'aurais rendu l'Amérique plus sûre. Les espions russes sont toujours l'une des plus grandes menaces pour notre sécurité nationale.

— C'est ça, c'est ça, répond Fabio. Et le fait qu'il soit sexy n'a rien à voir avec ton intérêt spécifique pour lui.

Je fronce les sourcils.

— C'est justement parce qu'il est sexy que c'est l'agent parfait. Pense à James Bond. À Tom Cruise dans *Mission Impossible*. À…

Fabio lève les mains comme si j'avais menacé de lui tirer dessus.

— La dame fait trop de protestations, ce me semble.

Je fais un geste vers le phallus en silicone et demande :

— Je dois recommencer ? Je crois que l'engourdissement est en train de passer.

Pour une raison inconnue, je suis hyper motivée à l'idée de faire une fellation à quelqu'un.

— Si tu veux, répond Fabio en sortant son téléphone. Exerce-toi à faire ça, mais je dois y aller. Mon rencard sur Grindr m'attend.

Il me montre une photo de pénis.

— Mec, lâché-je. Tu n'as pas déjà assez de ça au boulot ?

Fabio donne une tape amusée dans l'érection de Bill, qui oscille d'avant en arrière comme un pendule coquin.

— C'est pour ça que je remercie le ciel d'être attiré par les hommes. Leur appétit sexuel est bien plus grand.

— C'est sexiste. Ce n'est pas parce que les femmes ne sautent pas sur tout ce qui bouge qu'elles ont moins d'appétit sexuel.

Il secoue à nouveau la virilité de Bill – ou sa virilité de mannequin, en tout cas.

— Si tu n'as pas la queue et l'anus endoloris en permanence, c'est que ton appétit sexuel laisse à désirer. C'est tout.

Je grimace à nouveau. Quel est le rapport entre les volatiles – ces machines à tuer – et les pénis ? Pourquoi qualifier l'organe masculin de « queue » et pas de python, de saucisse ou de cuillère à miel ? Ils seraient tous appropriés.

Fabio sourit et secoue l'appendice en question une fois encore.

— Désolé d'avoir prononcé le mot « queue ». Je suis vraiment un…

Avant qu'il ait pu terminer sa phrase, une boule de fourrure passe devant nous à toute vitesse. Le félin géant atterrit sur les abdos en tablette de chocolat de Bill et donne un coup de patte aux griffes acérées comme des rasoirs dans le phallus-pendule.

Fabio pousse un cri de fausset et fuit la scène de ce crime passionnel.

Le propriétaire des griffes est mon chat, Machette, et apparemment, il n'en a pas terminé – parce qu'il plante ses griffes dans ce qu'il reste de la virilité de Bill.

— C'est obscène, s'exclame Fabio, les jambes serrées l'une contre l'autre comme s'il avait envie d'aller faire pipi. Tu devrais emmener ton chat voir un psy.

Comme s'il avait compris les propos de mon ami, Machette lui lance un regard empli de haine féline.

Comme d'habitude, j'imagine sans mal ce que dirait Machette, si on n'était dans une dimension cauchemardesque où les chats pouvaient parler.

Le mâle en silicone ne pouvait échapper à Machette. L'autre, plus doux et en chair, sera le suivant.

— Viens par ici, mon chéri, roucoulé-je en me penchant pour prendre le chat.

Machette doit se sentir extrêmement magnanime, aujourd'hui, parce qu'il me laisse le porter et garder mes yeux.

Fabio émet un petit rire et je lui lance un regard interrogateur.

— Ton chat a essayé de tuer Bill, fait-il remarquer.

Machette lui siffle dessus.

Machette ne trouve pas ça drôle. Uma Thurman est une actrice très éclectique, mais elle ne pourra jamais jouer Machette.

Je souris.

— Il doit t'avoir entendu qualifier ça de queue, expliqué-je avec un geste vers le malheureux Bill. Mon chéri me protège des oiseaux.

Je caresse la fourrure soyeuse de Machette et suis récompensée par un ronronnement grave.

— Quand je l'ai adopté, il a tué ce qui s'est avéré être un oreiller en plumes d'oie, pour moi.

Fabio regarde la porte.

— Tout ce que je sais, c'est qu'il a l'air d'avoir participé à beaucoup de combats de rue illégaux, avant que tu l'adoptes. Et d'en avoir perdu pas mal.

C'est vrai. Machette était dans un état encore pire que ça, quand je l'ai trouvé au refuge. C'est aussi la seule fois où je l'ai vu si vulnérable.

Inutile de dire que j'ai profité de mes ressources professionnelles pour retrouver la trace de ses précédents propriétaires. Peu de temps plus tard, ils se retrouvaient mystérieusement sur la liste des personnes interdites de vol... juste avant leurs grandes vacances.

J'arrête de le caresser un moment et il crache à nouveau vers Fabio.

— Je ferais mieux d'y aller, déclare ce dernier en reculant.

Je le suis. Une fenêtre d'appel vidéo apparaît sur l'un de mes écrans accrochés au mur. Oui, j'ai plusieurs écrans suspendus aux murs. Mon installation à la maison est inspirée de tous les films où des espions épient quelqu'un depuis une salle de surveillance.

Oubliant le danger représenté par le chat, Fabio s'arrête et observe l'écran. Si mon ami était l'un des semblables de Machette, sa curiosité l'aurait tué depuis longtemps.

— C'est ma vidéoconférence avec Gia et Clarice, expliqué-je. Tu peux partir.

Fabio pince les lèvres.

— Qui est Clarice ?

— Mon professeur de poker, dis-je. Va-t'en.

Il a l'air à deux doigts de taper des pieds.

— Mais je veux dire bonjour à ma copine Gia.

— Très bien, cédé-je.

Je décroche et Gia et Clarice apparaissent sur l'écran.

CHAPITRE
Deux

LA FEMME au visage pâle qui ressemble à Morticia Addams est ma sœur, Gia – l'une des deux sœurs ne faisant pas partie de ma portée de sextuplées identiques.

Oui, j'ai cinq sœurs partageant cent pour cent de mon ADN. Gia a aussi une sœur avec qui elle partage le même ADN : sa jumelle, Holly.

Je suis un peu jalouse des jumelles. Pour commencer, elles ont moins de clones identiques d'elles-mêmes. Et puis, elles portent le prénom de nos grand-mères, alors que ma portée a reçu des noms de hippies inventés par nos parents durant un trip au LSD particulièrement long.

Prenez mon nom, par exemple : Blue Hyman. Ça ressemble à ce qu'on doit rompre pour déflorer l'un des aliens dans *Avatar*. D'un autre côté, ne font-ils pas l'amour par télépathie grâce à leurs queues de cheval flippantes ? Celles-là mêmes dont ils se servent sur leurs animaux, d'ailleurs. Oh, et mon nom est aussi très peu approprié à mon métier. Après avoir fait quelque chose – les détails sont classifiés – à quelques ordinateurs, j'ai commencé à être surnommée EBM par mes collègues, ou Écran Bleu de la Mort.

Gia se racle la gorge, son regard passant de Fabio au sexe endommagé de Bill. Elle étire les lèvres en l'un de ces sourires sournois dont elle a le secret.

— Bande de cochons.

— Dégueu, comme d'habitude, réplique Fabio en levant les yeux au ciel.

— C'est ton chéri ? demande Clarice en rajustant son chapeau de pirate.

— Non, répondons-nous en chœur.

— Oui, acquiesce Gia en même temps que nous.

Bon, bref. Ça n'a rien d'une insulte de supposer que je suis avec Fabio. C'est un homme séduisant, comme le mannequin italien sur lequel sa mère bavait au point de donner son nom à son fils. Le torse nu de ce Fabio aurait tout à fait sa place dans une romance du début des années quatre-vingt-dix.

— Très bien, admet Gia. Ce n'est peut-être pas ton petit ami, mais Blue, tu l'as déjà sucé.

— Je le l'ai pas sucé, rectifié-je. On a joué à *je te montre la mienne et tu me montres la tienne*. Une fois.

— Oui. Et ça m'a suffi, grimace Fabio.

Je dois résister à l'envie de lui jeter Machette au visage.

— Ah oui, remarque Gia. Ce n'est pas à ce moment-là que Fabio s'est rendu compte qu'il préférait les hommes ?

Je la regarde en plissant les yeux.

— Tu n'as pas prétendu avoir couché avec lui au lycée ?

Une expression rare se peint sur le visage de Gia : de la culpabilité.

— C'était une blague, répond-elle en lançant un regard entendu à Fabio. Une blague entre nous deux.

Ce n'était pas une blague et on le sait tous. Pour une raison inconnue, Gia s'est donné beaucoup de mal pour faire croire à tout le monde qu'elle était la plus dévergondée d'entre nous.

— Les filles, intervient Clarice. Ce n'est pas de cet homme dont je parlais quand j'ai demandé si c'était son chéri.

Elle pointe le doigt vers Machette et ajoute :

— Je parlais de lui.

— Oh, dis-je. *Lui,* c'est mon chéri.

Je caresse Machette sous le menton et il ferme les yeux, aux anges.

— Comment il s'appelle ? m'interroge Clarice en soulevant un beau chat Persan pour le lever vers la caméra. Voici Hannibal, au fait. *Mon* chéri.

Clarice a un chat nommé Hannibal ?

Bien sûr que oui.

Quand Machette ouvre les yeux et remarque Hannibal, il crache méchamment.

Machette n'aime pas les pathétiques excuses de chats pelucheuses et pourries gâtées. Et puis, ce n'est pas exactement la même tête que sur les boîtes de pâté Gourmet ? Machette se demande si toute cette race est une bande de cannibales.

À sa décharge, Hannibal n'a pas du tout l'air

impressionné. Soit il sait que le chat devant lui ne peut pas l'atteindre à travers l'écran, soit il est aussi brave que Machette.

— Alors, Clarice, lance Fabio. C'est quoi, cette tenue de pirate ? C'est un truc de magicien, comme le déguisement de vampire de Gia ?

Il a raison. Ma sœur et Clarice sont magiciennes et leur tenue représente leur personnage sur scène. Même si je ne vois pas trop le rapport entre la tenue de pirate de Clarice et sa spécialité : les cartes. Peut-être le poker ? Les pirates jouaient au poker et Clarice sait beaucoup de choses sur ce jeu, raison pour laquelle elle est mon professeur.

Avant que quiconque ait pu répondre, c'est au tour d'Hannibal de cracher en direction de Fabio. Et c'est peut-être mon imagination, mais j'entends des mots dans ce son : *Si tu traites encore une fois ma doublure de pirate, je mangerai ton foie avec des fèves et un bon Chianti.*

Se méprenant sur la cible de ces crachotements, Machette redouble d'hostilité. Pour la énième fois, je me demande si je pourrais le former en tant qu'acolyte-espion. Il pourrait intimider les ennemis dans certaines situations, et infiltrer des endroits difficiles à atteindre dans d'autres.

— Je dois vraiment y aller, annonce Fabio, son regard passant d'un chat furieux à l'autre. Je suis en retard pour mon rencard.

— Je t'accompagne jusqu'à la porte, proposé-je avec un sourire diabolique.

Il n'échappera pas à Machette aussi facilement.

— Pas la peine, m'assure-t-il, mais Machette et moi le suivons quand même.

Une fois qu'il est parti, je verrouille la porte de l'appartement et laisse Machette manger dans la cuisine.

À mon retour dans le salon, le chat de Clarice n'est plus devant la caméra non plus. Il doit être parti chasser, cherchant quelqu'un à dévorer.

— C'est vraiment dommage qu'il soit gay, remarque Clarice. Je serais prête à lui montrer la mienne, moi aussi, s'il me montrait la sienne.

Dommage, en effet. Fabio est sexy, et il ferait un excellent coup, s'il n'était pas attiré par les personnes du même sexe. Enfin, presque. Contrairement à Fabio, qui ne s'intéresse qu'aux chromosomes Y, je serais aussi prête à coucher avec Claire Danes, Keri Russell et quelques autres actrices ayant joué des espionnes que j'admire.

Quoi qu'il en soit, Fabio un ami que partagent les autres sextuplées, en partie parce qu'on était toutes ses petites amies de façades, au lycée. Encore aujourd'hui, je crois qu'il nous considère comme une seule personne aux multiples troubles de la personnalité.

— Je parie que Fabio est populaire, dans les films pornos où un homme gay séduit un « hétéro », lance Gia.

Je hausse les sourcils.

— Tu regardes des films pornos gays ?

Gia hausse les épaules.

– Je regarde tous les pornos. Tu as des préjugés, toi ?

Je secoue la tête. Si on met de côté les blagues

débiles, Gia est la sœur qui me comprend le mieux, même si elle ne fait pas partie de ma portée. Nous aimons toutes les deux les illusions. La magie et le métier d'espion ont ça en commun. Et puis – plus important encore – nous sommes liées à jamais par le même événement traumatisant, auquel on fait référence sous le nom de code « Massacre de la Mésange Zombie ».

Voyez-vous, nos parents vivent dans une ferme, où ils accueillent toutes sortes d'animaux – je suis totalement pour, sauf qu'une fois, ils ont adopté un oiseau appelé mésange charbonnière, aussi connue sous le nom de mésange zombie. La raison de ce second sobriquet est à glacer le sang, comme tout ce qui a trait aux oiseaux. Ces monstres se repaissent des cerveaux des chauves-souris et, occasionnellement, d'autres oiseaux – y compris les poulets. Et c'est ce à quoi j'ai assisté ce jour horrible.

Mon cœur accélère quand je revis ce souvenir.

Les coups de bec.

Les morceaux de chair.

Les bouts de cerveaux répandus partout.

Cette maudite mésange zombie, avec son bec ensanglanté et ses yeux avides d'autres cerveaux, fixés sur moi.

Le film *Les oiseaux* d'Hitchcock n'est rien comparé à ce spectacle épouvantable.

Depuis ce jour, je suis terrifiée par les oiseaux et je les évite soigneusement sous toutes leurs formes même cuisinés.

Eh, je ne mourrai pas de la grippe aviaire, au moins.

Ce que je ne comprends pas, c'est pourquoi je suis la seule à penser comme ça. Les oiseaux sont des dinosaures. Tout le monde a vu *Jurassic Park*. Les vélociraptors n'étaient-ils pas effrayants ? Si. L'auraient-ils été encore plus, si les réalisateurs du film n'avaient pas eu la décence d'éviter de les représenter comme il se devait, avec des plumes sur le corps ? Bien sûr que oui.

Oui, vous avez bien entendu. En réalité, les vélociraptors avaient des plumes et faisaient la taille d'une grosse dinde.

Une vraie vision d'horreur.

— Eh, petite sœur, je plaisantais, lance Gia, se méprenant sur la raison pour laquelle mon visage est devenu aussi pâle que le sien. Et si on passait aux choses sérieuses ?

— Bien sûr, acquiescé-je en balayant ces terribles souvenirs. Allons-y. La partie a lieu ce soir.

— Par la glande surrénale d'Houdini, lâche Gia. Tu es prête ?

Je lève un doigt et commence à énumérer :

— J'ai passé en revue tout ce que m'a appris Clarice.

Je lève un autre doigt.

— J'ai regardé une nouvelle fois *Casino Royale*.

Troisième doigt.

— J'ai vu *Les Joueurs* pour la première fois et comme me l'avait dit Clarice, John Malkovich était incroyable en agent du KGB et Edward Norton et Matt Damon jeunes étaient délicieux.

— Je suppose que ça veut dire oui, commente Gia.

Je hoche la tête.

— Maintenant, j'aimerais juste avoir ton opinion sur la manière d'exécuter les techniques de magicienne que tu m'as apprises, et entendre quelques conseils de poker de dernière minute de la part de Clarice.

— Exécute tes techniques, m'intime Gia en rapprochant leur caméra.

Je prends ma perruque d'infiltration et la place par-dessus mes cheveux coupés court. Je récupère ensuite un jeton de poker sur lequel est gravé mon numéro de téléphone et le coince sous la perruque, près de mon oreille gauche. Pour fini, je prends le gadget servant de GPS et de micro-caméra et le cache près de mon oreille droite.

— Voilà, annoncé-je.

Je passe les doigts sous la perruque, retire le jeton et le tien comme me l'a appris Gia. Apparemment, c'est un tour classique qu'on apprend dans tous les livres de magie pour débutant. Le but, c'est que la pièce – ou ici, le jeton de poker – ne soit pas visible dans ma main.

— Et le tour avec la caméra, maintenant.

Je sors discrètement le gadget et le tien selon une prise plus avancée – tirée à nouveau des livres apprenant les tours de magie avec des pièces de monnaie. Je prends une photo de la pièce, comme je compte le faire durant la partie de poker, puis je fixe discrètement l'appareil au mur grâce à de la cire collante de magicien.

— Beau boulot, me félicite Gia. On voit que tu t'es entraînée.

— C'est quoi le plan, au juste ? m'interroge Clarice.

— Je vais faire passer subrepticement le jeton de

poker à la cible dans l'espoir qu'elle m'appelle, expliqué-je. Je compte aussi prendre des photos avec ça.

Je décolle le gadget du mur.

— C'est très furtif, admet Clarice, examinant l'appareil d'un œil admirateur. Mais qu'est-ce que tu feras si on te fait passer dans un détecteur d'appareils électroniques avant la partie ?

Je retire la perruque et lui montre le maillage à l'intérieur.

— C'est une cage de Faraday cousue dedans, expliqué-je.

Devant le regard vide de Clarice, je précise :

— Ça empêche les signaux électromagnétiques d'entrer ou de sortir.

Gia ricane.

— Comme les chapeaux en papier alu qui empêchent les aliens d'écouter nos pensées.

— Le papier alu ne fait pas une bonne cage de Faraday et tu le sais, répliqué-je en remettant ma perruque.

— Les enfants, intervient Clarice. C'est à mon tour de donner quelques conseils.

Nous tournons toutes deux la tête vers elle, attendant la suite.

— Ne parle pas de stratégie de poker à la table, énonce-t-elle. Tu as peut-être pris cette habitude avec moi, mais ça risque de te revenir en pleine face, durant une vraie partie.

— OK, acquiescé-je. Quoi d'autre ?

— Méfie-toi des faux tics révélateurs.

— Qu'est-ce que c'est que ça ? demande Gia.

— C'est quand quelqu'un dit un truc du genre « j'en ai marre que tu gagnes tout le temps. Je vais tout miser. »

Je rougis. Elle tient cet exemple d'une partie qu'on a disputée il y a quelques semaines.

— Qu'est-ce qu'il faut faire quand quelqu'un dit ça ? l'interroge Gia.

Clarice prend un air suffisant.

— Partir du principe que c'est un piège, bien sûr, et qu'en réalité, ils misent tout parce qu'ils ont une bonne main.

— Je vais m'assurer de ne pas faire ça, promets-je. Et je me méfierai de ceux qui le font.

Clarice me donne quelques rappels supplémentaires et j'écoute avec reconnaissance.

— OK, finit-elle par dire. Tu es aussi prête que tu le seras jamais.

— Merci, dis-je.

— Quelle importance, que tu perdes ou que tu gagnes ? s'enquiert Gia. Je croyais que l'idée était juste de se retrouver dans la même pièce que la cible.

Je lève les yeux au ciel.

— Mis à part de ne pas passer pour une imbécile, tu veux dire ?

Elle hoche la tête.

Je soupire.

— Le coût d'adhésion à cette partie est d'un demi-million de dollars. J'aimerais conserver cet argent.

Les deux paires d'yeux à l'écran s'écarquillent jusqu'à des proportions comiques. Je suppose que j'ai oublié de mentionner ce petit détail. Oups.

Gia se racle la gorge.

— Où as-tu trouvé autant d'argent ? Je ne savais pas que la NSA payait aussi bien.

— Je ne travaille pas pour cette agence, dis-je machinalement. Et non. Ils ne paient pas aussi bien que ça. J'ai juste vendu une partie de mes bitcoins.

Ayant étudié la cryptographie à la fac, j'ai trouvé tout naturel d'investir dans les cryptomonnaies, et d'en miner. Mes investissements ont bien grandi, ces dernières années. Pour une fille de vingt-cinq ans, je suis plutôt fortunée. Malgré ça, je me sentirais très triste si je perdais cette somme d'adhésion.

— Je ne savais pas, lâche Clarice, la mine déconfite. Je n'ai donc aucune chance de participer à ces parties.

— Je te propose un marché, dis-je. Si je gagne le double de ce que j'ai misé ce soir, grâce à tes leçons, je te paierai l'entrée. En contrepartie, tu devras partager tes gains avec moi.

— Marché conclu, acquiesce Clarice, les yeux pétillants. Je vais être riche.

— Hum hum, fait Gia en l'ignorant. Je comprends mieux pourquoi tu tenais tant à t'entraîner. Un demi-million, putain. Je sais que tu as cette voiture de luxe, mais je ne me serais jamais doutée que tu étais si riche. C'est la première fois que je t'envie ton domaine d'étude ennuyeux.

— Je ne suis pas si riche que ça, protesté-je. Pas d'habitude, en tout cas. La cryptomonnaie a le vent en poupe en ce moment, c'est tout. C'est comme ça que je me suis acheté ma voiture, et que je paie cette partie de poker aujourd'hui. Même en oubliant la mise d'entrée, j'aurais l'air suspicieuse, si j'arrivais à cette partie et que j'étais nulle. Il n'y aura que des as du poker, ou des gens persuadés de l'être.

— Je suis sûre qu'étant une *femme,* on serait plus indulgent avec toi, remarque Gia en remuant les sourcils de manière lascive.

Quand elle nous voit la fusiller du regard, Clarice et moi, elle s'empresse d'ajouter :

— Je ne disais pas ça de manière sexiste. C'est un jeu rempli de beaux mâles nus qui, apparemment, roulent sur l'or. On ne pourrait pas en vouloir à une femme riche de vouloir aller là-dedans pour se rincer l'œil... ou rencontrer son futur mari.

— Ce qui me rappelle un truc, lance Clarice. Pourquoi tous les mecs qui jouent dans ce club sont-ils aussi séduisants ?

Je hausse les épaules.

— Je suis sûre que des joueurs moins attirants se joignent à eux de temps en temps. Mais je parie qu'après avoir vu les autres, leur estime de soi s'effondre et ils n'ont pas envie de revenir. Je n'aimerais pas faire du yoga entourée de mannequins de chez Victoria's Secret, moi non plus.

— C'est logique, je suppose, admet Clarice. Je me demandais aussi pourquoi tu étais aussi sûre que ta cible serait là. Tu ne sais pas qui c'est ni ce qu'il fait dans la vie. Il est peut-être juste passé pour une partie.

— C'est vrai, avoué-je. Mais si c'est un espion, il serait logique qu'il continue d'y aller et de se mêler à ces gens. La plupart sont riches et puissants, ce qui en fait d'excellentes connexions.

Gia et Clarice hochent la tête avec sagesse.

— OK, vous deux, lancé-je, je dois y aller.

— Dernière question, intervient Gia. Pourquoi tu fais ça ?

S'apprête-t-elle à s'engager sur la même voie que Fabio, quand il a prétendu que j'avais envie de lui ?

— C'est top-secret, dis-je. Il faudrait connaître les bases, et tu n'as pas besoin de savoir.

— Mais sérieusement, intervient Clarice. Je veux savoir aussi.

Je hausse les épaules.

— Je suppose que j'ai envie de montrer à la CIA qu'ils ont eu tort de me refuser.

— Pourquoi tu aurais envie de travailler pour eux ? s'enquiert Clarice. Ils ont mauvaise réputation. Le FBI ferait un meilleur choix.

— Les agents du FBI ne sont pas des espions, argumenté-je. Ils travaillent parfois sous couverture, mais ce n'est pas pareil.

— La NSA espionne aussi, remarque Gia. Et ils ont une assez mauvaise réputation aussi, si c'est ce qui te plaît.

— Rester assis devant un ordinateur toute la journée, ce n'est pas l'idée que je me fais d'un espion, rétorqué-je. Je veux travailler sur le terrain et ce soir, je vais pouvoir goûter à ça pour de vrai.

— Eh bien, bonne chance, me souhaite Gia.

— Une seconde, lance Clarice. Tu ne nous as jamais expliqué ce que faisait ce mannequin bien monté sur ton canapé.

— Oh, non, lâché-je en émettant un sifflement du coin de ma bouche. Je crois que je ne vous capte plus.

Gia émet un petit rire.

— Avant que tu partes, je voulais te demander… tu vas venir à mon spectacle de magie ?

— Bien sûr. Envoie-moi les détails.

Sur ces mots, je raccroche avant qu'elles puissent me retarder encore plus.

Il est temps de me préparer à infiltrer le Hot Poker Club.

CHAPITRE
Trois

Chaque chose en son temps. Devrais-je enfiler ma tenue de cambrioleuse ?

Non. Ce serait inutile. Il faut se mettre tout nu pour jouer.

J'enfile plutôt mon plus beau maillot de bain. Avec un peu de chance, on me laissera le garder.

Une fois la tenue décidée, je m'attaque au maquillage, en priorisant les caractéristiques suivantes : l'étanchéité pour qu'il ne coule pas dans le banya et la valorisation du sex-appeal, pour que Sexy McEspion ait envie de m'appeler après.

Je fixe ma perruque cage de Faraday sur ma tête, puis me dirige vers la porte et regarde l'heure.

Zut. Il est plus tard que je le croyais. Je vais devoir conduire au lieu d'aller à la rencontre à pied.

Mon téléphone bipe, émettant un son de sonnette de porte.

Bizarre. Je n'attends aucun appel.

Même si je suis à portée de mon œilleton, je sors

mon téléphone et vérifie la vidéo de la caméra intelligente à la porte.

La personne derrière la porte semble être mon double parfait, surtout avec la perruque que je porte en ce moment.

Des cheveux blond vénitien, des pommettes hautes, un menton carré, des yeux verts – elle fait partie de ma portée, c'est clair. Je crois savoir laquelle c'est à sa tenue, néanmoins juste au cas où, je demande :

— Tu es laquelle ?

— C'est Olive, répond-elle.

Oui. C'est bien ce que je pensais. Olive – ou Octopussy, comme je l'appelle affectueusement. Pas parce qu'elle me rappelle le personnage du film James Bond de 1983, mais parce qu'elle est obsédée par les poulpes.

J'ouvre la porte et elle entre.

Oh non. Je n'ai pas besoin de ma télépathie de jumelle pour savoir qu'elle est secouée.

— Je peux dormir chez toi ? demande-t-elle en guise de bonjour.

— Bien sûr. Qu'est-ce qui s'est passé ?

Si ma sœur a besoin de moi, je reporterai mon infiltration. Même si je dois leur laisser la mise d'entrée que j'ai déjà déposée.

— S'il te plaît, répond Olive. Je n'ai pas envie d'en parler.

— Tu vas bien ? l'interrogé-je en lui prenant la main.

— Oui, acquiesce-t-elle, même si ses yeux trop brillants laissent deviner qu'elle retient ses larmes. J'ai juste besoin de me reposer. Ça ne te dérange pas ?

— Non, pas du tout, assuré-je, même si je commence vraiment à être inquiète.

— J'ai aussi besoin d'un peu de temps pour moi, ajoute-t-elle en me lançant un regard suppliant. Tu crois que je pourrais prendre un long bain ?

— Pas de problème.

Quelque chose cloche, c'est clair, mais je comprends qu'elle ait besoin qu'on la laisse un peu tranquille.

— Prends un bain et on discutera ensuite.

— J'espérais pouvoir m'installer sur ton canapé et dormir un peu, avoue-t-elle en détournant les yeux. Je peux ?

Elle n'a pas envie de parler de ce qui la perturbe. Très bien. Je lui laisse jusqu'à demain, et ensuite ce sera l'interrogatoire.

— Tu as besoin de moi ici ou pas ? l'interrogé-je. J'étais sur le point de sortir, mais…

— Vas-y, je t'en prie, s'empresse-t-elle de dire.

Ses mots sonnent comme une supplique – ce qui me donne juste envie de rester.

— Tu es sûre ?

— Très sûre. J'ai besoin d'un endroit où rester, pas de compagnie.

— D'accord. Suis-moi.

Je lui fais traverser mon appartement et lui explique où trouver tout ce dont elle pourrait avoir besoin. Quand on croise la bête, je lance :

— Tu te souviens de Machette.

Il lui lance un regard nonchalant.

— Voici Olive, lui expliqué-je d'une voix sévère. Traite-la comme tu me traiterais.

Il se lèche la patte, une expression d'ennui sur sa face poilue.

Tous les humains se ressemblent, pour Machette, mais c'est encore plus le cas pour vous deux, pour une raison que j'ignore. Tous ceux qui nourrissent Machette ont le droit de vivre… pour l'instant.

Quand on revient au salon, Olive remarque Bill sur le canapé et se frotte les yeux.

— Ah, oui, tu peux le jeter dans le placard de ma chambre ? la questionné-je.

Preuve qu'elle est bouleversée, au lieu de me taquiner ou de poser des questions, elle se contente de hocher la tête, comme si ranger des mannequins dotés de godemichets endommagés était la routine.

— Tu es sûre de ne pas vouloir m'expliquer ce qui ne va pas ? insisté-je.

— Oui. Pars, s'il te plaît, répond Olive en posant les mains sur les hanches. Je vais me débrouiller.

Elle a intérêt à cracher tous ses secrets demain. Je n'hésiterai pas à la priver de sommeil – ou à lui tirer les cheveux – pour obtenir des informations. À cet instant, je suis presque aussi intriguée par les problèmes d'Olive que par la mission Sexy McEspion.

— Très bien, cédé-je en me tournant vers la porte. *Mi casa es su casa.*

Ça m'embête encore un peu de partir, cependant elle a l'air si soulagée que je capitule. Quoi qu'il ait pu se passer, elle veut être seule pour l'instant.

Un trajet en ascenseur plus tard, j'entre dans le parking souterrain de l'immeuble et mon excitation concernant mon infiltration se réveille.

Je regarde l'heure.

Merde. Je suis en retard.

Je fonce vers ma voiture, une Aston Martin DBS V12. Ou, comme je la considère plutôt, la voiture que Daniel Craig conduit en tant que James Bond dans *Casino Royale* et *Quantum of Solace*.

Quand le moteur puissant se met en route en ronronnant, je lance la bande-son de *Mission Impossible* à fond et planifie mentalement mon trajet.

La rencontre a lieu près du côté Manhattan du Brooklyn Bridge, et vu que je vis près de Battery Park, je dois parcourir plusieurs pâtés de maisons. En temps normal, il me faudrait environ six minutes pour traverser cette distance, selon la circulation. Sachant que la rencontre est sur le point de commencer, je vais devoir diviser ce temps par deux, circulation ou pas.

Je tourne le volant et enfonce la pédale d'accélérateur.

Je sors en trombes du parking et manque d'écraser une dame qui vit à mon étage.

Oups.

Au moins, grâce à mes vitres teintées à un niveau illégal, elle ne peut pas me voir derrière le volant. J'espère, en tout cas.

Les pneus crissent sur le gravier quand je tourne sur Water Street – manquant de rentrer dans un taxi jaune.

Le chauffeur ne cille même pas. Il a connu pire. En fait, le type qui m'a donné mes leçons de conduite avait tout appris dans l'un de ces taxis.

Je fonce comme une torpille, vérifie qu'il n'y a aucun piéton, puis grille le feu rouge en priant pour qu'aucun flic ne me voie. Par chance, je m'en tire sans souci et annihile les limites de vitesse. Quand j'atteins la célèbre Wall Street, je grille un autre feu rouge. Après ça, je ne tombe que sur des feux verts jusqu'à arriver dans Pearl Street.

Si j'allais vraiment sur le pont, j'aurais pris la rampe d'accès, mais ce n'est pas tout à fait le cas, alors je tourne dans un parking, les pneus crissant et le volant tressautant dans mes mains. Je bondis de la voiture, laisse les clefs à l'intérieur et jette un billet de cent dollars à l'employé le plus proche.

— Vous êtes folle ? s'exclame-t-il, bouche bée.

— Je reviens dans quelques heures, dis-je. Gardez la monnaie, je vous donnerai cent dollars de pourboire en plus si ma voiture est satisfaite.

Avant qu'il ait pu me demander de remplir un formulaire, de signer un reçu ou de faire quoi que ce soit d'autre qui me ralentirait, je sors d'ici en courant et fonce droit vers le lieu de la rencontre.

Quand j'arrive, haletante, je regarde l'heure.

J'ai une minute de retard.

Mon contact au FBI m'a prévenue que ces gens étaient ponctuels, mais avec un peu de chance, une seule minute ne suffira pas à tout faire foirer.

La rencontre a été organisée sur le dark web, suivant les instructions de mon contact. J'ai été impressionnée par les organisateurs du Hot Poker Club. Ils m'ont envoyé un e-mail que je n'ai pas réussi à retracer, malgré toutes mes compétences. Un e-mail qui s'est autodétruit, en fait… ça fait très *Mission Impossible*.

Un plus de ça, le lieu choisi est parfait. Un pont.

C'est un classique, pour les échanges de prisonniers comme dans *Le Pont des Espions*, et c'est donc l'endroit parfait où me faire prisonnière... en quelque sorte.

Je mime le signal avec mes mains comme on me l'a demandé, et vois deux hommes masqués sortir d'une Chevrolet noire de l'autre côté de la rue.

Ce doit être les gens que je dois retrouver.

Oui. L'un d'eux me mime le signal de réponse.

Mon contact m'a prévenu de ce qui se passerait ensuite, j'ai donc un tout petit peu d'appréhension. À ma connaissance, je suis la première femme à faire ça. Et s'ils décidaient de garder mon argent et de me faire subir quelque chose d'indicible, au lieu de jouer au poker ?

Mais non. Femme ou pas, ce serait mauvais pour les affaires, vu que ça risquerait de décourager les éventuels futurs joueurs. Et puis, s'il se passe quoi que ce soit d'inapproprié, je pourrais toujours mettre à profit mes compétences en Krav Maga. Et si ça ne suffit pas, je pourrais leur dire où je bosse. Tuer des agents du gouvernement est très mauvais pour les affaires – regardez *Sicario*.

Néanmoins j'ai beau essayer de me rassurer, j'ai les genoux tremblants quand je traverse la rue. Mon professeur de Krav Maga me traiterait de poule mouillée – une expression stupide. À mes yeux, une poule est un monstre à plume propre effrayante qui ne ressent pas de la peur. Je suppose que je suis une poule mouillée face à des poules, mais ces types sont moins effrayants que ça.

— Bonjour, dis-je une fois face à eux.

Eh, ma voix est ferme. Un point pour moi.

— Quel est le mot de passe ? tonne celui de gauche.

Je le lui communique.

— Montez, répond-il.

Oui. Je vais monter dans un fourgon noir louche. Il est temps de vérifier si je suis faite pour travailler sur le terrain.

Ce rappel de mon objectif ultime me redonne de l'énergie et je saute presque gaiement dans la voiture.

Bien sûr que je suis faite pour ça. En fait, il devrait y avoir une photo de moi au-dessous de l'expression « Espionne qui déchire », dans le dictionnaire.

L'homme assis sur le siège passager se tourne vers moi. Sous son masque, il porte une paire de grandes lunettes de soleil épaisses du genre que portent les personnes âgées pour ne pas être éblouies.

Ce sbire va peut-être prendre sa retraite bientôt ?

— Donnez-moi votre téléphone, ordonne-t-il.

Hum. Il n'a pas l'air si vieux que ça.

Je lui tends mon portable et il l'éteint.

— Vous pouvez le garder dans votre poche, mais ne le rallumez pas avant qu'on vous ait ramenée ici, explique-t-il. On le saura, si vous le faites.

Ils ont donc l'intention de me ramener. C'est rassurant. Bien sûr, ils diraient la même chose s'ils avaient l'intention de me transformer en bouffe pour oiseau.

— Je le laisserai éteint, promets-je.

— Bien.

Il sort un sac noir de la boîte à gants, modérant ce qu'il restait de mon enthousiasme. Mon contact du FBI m'a prévenue de ce détail, mais quand même. Un sac noir sur la tête, c'est la meilleure manière de finir dans un donjon de terroriste, et pas dans une partie de poker.

— Qu'est-ce que vous comptez faire avec ça ? l'interrogé-je, jouant le rôle de la joueuse de poker indignée, et très riche.

— On ne veut pas que vous voyiez où nous allons, explique le type aux lunettes de soleil. Tant que vous n'êtes pas une joueuse régulière, on préfère garder l'emplacement du club privé.

Ah. Mon contact au FBI ne savait pas que le sac n'était qu'une mesure temporaire. Je suppose que mes incroyables charmes féminins commencent déjà à délier les langues.

— Faites attention à mes cheveux, s'il vous plaît, dis-je en battant des cils.

La dernière chose dont j'ai envie, c'est que le jeton de poker et la caméra tombent de ma perruque. Je n'arriverais jamais à l'emplacement de la partie, c'est une certitude, et je ne rentrerais peut-être jamais chez moi non plus.

L'homme avise ma coiffure/perruque impeccable, puis tourne les yeux vers l'un de ses collègues.

L'autre type hausse les épaules.

L'homme aux lunettes de soleil plonge la main dans la boîte à gants et en sort un rouleau d'adhésif.

Oh oh. C'est pour ma bouche ? Mon contact du FBI ne m'a jamais parlé de ça. Merde. Suis-je allée trop loin avant même d'atteindre la table de poker ? Si je suis bâillonnée, je ne pourrais pas leur dire que je suis un agent.

Avant que j'aie pu dire quoi que ce soit, le type retire ses lunettes de soleil, arrache un morceau d'adhésif et le colle sur la face interne des verres.

Oh. Est-il en train de… ?

Oui.

Après avoir transformé ses lunettes en bandeau pour les yeux de fortune, il les enfile sur mon visage.

C'est très serviable de sa part. Mon avis sur Yelp concernant le Hot Poker Club vient de passer de une à trois étoiles.

Ensuite, quelqu'un me met des cache-oreilles sur la tête. Mon contact du FBI supposait qu'il s'agirait du genre de truc qu'on utilise sur les stands de tir. On peut quand même entendre, mais les sons sont très assourdis.

— Roule, souffle quelqu'un, mais la voix est faible.

On se met à bouger.

Une douce mélodie émane des haut-parleurs de la voiture. Même sans les cache-oreilles, je n'aurais sûrement pas entendu ce qui se passe dehors.

Je jette un œil vers le bas et sur le côté.

Non.

Les lunettes de soleil sont aussi efficaces qu'un sac noir sur la tête et me bloquent totalement la vue.

Si j'avais les « talents très particuliers » de Liam Neeson dans *Taken*, je pourrais déterminer où on va sans ma vue ou mon ouïe. Hélas, j'en suis incapable (pour l'instant) mais pour ma défense ; mon contact du FBI aussi.

Pas grave. J'ai un gadget équipé d'un GPS. Si je vis

assez longtemps pour le sortir de ma perruque cage de Faraday, j'aurai l'emplacement du club.

Une voix de chanteuse se joint à la musique.

— Tu es belle...

C'est pas Nelly Furtado ? Mais de quelle chanson s'agit-il ?

Quand je découvre la réponse, je trouve ça aussi déstabilisant que ma situation.

— Je suis comme un oiseau, je..., entonne Nelly.

Je n'ai pas envie d'entendre la suite.

Une chanson sur les oiseaux ? Ce sera quoi, ensuite, une ritournelle à propos d'Hitler ? De Charles Manson ? De Daffy Duck ?

Je récite des algorithmes cryptographiques dans ma tête pour étouffer l'horrible mélodie pendant le reste du trajet.

———

On s'arrête environ une demi-heure plus tard. Ce qui veut dire qu'on peut être à Brooklyn, Midtown ou même dans le Queens, si on a roulé vite et qu'il n'y avait pas de bouchons.

Quelqu'un me prend la main pour me guider et nous marchons sur de l'asphalte, puis de la moquette. Au bout d'un moment, je sens du carrelage sous mes pieds.

Je perçois aussi une odeur de plus en plus présente. De la chlorine et du citron. Sûrement le produit qu'ils utilisent pour désinfecter le spa où ont lieu les parties de poker.

Eh, au moins, ils ne m'ont pas jetée dans un monte-plat, ou poussée dans une chute à linge.

Nous traversons un autre petit couloir et entrons dans une pièce où l'odeur de chlorine et de citron est surpassée par celle des vestiaires. Il doit y avoir des hommes nus et en sueur non loin d'ici.

Quelqu'un me retire mes lunettes de soleil et mes cache-oreilles.

La pièce est lumineuse et il me faut une seconde pour m'y habituer.

Devant moi se trouve le sbire qui m'a donné les lunettes, et à côté de lui, il y a une autre personne, qui est clairement une femme.

Elle a deux serviettes dans les mains – un détail qui ne me plaît pas.

— Mlle Black va s'occuper de vous, explique l'homme avant de partir, ses lunettes de soleil à la main.

— Pour des raisons de sécurité, nous devons utiliser les vestiaires des hommes, explique Mlle Black d'un ton enjoué. Mais soyez rassurée, les joueurs masculins sont déjà à la table et quand vous aurez terminé, vous serez prioritaire si un homme décide de se retirer en même temps que vous.

— Merci, dis-je.

— Vos jetons sont sur la table et vous pourrez les laisser ici quand vous aurez fini. On vous virera votre argent électroniquement.

Elle me jette les serviettes et ajoute :

— Déshabillez-vous et enfilez ça.

Elle se retourne.

Je retire tous mes vêtements sauf le maillot de bain et me racle la gorge.

Elle se retourne.

— Je peux jouer en maillot ? l'interrogé-je.

Elle m'étudie.

— Je vais devoir vous fouiller.

— Comment ça ?

— Je dois examiner vos seins, si vous voulez garder le haut, et...

— Compris, acquiescé-je en dégrafant mon haut de bikini. Je vais porter une serviette autour de la taille.

Difficile d'en être sûre, avec le masque, mais je crois qu'elle est soulagée de ne pas avoir à palper mon vagin.

Elle examine mon haut de bikini, étudie rapidement mes seins – il n'y a pas grand-chose à voir – puis me rend le vêtement.

— Laissez vos vêtements ici et verrouillez le casier, lance-t-elle avec un geste vers un casier ouvert.

Je lui demande de se retourner le temps d'échanger mon bas de bikini contre une serviette. Puis je range mes habits dans le casier et la laisse me guider de l'autre côté de la pièce.

— Là, annonce-t-elle en pointant du doigt une grande porte en bois.

Elle est dotée d'une petite fenêtre complètement embuée, comme la voiture dans *Titanic*.

— J'entre comme ça ? demandé-je en la regardant.

Elle hoche la tête.

— Votre siège vous attend.

J'approche de la porte avec appréhension.

Après tout ce que j'ai fait, Sexy McEspion ne sera

peut-être pas de l'autre côté. Ou bien peut-être qu'il sera là, mais qu'il ne sera pas du tout intéressé par moi. Ou alors, cette pièce s'avérera remplie d'oiseaux diaboliques.

Non. Cette dernière théorie serait contre la Convention de Genève.

Je prends une grande inspiration, ouvre la porte et entre.

CHAPITRE
Quatre

UN FLOT de chaleur me frappe en pleine face tandis que la porte du sauna se referme derrière moi. Je cligne des paupières et réprime l'envie de tousser à cause de la vapeur. La table de poker devant moi est exactement comme celle de la photo. Les hommes à demi nus tout autour d'elle sont aussi semblables, au premier regard, en tout cas. Quand je les examine de plus près, je repère quelques nouveaux visages, y compris celui d'un type assez peu attirant. Comme je le soupçonnais, il semble très mal à l'aise, compte tenu de tous ces beaux mâles qui l'entourent.

En parlant de beau mâle, le voilà.

Sexy McSpy, avec ses traits ciselés, ses lunettes d'aviateur et tout le reste. Il semble encore plus large d'épaules en personne, et encore plus délicieux, avec ces perles de sueur qui courent le long de son torse aux muscles durs.

Mon cœur me remonte dans la gorge.

Non seulement il est bien là, mais en plus, le seul siège libre est juste à côté de lui.

Mon siège.

J'avance comme dans un rêve et me laisse tomber à l'aveuglette sur la chaise. C'est un miracle que je ne me retrouve pas sur ses genoux.

Un miracle décevant.

— Bonjour, lancé-je, manquant de renverser la pile de jetons de poker que quelqu'un a préparée pour moi.

Les hommes en sueur m'étudient avec attention tout en me saluant, toutefois je ne me soucie que du regard de ma cible.

Sexy McEspion se tourne vers moi et soulève ses lunettes de soleil.

— Bienvenue.

Waouh.

Je rêve de voir ses yeux depuis si longtemps, et pourtant, ils surpassent mes attentes les plus folles. Au lieu d'être bleus ou gris, des couleurs qui accompagnent souvent les cheveux blonds, ils sont d'une teinte vert forêt sombre, avec des éclats de miel qui les rapproche très près du noisette. Sans parler de ses cils brun foncé.

Je vais devoir mettre mon contact du FBI sur l'affaire, parce que je suis certaine que c'est un crime, pour un homme, d'avoir des cils aussi longs et épais.

— Merci, articulé-je difficilement, réalisant un peu tard que le seul mot qu'il a prononcé jusqu'ici ne contenait aucune trace d'accent russe.

Ce qui ne prouve rien du tout. C'est peut-être un agent sous couverture, comme dans *The Americans*.

Quelqu'un prend les cartes et commence à les distribuer.

Merde. Je ferais mieux de me concentrer sur la partie.

Je scrute la pièce et remarque les piles de jetons de chaque joueur.

Quelques-uns les ont disposées avec soin. D'après Clarice, ça veut dire qu'ils seront plus organisés et méthodiques dans leur jeu, alors que les piles désordonnées du type pâle en face de moi sous-entendent tout l'opposé.

Je remarque plus particulièrement l'un des joueurs. Il a construit une sculpture avec ses jetons, un signe clair qu'il ne vit que pour le poker.

Pendant que les cartes sont distribuées, j'organise mes piles de jetons – et mon coude touche celui de McEspion au passage.

Bordel de merde. J'ai l'impression de recevoir une décharge jusque dans les tétons, dont le nom de code est Sergent et Capitaine.

Je jette un coup d'œil furtif à McEspion.

Ses narines sont dilatées et une perle de sueur roule sur son front, mais mis à part ça, difficile de déterminer s'il a été affecté par ce contact, ou s'il l'a seulement remarqué. Maudites lunettes, qui cachent ses beaux yeux.

De mon côté, la température déjà chaude de la pièce semble avoir grimpé en flèche. Je transpire tandis qu'une chaleur liquide s'accumule entre mes jambes – il y a intérêt à ce que ce soit l'effet du sauna, et non de ce contact entre nos coudes. Oh, et l'odeur délicieuse de mon délectable voisin de table n'arrange rien non plus au niveau de mon entrejambe. Je détecte un parfum boisé – de l'érable, je crois – avec une touche de lavande.

Une fois les cartes distribuées, mon excitation se dissipe. Le type aux piles de jetons désordonnées aide beaucoup. Je le surprends à reluquer mes seins sans la moindre honte.

Je baisse les yeux pour m'assurer que Sergent et Capitaine sont bien couverts. La dernière chose dont j'ai envie, dans une pièce remplie d'hommes, c'est de laisser échapper un téton.

Mais non. Sergent et Capitaine sont bien cachés, néanmoins grâce à ce contact avec McEspion, ils sont dressés et prêts au combat – une situation bien visible même à travers le rembourrage de mon haut de maillot de bain.

La partie commence, je me sors donc Piles Désordonnées de la tête.

Dieu merci, Clarice m'a bien formée. En un clin d'œil, je gagne cinq mille dollars. L'afflux de dopamine est fort, même si la proximité de McEspion y est sûrement aussi pour quelque chose. Pas étonnant que certains deviennent accros aux jeux d'argent.

Durant la manche suivante, McEspion rafle la mise, et à celle d'après, c'est au tout de Pile Désordonnée – même si je le soupçonne d'avoir eu du bol.

Il ramène ses jetons vers lui et les ajoute à sa pile anarchique.

— Je regrette un peu qu'on ne joue pas au strip-poker, remarque-t-il sans détourner les yeux de mes seins.

— La ferme, grogne McEspion.

Est-il en train de défendre mon honneur ? Dois-je trouver ça gentil, ou sexiste ? Je suis capable de me défendre toute seule.

— C'est rien, interviens-je d'une voix doucereuse. Mais si je voulais jouer au strip-poker, j'aurais apporté ma loupe.

Pour la première fois, Pile Désordonnée lève les yeux de mes seins, l'air confus.

— Vous savez, continué-je en avisant sa serviette. Pour voir votre micropénis.

Pile Désordonnée crispe la mâchoire et tout le monde a l'air mal à l'aise, mis à part McEspion – qui se tourne vers moi avec un sourire sur le visage, soulève à nouveau ses lunettes et me fait un clin d'œil.

Bordel, il a une fossette sur la joue gauche. Plus sexy encore, il a un léger duvet de poils sur les articulations – sa photo ne m'avait pas préparé à ça.

Je ressens un chatouillis entre les jambes, et ça n'a clairement rien à voir avec le sauna.

J'*adore* les poils sur les articulations, au point qu'un jour, j'ai mis du produit anti-chute de cheveux sur celles de mon ex-petit ami – et quand ça n'a pas suffi, j'ai collé de faux sourcils à cet endroit pour mes ébats d'anniversaire.

Tout a commencé quand j'ai vu Sean Connery et Pierce Brosnan jouer James Bond, puis Elijah Wood en Frodon dans *Le Seigneur des Anneaux*. Frodon n'est pas vraiment un espion, néanmoins il s'est quand même (alerte spoiler) infiltré dans le Mordor.

Dieu merci, il y a une serviette entre moi et la chaise. Me remémorer les divers Bond ne m'aide pas à conserver mes fluides à l'intérieur de mon corps.

Que ferait McEspion si je tendais la main sous sa serviette pour lui caresser la noisette ? Et peut-être aussi...

Qu'est-ce que je raconte ? C'est moi qui suis censée séduire McEspion pour le convaincre de me raconter tous ses secrets. Je ne peux pas laisser ses fossettes et ses articulations poilues – et sa noisette – me faire le même effet.

Et puis, il commence à faire ridiculement chaud, ici. En plus de m'entraîner avec Clarice, j'aurais dû m'assurer de développer une endurance à la température des saunas.

Bon, je ne peux plus rien y faire, maintenant.

Dans un effort de volonté, je m'oblige à me concentrer sur la partie.

Par chance, la duperie nécessaire dans une partie de poker me vient naturellement – comme pour James Bond dans *Casino Royale*.

Je perds bientôt cent dollars, mais apprends les tics de beaucoup de joueurs. Pile Désordonnée surjoue l'indifférence, mais continue de miser quand il tient quelque chose. Le type peu attirant soupire pour donner l'impression d'avoir une mauvaise main, cependant c'est une ruse chaque fois. Un autre type se redresse quand il a une bonne main. Un autre encore fait glisser ses jetons sur la table avec hésitation, faisant semblant d'être faible quand il est en bonne posture.

Je décèle même le tic révélateur du joueur qui construit des sculptures. Il jette un œil à ses jetons chaque fois qu'il a une bonne main.

La seule personne dont je ne connais toujours pas le tic, c'est McEspion, néanmoins connaître ceux de tous les autres me suffit.

Je mets à profit ces connaissances et commence à gagner. Je m'apprête à m'évanouir de chaleur quand j'atteins les cent cinquante mille.

OK. Si mes charmes féminins n'ont pas suffi à impressionner McEspion, c'est peut-être le cas de mes talents au poker. D'accord, il a doublé son nombre de jetons, toutefois il devrait au moins se rendre compte que je suis son égale aux cartes – et m'appellera peut-être pour parler de poker, au moins.

Il est temps que je lui fasse passer mon numéro et que je déguerpisse.

Au moment de la prochaine distribution de cartes, je glisse la main sous ma perruque et, pendant que personne ne regarde, j'en sors le jeton de poker gravé.

Mon cœur bat à toute vitesse. Ce n'est pas pour rien si on conseille aux personnes cardiaques d'éviter les saunas. Ils devraient encore plus fuir les affaires louches dans les saunas.

Si je suis surprise avec ce jeton, je risque d'avoir de gros ennuis. Si on met de côté mon numéro de téléphone, apporter son propre jeton serait sûrement vu comme de la tricherie. En plus, quand ils commenceront à se demander où j'ai caché ce jeton, ils risquent de trouver mon gadget – et ce serait encore pire d'être surprise avec ça.

La bonne nouvelle, c'est que personne ne me regarde mis à part Piles Désordonnées, et ses yeux sont toujours fixés sur mes seins. La mauvaise, c'est que ce geste est bien plus difficile à effectuer avec les mains moites.

Malgré tout, je parviens à ne pas laisser tomber le jeton, le tenant comme me l'a appris Gia.

Puisque les cartes sont distribuées, j'étudie les miennes.

Deux as et deux six. Pas mal. Grâce aux statistiques que Clarice m'a enfoncées dans le crâne et à mon talent pour broyer mentalement les chiffres, j'ai de bonnes raisons d'être heureuse. Cette main est capable de vaincre une paire et toutes les cartes fortes. Et puis, si je trouve un autre as ou un six, j'aurais une main pleine – et je ne parle pas de la série dans laquelle les jumelles Olsen ont débuté.

Les paris commencent et j'en profite pour approcher discrètement la main de la pile de McEspion la plus proche, avant d'y laisser tomber le jeton avec mon numéro de téléphone.

McEspion y jette un regard à peine perceptible, avant de continuer comme si rien ne s'était passé.

Ouf.

Je n'ai pas été grillée.

Je ne crois pas, en tout cas.

Malgré tout, des agents de sécurité pourraient entrer en courant d'un moment à l'autre. Ou bien il risque de parier mon jeton, qui pourrait se retrouver…

Non.

Comme je l'espérais, il a compris vite.

Il écarte mon jeton de la pile et le cache sous sa serviette.

Bordel.

J'ai entraperçu le haut de sa cuisse. Je ne savais pas que j'étais du genre à aimer les jambes, mais je suppose que c'est le cas.

Et puis, est-ce qu'il compte cacher le jeton dans son derrière ? Près de sa noisette ?

Il est temps de partir.

Mais attendez une seconde.

Je viens de récupérer l'as qui va avec ma paire.

J'ai une main pleine.

Je serais folle de ne pas sauter sur cette opportunité. Il n'existe que trois mains plus fortes que celle-là. Je dois juste prendre garde à ne pas laisser transparaître ma joie aux personnes réunies autour de la table.

Merde. McEspion doit avoir découvert un tic révélateur chez moi. Soit ça, soit il a une autre raison de se coucher.

Les autres, par contre, continuent, et je finis par faire deux choses très agréables en même temps : je remporte plus du double de mon argent et je prive Piles Désordonnées de tous ses jetons.

Si j'appréciais les expressions en lien avec des oiseaux (ce qui n'est clairement pas le cas), ce moment serait la parfaite représentation de « tuer deux oiseaux avec une seule pierre ». Pour tout dire, cette expression est loin d'être la pire. Après tout, tuer deux oiseaux est plutôt une bonne nouvelle. Celle qui affirme que « un oiseau dans la main vaut mieux que deux dans le buisson » est bien pire. D'abord, vous pouvez dire adieu à votre main. Ensuite, la phrase « deux dans le buisson » a quelque chose de vaguement sexuel, évoquant un genre de ménage à trois bestial. En parlant de sexe, pourquoi on parle de « petits oiseaux » et de « cigognes », alors que cette espèce se reproduit de manière si différente des humains ? Aux dernières nouvelles nous ne pondons pas d'œuf. Dans le même ordre d'idée, vous avez envie de faire des cauchemars ? Si oui, renseignez-vous sur la reproduction des canards. Alerte spoiler : ça implique des organes génitaux en forme de vis et ce qu'on appelle poliment « la copulation forcée ». Ai-je besoin d'évoquer le « petit à petit, l'oiseau fait son nid » ou existe-t-il une manière plus terrifiante de mesurer la distance que « à vol d'oiseau » ?

— C'est quoi, ces conneries ? lâche Piles Désordonnées (ou devrais-je dire, Pile Inexistante ?) en me fusillant du regard. La femme n'a pas sa place ici.

Je lui lance mon regard le plus cinglant.

— Sérieusement ? « La femme n'a pas sa place ici » ? Peut-être que si vous n'aviez pas passé toute la partie à fixer mes seins, il vous resterait des jetons. La prochaine fois, ne laissez pas votre micropénis guider votre stratégie au poker.

— Garce, siffle-t-il en se levant. Je me tire d'ici.

Tout le monde le dévisage et, à leur décharge, tous les hommes arborent un air désapprobateur.

McEspion se lève, les muscles de ses larges épaules se bandant.

— Il n'y a qu'une seule garce pleurnicharde dans cette pièce, et je l'ai sous les yeux, déclare-t-il d'une voix grave et dangereuse.

Pendant que personne ne me regarde, je sors discrètement mon gadget et le cache dans ma main.

— Vous ne partirez pas tout de suite, annoncé-je à Piles Désordonnées en me levant à mon tour. Je vais encaisser mes gains, et je suis prioritaire pour le vestiaire.

Voilà. J'aurais *pu* jouer une ou deux manches de plus, toutefois il m'a traitée de garce, je vais donc le faire attendre à la table sans jetons, comme le loser qu'il est.

— Rien à foutre, lâche-t-il en se dirigeant vers la porte. Je m'en vais.

McEspion se place devant lui, lui bloquant le passage.

— Tout le monde était d'accord pour que la dame soit prioritaire pour les vestiaires. Assieds-toi ou c'est moi qui t'assieds.

Mince alors. En temps normal, je trouverais ça paternaliste, qu'un homme fasse ça pour moi, or dans ce cas précis, c'est juste sexy à en faire fondre ma culotte – même si je ne porte pas de culotte.

Vu que toute l'attention est toujours tournée vers Pile Désordonnée/Inexistante, je prends une photo de la pièce avec mon gadget.

L'un des joueurs aussi présent sur la photo du FBI jette un jeton à Piles Désordonnées.

— Tiens, dit-il. Tu es à nouveau dans la partie. Tu me rembourseras plus tard.

Le connard se rassoit en grommelant.

Grave erreur. L'homme à qui il doit désormais de l'argent est l'un des joueurs réguliers – et d'après le dossier que possède le FBI sur lui, c'est peut-être un membre de la mafia. M. Désordonné a intérêt à avoir de quoi le rembourser.

— Merci, murmuré-je à l'oreille de McEspion quand il se rassoit.

Puis je déguerpis avant d'être empoisonnée par l'afflux de testostérone qui a envahi la pièce.

———

Une fois de retour dans le vestiaire, je réalise à quel point j'étais en surchauffe.

J'aurais pu m'évanouir à n'importe quel moment.

Zut. Il me reste une dernière chose à faire.

Je me laisse aller en arrière comme pour reprendre mon souffle – j'en ai besoin, de toute manière – et fixe mon gadget au mur avec de la cire.

Voilà. Maintenant, j'ai un flux vidéo du vestiaire des hommes, comme une perverse.

Je ferais mieux de sortir d'ici au plus vite. Ils ont dit qu'ils le sauraient si j'allumais mon téléphone, et ils vont peut-être aussi détecter le gadget.

Je prends mes serviettes pour essuyer la sueur sur mon visage et mon corps. Je n'ose pas prendre de douche, au vu des circonstances. Au lieu de ça, je m'habille aussi vite que mon état surchauffé me le permet et passe la tête hors du vestiaire.

L'un des hommes masqués me demande d'attendre

et disparaît. Une minute plus tard, il revient avec le même bandeau de fortune que tout à l'heure et son propriétaire.

Le trajet de retour me paraît plus rapide, sûrement parce qu'il est dépourvu de chansons à propos d'oiseaux.

Quand on me retire les cache-oreilles et les lunettes de soleil, le propriétaire de ces dernières me demande où je veux qu'il me dépose.

Je pointe du doigt le parking.

Ils entrent à l'intérieur.

Ma voiture m'attend. Je suppose que le type à qui j'ai offert un pourboire tout à l'heure veut son autre billet de cent dollars.

— Vous pouvez y aller, m'indique l'un des hommes masqués.

Je m'apprête à partir quand je le vois.

Un pigeon.

Il se trouve juste derrière ma portière du côté conducteur.

Je suis collée sur mon siège. Hors de question que j'approche de cette voiture dans ces conditions.

— J'ai dit, vous pouvez y aller, grogne l'autre type.

— Je vous ai entendus, mais il y a un problème. Ça.

Je pointe le pigeon du doigt.

— Quoi ? demande-t-il en regardant par la fenêtre et en plissant les yeux.

— L'oiseau, précisé-je. Vous pouvez vous en débarrasser, s'il vous plaît ?

Tout en marmonnant quelque chose d'inintelligible,

il sort de la Suburban et fait un geste pour faire fuir le pigeon.

Ma note sur Yelp vient de passer à cinq étoiles étincelantes. J'espère juste que le type ne paiera pas trop cher pour sa bravoure.

Tous ceux qui traitent les pigeons de « rats ailés » se trompent. Comparés aux pigeons, les rats sont mignons et affectueux ; et puis, ils nettoient les sols et transportent moins de maladies. Même comparés aux autres oiseaux, les pigeons sont flippants. Leurs yeux globuleux semblent toujours vous lancer des regards mauvais, et ils n'ont peur de rien.

Voilà une bonne idée de film d'horreur. Imaginez qu'un pigeon veuille votre mort. Vous pourriez transporter cette créature diabolique à deux mille kilomètres de distance, en isolation (privée de la vue et de l'ouïe), et il retrouverait quand même son chemin jusqu'à vous. Les scientifiques n'ont aucune idée de comment ils font ça, et c'est logique. Les voies du mal sont impénétrables et flippantes.

N'oublions pas non plus que si votre enfant a de l'asthme, ce que les pigeons ont sur les ailes peut déclencher une crise. Si un pigeon vous touche et que vous parvenez à y survivre, vous attraperez au moins des morpions ; Et si vous parvenez à vous lier d'amitié avec l'un d'eux, vous attraperez peut-être une maladie semblable à l'emphysème appelée poumon de colombophile.

Je pourrais continuer comme ça longtemps, mais ce serait cruel.

Une seconde. Est-ce que je viens de le voir tirer son flingue ?

Ce n'est pas clair, néanmoins il finit par réussir à effrayer le monstre, je sors donc pour remercier mon héros avec profusion.

— Je peux vous donner un pourboire ? demandé-je enfin.

Il secoue la tête d'un air sinistre.

— Bon, si je rencontre votre patron un jour, je n'oublierai pas de lui parler de vos incroyables compétences en service client.

Mon sauveur grommelle quelque chose et retourne dans sa Suburban noire. Ils s'éloignent, vite.

Je suis en train de monter dans ma voiture quand l'employé de tout à l'heure apparaît.

— Un marché est un marché.

Je lui donne l'argent, comme promis, et démarre le moteur.

Avant de partir, je décide de regarder la vidéo de mon gadget – et je fais bien.

Il se trouve qu'elle montre Sexy McEspion en personne, et il m'a tout l'air de préparer un mauvais coup.

CHAPITRE
Cinq

McEspion tient à la main un appareil que j'ai déjà vu. Une manière dépassée d'infiltrer le téléphone de quelqu'un, et à la N-chut-A, on nous a appris à prendre garde que personne n'en utilise sur nous. Petite parenthèse : ce genre de gadget n'est pas nécessaire pour mon agence. On peut pénétrer dans presque tous les smartphones les mains liées derrière le dos.

C'est bien ce que je soupçonnais. C'est un espion. Pourquoi posséderait-il un tel objet, sinon ? Meilleure question : où a-t-il caché ce truc pendant la partie ?

Avec des mouvements furtifs, McEspion approche de l'un des casiers.

Je suis prête à parier ma mise d'entrée à cette partie que ce casier n'est pas le sien. De toute évidence, il en a après le téléphone de quelqu'un encore dans la partie.

Si c'est le cas, comment connaît-il le code de cette personne ?

Soudain, la porte du vestiaire s'ouvre et une personne masquée entre, tenant elle aussi un appareil à la main. Si je devais deviner, je dirais qu'il sert à prévenir les membres du Hot Poker Club quand quelqu'un allume son téléphone.

McEspion s'apprête-t-il à être surpris en train d'espionner ?

Avec une vitesse impressionnante, il laisse tomber son appareil d'infiltration sur le sol carrelé sous ses pieds. Il vole en éclats. Il s'empresse de marcher sur l'un des morceaux à pied nu et couvre le reste de l'autre.

Ça doit faire mal, mais la preuve de sa duplicité a disparu.

Je grimace en le regardant approcher en traînant des pieds d'un autre casier, qui doit être le sien.

À ma grande surprise, l'agent de sécurité ne se dirige pas vers McEspion.

Au lieu de ça, il fonce droit sur moi – ou plutôt sur ma caméra.

Oh, merde.

Oui. Il attrape mon gadget détraquant mon angle de vue.

— C'est à vous ? demande-t-il à Sexy McEspion tout en examinant l'appareil minuscule.

— Non, répond McEspion. Je n'ai jamais vu ce truc.

Le type de la sécurité laisse tomber mon gadget par terre et marche dessus, je n'ai donc pas l'occasion d'entendre le reste.

Merde. Je savais qu'il y avait un risque pour que l'appareil soit trouvé, toutefois je ne pensais pas que ça arriverait si vite.

Sexy McEspion va-t-il réussir à se tirer de cette situation difficile ? Sinon, que vont-ils lui faire ? Pas le tuer, quand même ? Ça me semble une réaction trop excessive, mais on ne sait jamais.

Plus important encore, pourquoi je m'inquiète autant pour un étranger qui est probablement un agent ennemi ?

Ce n'est pas du tout le cas. Si j'ai la poitrine comprimée, c'est parce que je me sens coupable à l'idée que mon gadget lui attire des problèmes.

Oui, c'est sûrement ça.

Malgré tout, pendant une seconde, j'envisage de m'embarquer dans une mission de sauvetage. Après tout, en plus de cette vidéo, mon gadget a enregistré les coordonnées GPS du Hot Poker Club.

J'entre lesdites coordonnées dans mon GPS.

C'est à Midtown. Plus spécifiquement, en plein milieu d'un hôtel appelé Le Palais.

Intéressant. Les hôtels sont constitués de hammams et de saunas, alors pourquoi pas un banya ?

Dois-je aller là-bas pour sauver mon camarade-espion, même s'il travaille pour l'autre camp ?

Non. Ma spécialité est la furtivité, pas les muscles. Il s'en sortira très bien. Ils vont sûrement visionner les caméras de sécurité et voir qu'il ne s'est jamais approché de l'endroit où le gadget a été collé.

Mince.

Vont-ils me démasquer ?

Je le saurai s'ils ne me paient pas.

Pour l'instant, je n'ai plus qu'à rentrer chez moi.

———

J'entre dans mon appartement et rejoins le salon sur la pointe des pieds.

Olive ronfle sur le canapé, Machette blotti à côté d'elle.

Traître. D'habitude, c'est avec moi qu'il dort comme ça. Il n'arrive sûrement même pas à nous différencier.

Je prends une couverture pour l'étendre sur ma sœur de portée.

Maintenant que je suis de retour, je dois réfréner la tentation de la réveiller pour l'obliger à me raconter ce qui lui est arrivé.

Machette ouvre un œil et siffle dans ma direction.

Ne jamais réveiller Machette comme ça. Il peut te tuer d'un coup de patte arrière.

Je lève les yeux au ciel, vais à la cuisine et bois une bouteille d'eau entière.

Puis je me rends à la salle de bain et prends une douche.

Une fois propre et à peu près réhydratée, je m'écroule sur le lit et m'endors.

CHAPITRE

Six

DÈS MON RÉVEIL, je prends mon téléphone.

Non. Sexy McEspion n'a pas appelé.

Ça ne veut pas dire qu'il a été blessé – ou qu'il a perdu le jeton avec mon numéro. On n'est que le lendemain. Certains hommes attendent trois jours, ou plus, avant d'appeler.

Je tapote sur l'écran pour vérifier le compte en banque que j'ai utilisé pour payer la mise de départ de la partie.

Gagné ! J'ai reçu tout mon argent. Clarice sera contente. Vu que j'ai plus que doublé ma mise, je l'aiderai à entrer dans une partie, comme je lui ai promis.

Je suppose que soit les sbires du Hot Poker Club n'ont pas réalisé que le gadget qu'ils avaient trouvé m'appartenait, soit ça ne les a pas empêchés de me payer.

Je saute du lit, cours à la salle de bain et me brosse les dents. Puis je repère Olive dans le salon. Elle est réveillée et a une bouteille de crème solaire industrielle dans la main.

— Salut, sœurette. Tu as bien dormi ? l'interrogé-je.

Elle me sourit – un bon signe.

— Ton chat est plus efficace que les somnifères. Dès que je l'ai pris dans mes bras, je me suis endormie.

— Il est doué, oui. Alors..., commencé-je en posant les mains sur mes hanches. Je t'ai donné un peu de temps pour toi. Maintenant, c'est le moment de m'expliquer.

Elle verse une boulette de crème solaire dans sa main et s'en couvre le visage. Je tape du pied tout en la regardant appliquer soigneusement la lotion sur chaque centimètre carré de peau exposée.

Je pousse un soupir.

— Tu es sérieuse ? Je m'inquiète pour toi. Qu'est-ce que tu ressentirais, à ma place ?

Elle me tend son flacon de crème solaire.

— Non merci, dis-je. On est à l'intérieur.

Elle ne laisse pas retomber son bras.

— Il y a aussi des rayons de lumière dangereux en intérieur. Ils passent à travers le verre et sont émis par tes ampoules, tes appareils électroniques et...

J'attrape le flacon.

— Tu me diras ce qui s'est passé, si j'en mets ?

Elle hoche la tête.

J'étale la substance blanche sur moi.

— Crache le morceau.

— Brett et moi, c'est fini, lâche-t-elle, sa voix se brisant.

— Brett, le type avec qui tu as emménagé ? demandé-je en massant la crème solaire sur mes joues.

— Je l'ai surpris en train de me tromper, explique-t-elle en serrant les poings. Quand je lui ai annoncé que c'était terminé, il m'a hurlé dessus et m'a traité de tous les noms.

Je serre le tube de crème solaire si fort qu'il émet un bruit visqueux qui me rappelle les sons émanant du trou de balle en silicone de Bill – même si cette association anale a peut-être quelque chose à voir avec le fait que j'aie envie de botter les fesses de son ex.

— Qu'est-ce qu'il a dit ? l'interrogé-je, dissimulant la note de menace dans ma voix au cas où elle ait encore des sentiments pour Brett.

— Je me fiche de ce qu'il a dit, renifle-t-elle. Mais il ne m'a pas laissé emmener Gros Bec avec moi.

— Il a fait quoi ? grogné-je, avant de reprendre d'une voix plus normale : Qui est Gros Bec ?

— Mon poulpe, répond-elle.

L'espace d'une seconde, ma confusion me fait oublier ma colère envers Brett.

— Pourquoi avoir appelé un poulpe « Gros Bec » ? On dirait un nom d'oiseau.

Un nom horrible, au même niveau que Freddy, Jason et Chucky.

— Les poulpes ont des becs, explique-t-elle. Et celui de Gros Bec est particulièrement imposant.

— Pourquoi il a fallu que tu me dises ça ?

Il va falloir qu'on me lave le cerveau, maintenant. C'est déjà assez compliqué d'avoir peur des oiseaux. Je n'ai pas envie d'éviter aussi les mollusques. Certains sont délicieux.

— Tu peux m'aider à récupérer Gros Bec ? demande-t-elle, l'air malheureuse. Je ne crois pas que Brett acceptera de le rendre de son plein gré.

— Fais-moi confiance, tu vas récupérer ton poulpe, promets-je en frottant le reste de crème solaire sur ma peau exposée. On pourra y aller ensemble, pour obliger Brett à le rendre, ou bien...

— Optons plutôt pour le « ou bien », m'interrompt-elle. Je n'ai plus jamais envie de revoir Brett.

Je lui rends sa crème solaire.

— Je peux y aller sans toi.

— Il te prendra pour moi et te hurlera dessus.

Je ricane.

— J'aimerais bien voir ça. Ça me démangeait d'utiliser mes compétences au Krav Maga, justement.

Elle secoue la tête.

— C'est quoi, le plan B ?

Je réfléchis à toute vitesse.

— On attend qu'il soit parti travailler lundi, puis...

— Je ne veux pas attendre deux jours. Il ne sait pas s'occuper de Gros Bec.

— Très bien. Je ferai en sorte qu'il soit obligé de quitter la maison, aujourd'hui. Ensuite, on ira chercher Gros Bec.

— Ça me plaît.

— Très bien. Laisse-moi le temps de parler à certaines personnes.

— Merci, répond-elle tandis que je me tourne vers ma chambre. Et tiens...

Elle me fourre la crème solaire dans les mains.

— N'oublie pas d'en réappliquer toutes les deux heures.

———

Une demi-heure plus tard, j'ai accompli la première étape de mon plan diabolique.

— Brett va se faire arrêter pour cybercriminalité et être emmené aux bureaux du FBI adjacents à l'endroit où je travaille, annoncé-je à Olive.

Elle me dévisage en clignant des paupières depuis le canapé du salon.

— Quel cybercrime ? Comment ? Pourquoi...

— Les détails sont classifiés. La mission commence dans quatre heures.

Elle frappe dans ses mains d'un air enthousiaste.

— Merci. Gros Bec doit...

Mon téléphone sonne.

Un numéro inconnu.

— Désolée, sœurette, annoncé-je. Je dois décrocher.

Sans attendre sa réponse, je m'enferme dans ma chambre et décroche.

— Allô ?

— Salut, lance une voix d'homme grave et sexy. Joli jeton de poker.

CHAPITRE

Sept

MON POULS ACCÉLÈRE.

— Salut ! Tes jetons de poker n'étaient pas mal non plus.

Attendez, quoi ? Ça n'a aucun sens.

Il émet un petit rire.

— Comment tu t'appelles ?

— Blue.

— Comme la couleur ?

— Non, dis-je. Comme quand on est d'humeur déprimante.

— Eh bien, ravi de te rencontrer, Blue. Je suis Maxim.

Putain. Il ne fait aucun effort. Maxim, dans diverses orthographes, est un nom très commun dans les pays slaves, tels que la mère patrie. Il est tiré du nom romain *Maximus.*

J'aime ce nom. La version romaine me donne de l'espoir quant à ce qu'il doit cacher sous sa serviette.

— Maxim, répété-je. Comme le magazine qui objectifie les femmes ?

Il rit à nouveau.

— Tu peux m'appeler Max, si ça te paraît plus féministe.

— Max, dis-je, goûtant le mot et regrettant que ce ne soit pas ses lèvres. C'est un peu mieux, mais ça vous fait ressembler au meilleur ami de l'homme.

En fait, Max me fait penser au théorème min-max et à ses applications en cryptographie, et je me remets à espérer que ce qui se trouve sous sa serviette soit plus max que min.

— Le meilleur ami de la femme, tu veux dire ? demande-t-il. Je suis choqué de t'entendre employer une expression aussi sexiste.

— Désolée si j'ai offensé votre sensibilité avec mon sexisme manifeste, Max. Je serai plus prudente à l'avenir.

Je l'entends quasiment sourire quand il répond :

— Je t'en suis reconnaissant, Blue.

— Quel est votre nom de famille ? l'interrogé-je en m'efforçant de prendre un ton nonchalant.

Quand j'aurai son nom complet, je le tiendrai.

— Stolyar, répond-il.

Sérieusement, il fait si peu d'effort pour dissimuler ses origines russes que c'en est insultant. A-t-il regardé trop de James Bond, comme moi ? Lui aussi donne son vrai nom à tout le monde, même aux espions ennemis. Allez savoir pourquoi. Mais oui, Stolyar est un nom de famille typique, sur la terre natale de Max. Il veut dire soit « menuisier » soit « charpentier » – je vais devoir vérifier dans mon dictionnaire russe. En plus, il l'a prononcé exactement comme l'aurait fait un Russe. Le « L » au milieu était une consonne douce. Une personne dont la langue natale est l'anglais aurait dû se casser la langue pour prononcer ça ainsi.

Super. Voilà que je pense à la langue de Max. Sur mon visage, de préférence. Ce sera quoi, ensuite, je vais me mettre à gémir comme une opératrice du téléphone rose ?

— Stolyar, répété-je.

Je prends soin de plaquer ma langue contre mon palet en prononçant le « L », comme nous l'a appris notre professeur de russe – assez vainement, dois-je avouer.

— Et quel est ton nom de famille ? me retourne-t-il.

Intéressant. Il n'a fait aucun commentaire sur ma prononciation de son nom. J'ai peut-être tellement raté le « L » qu'il n'a même pas remarqué mes efforts ? À moins qu'il dresse la limite à cet endroit, s'agissant de cacher ses origines russes ?

— Hyman, l'informé-je, me raidissant.

S'il fait une blague en rapport avec la virginité, je dirai à ce communiste…

— C'est joli, répond-il.

— Vous trouvez ?

De toute évidence, il est allé dans l'une de ces écoles d'espions qui enseignent la séduction. Presque sans le moindre effort il me donne envie de me mettre à chanter cette chanson de *West Side Story*, vu que moi aussi, je me sens « Oh so pretty », et peut-être même « witty », mais pas du tout « gay ».

— Blue est un joli prénom aussi, ajoute-t-il.

Zut alors. Il est doué. Je vais devoir être très prudente.

— Max n'est pas mal non plus, rétorqué-je. Si on met de côté les associations avec des canidés.

— Merci. Alors, pourquoi ce jeton de poker ?

Je hausse les épaules, avant de me souvenir qu'il ne peut pas me voir. J'espère. Si j'avais quelques minutes devant moi, je pourrais peut-être le voir, *lui*, à travers la caméra de son téléphone.

— Je l'ai amené avec moi parce qu'on m'a dit qu'il y aurait beaucoup d'hommes attirants dans cette partie, expliqué-je. Je suis célibataire, alors j'ai pensé que j'aurais peut-être envie de donner mon numéro à l'un d'eux.

Eh, je ne cherche pas à faire dans la subtilité.

— Je me sens privilégié, commente-t-il. Merci de me l'avoir donné à moi.

— Vous étiez un choix évident, assuré-je avec un sourire diabolique. Assez proche de moi pour que je puisse glisser le jeton dans votre pile sans que personne le remarque.

Il éclate de rire.

— Alors c'était comme dans l'immobilier, l'emplacement était le plus important ?

— Pas seulement. Vous avez empilé tes jetons avec soin. Et votre apparence tout sauf hideuse a aussi aidé votre cause.

— Je suis plutôt fier de mon apparence tout sauf hideuse, en effet, avoue-t-il. Je suis content que tu l'aies remarquée.

— C'est ta plus grande qualité. Chérissez-la.

— J'aime bien discuter avec toi, remarque-t-il, me donnant à nouveau envie de me mettre à chanter. Mais je crois que j'aimerais encore plus te voir.

OK, je vais devoir trouver dans quelle école il est allé. De toute évidence, ils en savent beaucoup plus que Fabio, niveau séduction. D'un autre côté, nous sommes des créatures simples, nous autres les femmes, s'agissant de tout ça : aucune noisette dans les replis de notre derrière, pas la peine d'étouffer les gens avec nos organes génitaux... la liste est infinie.

— Tu veux qu'on passe en appel vidéo ? proposé-je.

— Et si on se rencontrait plutôt dans la vraie vie ?

Est-ce parce qu'il n'aime pas les appels vidéo ? C'est peut-être un truc d'espion ? Il ne veut peut-être pas que son visage soit capturé sur un écran ? À moins qu'il craigne qu'une webcam vole son âme d'espion russe.

— La rencontre devra avoir lieu dans un lieu public, le préviens-je. On ne sait rien l'un de l'autre. Je suis peut-être une taxidermiste tueuse en série qui aime garder les hommes tout sauf hideux en trophée.

— Compte tenu de la spécificité de cet exemple, je suis d'accord pour un lieu public. Pourquoi pas Central Park ?

Il me propose un rencard, là, hein ? Si c'est bien le cas, vais-je vraiment jouer le jeu ? Eh bien, pourquoi pas ? C'est à ça que servait le jeton. C'est mon occasion de découvrir si c'est un espion.

Oui. Voilà pourquoi je suis aussi excitée. C'est purement professionnel. C'est ma version des faits, et je m'y tiendrai… à moins qu'on me menace de torture par moineau.

— D'accord, acquiescé-je. On peut se retrouver sur les marches du Metropolitan Museum. Quand est-ce que tu voudrais faire ça ?

— Tu sais… c'est un beau samedi matin, remarque-t-il d'une voix soudain exquise. Je suis libre, si tu l'es.

Maintenant ? Il veut me voir maintenant ? Je ne suis pas prête. Je dois affûter encore un peu mes talents de séduction et élaborer un plan d'action. Par exemple, je pourrais peut-être le kidnapper, l'emmener sur une île privée et attendre que le syndrome de Stockholm se déclenche ? Mais non. Lundi, je devrais partir travailler et la N-chut-A ne me laisse pas bosser à distance.

— J'ai un truc de prévu dans quelques heures, annoncé-je, me souvenant de l'opération « Sauver le soldat Gros Bec ». Peut-être une autre…

— C'est parfait, m'interrompt-il. Je n'ai que deux heures de libres avant un engagement professionnel. Si on part maintenant, ça nous laissera amplement le temps de faire une balade.

Mon cœur cogne d'excitation dans ma poitrine. Je suppose qu'on va vraiment se voir.

— OK, tu peux arriver quand ?

— Dans quinze minutes ?

— Disons une demi-heure pour moi, l'informé-je.

Je vais devoir me préparer plus vite que je l'ai jamais fait depuis toutes ces années d'existence féminine, mais je suis prête à relever le défi.

— Marché conclu, acquiesce-t-il. À bientôt.

Il raccroche et je me mets à sautiller sur place d'excitation (purement professionnelle).

Je me dépêche de me préparer. Vu qu'il m'a vue avec ma perruque cage de Faraday, je vais devoir la porter à nouveau, ou au moins quelque chose de similaire en termes de couleur et de longueur. Je ne suis pas prête à lui parler de mon crâne rasé – une commodité pour les perruques que je regrette soudain. Bon, par chance, il se trouve que je possède une version encore meilleure de la perruque d'hier soir. Avec ça, Max ne sera pas le seul à pouvoir jouer dans une pub pour le shampoing. Une fois mon choix de cheveux fait, je choisis une jupe, des chaussures et un maquillage propre à faire tressaillir nom de code Maximus dans le pantalon de Max, à supposer qu'il me trouve un tant soit peu attirante, ce qui est probable, compte tenu de son appel et de son rencard.

— Waouh, lâche Olive quand je sors dans le salon. C'est une allure très chic, pour un sauvetage de poulpe.

— Ce n'est pas pour Gros Bec, déclaré-je. Je dois d'abord retrouver un ami. Ne t'en fais pas, je serai revenue à temps pour notre mission.

Elle me détaille de haut en bas.

— Je te parie cent dollars que ton ami a un beau pénis.

Je souris.

— Je suis si optimiste que je l'ai déjà surnommé Maximus.

Elle sort une bouteille de crème solaire de Dieu sait quel orifice.

— Tu veux prendre ça avec toi ? Tu devras en réappliquer, si tu sors au soleil.

— Ça ira, assuré-je, avant de m'empresser de sortir pour héler un taxi.

———————

Je sors du taxi, scrute les marches du MET et manque de m'étouffer avec ma langue.

Max m'attend déjà, un tournesol à la main.

Comment se fait-il que ses cheveux soient encore plus beaux aujourd'hui ? Il porte une perruque, lui aussi ?

Comme si cette sublime crinière ne suffisait pas, il est vêtu d'un costume sur mesure – et c'est désormais ma deuxième tenue préférée sur lui, après celle de sa naissance.

Oh, et ai-je mentionné la cravate ? Ça donne l'impression qu'il s'apprête à commander un martini, secoué mais pas remué, ou une vodka pure… directement à la bouteille.

— Salut, dit-il en me tendant la fleur quand j'approche.

J'aimerais bien réussir à faire taire les papillons dans mon ventre. Le tournesol est joli, mais c'est un drôle de choix, pour un rencard. Une rose ou un lys seraient plus traditionnels. On dirait presque un matériel d'espionnage. Peut-être que si j'étais une collègue espionne russe, je lui donnerais une citrouille en retour – puisque les deux produisent des graines et sont excellents pour la santé cardiovasculaire.

— Tu portes des vêtements, lâché-je.

Il m'exhibe sa sublime fossette.

— Toi aussi.

Une conversation brillante. Je devrais peut-être lui dire que le ciel est bleu, ce qui ressemblerait aussi à un code d'espion.

— Je suis Blue... toujours, me présenté-je en tendant la main.

— Max.

Il me serre la main, ses yeux aux éclats de miel pétillants.

Bordel de merde.

Le contact entre nos coudes la dernière fois ne m'avait pas préparé à ça.

J'ai l'impression que ma paume s'est transformée en clitoris et qu'il l'a léchée. Et sucée. Tout mon corps bourdonne d'énergie sexuelle. Capitaine et Sergent font un vif salut militaire à Max et mon vrai clitoris – dont le nom de code est classifié – meure d'envie de recevoir le même traitement que ma paume.

Avant que j'aie un orgasme en public – ou que je commence à parler slave – je retire ma main.

— Tu veux qu'on parte par-là ? proposé-je en montrant en direction d'East 80 th Street.

— D'accord.

Il me tend le bras comme si on était un couple marié en balade.

— On y va ?

Eh bien, je suppose qu'à Rome, on fait comme les Russes. Je passe le bras dans le creux de son coude et la sensation de son bras musclé manque de m'envoyer à nouveau dans une frénésie orgasmique.

On se met à marcher. La végétation, les arbres et les bancs qui nous entourent me rappellent ces scènes de film où les espions ont des rendez-vous cachés. Or contrairement à ces films, on ne fait pas semblant de ne pas se connaître.

Un troupeau de femmes avec des poussettes me dévisage avec une jalousie évidente.

Oui. Je continue de marcher. Il est à moi.

— Alors, commencé-je. Comment tu t'es retrouvé à cette table de poker ?

Il ralentit.

— Tu ne crois pas que c'est plutôt le genre de question qu'on poserait à un troisième rencard ?

Troisième rencard ? Je compte l'avoir déjà séduit, d'ici là, et si ça arrive, il me dira tout ce que je veux savoir durant nos discussions sur l'oreiller. Ou bien – si mes talents au lit sont à la hauteur – je réussirai peut-être à le retourner. Mon sexe doit réussir à être aussi bon. Pour mon pays. Ça arrive tout le temps dans les films d'espion, généralement quand une femme fatale ennemie couche avec le héros sexy, surtout si c'est James Bond.

— Désolé, reprend-il. Je suis quelqu'un de discret, et comme tu le sais, le Club implique le dark web. Hypothétiquement.

Quelqu'un de discret. C'est un euphémisme.

— Hypothétiquement, bien sûr, acquiescé-je. Qu'est-ce que tu peux me dire sur toi ?

Il hausse les épaules.

— Aide-moi à réduire le champ de discussion.

— Tu es célibataire, n'est-ce pas ?

Il a intérêt.

— Oui, et tu as dit que tu l'étais aussi, répond-il en montrant sa fossette. Tu l'es toujours ?

— Oui. Même si j'ai reçu plusieurs propositions de mariage en chemin pour ici. À ton tour. Où es-tu allé à l'école ?

Il ne va quand même pas lâcher « Moscou ».

— À l'université de York, répond-il. Et toi ?

L'université de York ? Celle de Toronto ? Dans l'Ontario ? Au... Canada ?

Je suppose que comme il y fait froid, les Russes s'y sentent chez eux.

— Je suis allée à l'université de Californie, l'expliqué-je. Qu'est-ce que tu as étudié ?

— Les relations internationales, répond-il en s'arrêtant devant une statue de trois ours.

Hum. C'est exactement le domaine qu'étudierait un espion. Devrais-je me sentir insultée par son absence de subtilité ?

— Et toi ? demande-t-il, les yeux posés sur l'ours.

— La cybersécurité.

Plus spécifiquement, j'ai un Master de Science en Études de cybersécurité nationale, mais si j'entrais à ce point dans les détails, je me rapprocherais trop d'admettre ce que je fais dans la vie. Non pas que j'aie l'intention de le cacher. Au contraire, ça m'aiderait peut-être à le séduire. S'il décide qu'il a envie de *me* retourner, les chances pour qu'on ait un troisième rencard grandiront. Et puis, s'il travaille pour les

Russes, il sait peut-être déjà où je bosse, vu que je lui ai donné mon nom.

La seule raison pour laquelle je n'ai pas encore cherché le sien, c'est parce que j'ai dû me dépêcher de venir ici.

— Qu'est-ce que tu fais dans la vie ? me questionne-t-il.

Il se détourne de l'ours, incline la tête et m'observe avec ses sublimes yeux vert forêt.

Ah. Peut-être qu'il ne sait pas, finalement. Ou bien il est doué pour faire semblant.

— Mon boulot est en lien avec mon diplôme, expliqué-je. C'est en grande partie classifié. Désolée.

— N'en dis pas plus, répond-il sans ciller.

Ah ah. Il comprend le besoin de confidentialité – un autre indice que c'est un espion.

Il se tourne à nouveau vers l'ours et murmure :

— N'est-ce pas une statue magnifique ?

Bien sûr. Si on se languit de la Mère Patrie où, comme chacun le sait, les ours se baladent dans les rues et nagent dans des rivières de vodka.

— Elle est pas mal. Je préfère celle d'Alice au pays des merveilles, avoué-je en pointant du doigt l'endroit vers lequel on se dirige.

— Oui, acquiesce-t-il avec un regard en coin. Le lapin est bien fait. La souris aussi. Et le chat.

Oh, alors il n'aime pas que les ours, mais tous les animaux, apparemment ?

Soit ça, soit il s'est rendu compte que les ours le trahissaient.

J'espère que ce n'est pas qu'une couverture. Ayant

grandi dans une ferme, et comme la plupart de mes sœurs, j'ai développé un grand amour des animaux, et j'apprécie ça chez les autres. À noter : même si la taxonomie affirme que les oiseaux sont des animaux, je pense qu'ils devraient avoir une classification propre, comme les champignons. Ils ressemblent à des plantes, mais sont en réalité des mycètes.

— Et toi ? l'interrogé-je quand on se remet à marcher.

Il passe une main dans ses cheveux blond foncé.

— Et moi quoi ?

Bien tenté.

— Qu'est-ce que tu fais dans la vie ?

Il ralentit à nouveau, toutefois c'est à peine décelable.

Est-ce un signe qu'il ment ? Si oui, il a de la chance de ne pas avoir à bouger à la table de poker.

— Je suis consultant en entreprise, m'apprend-il.

Je me fais des films, ou il est un peu évasif ?

— Quel genre de consultant ?

— Oh, je suis sur différents projets dans différentes entreprises. C'est assez ennuyeux...

Je n'entends pas ce qu'il dit ensuite, parce que je repère un gros problème sur notre route.

Du genre à faire dans son pantalon et à s'enfuir en courant.

Et qui combine les deux pires mots de la langue française.

Une volée de corbeaux.

CHAPITRE

Huit

CETTE BALADE VIENT de se transformer en film d'horreur, comme *The Crow*, que je n'ai jamais vu, ou *28 jours plus tard*, que j'ai vu malgré mon aversion pour les zombies. Je n'ai pas du tout été surprise d'apprendre que (alerte spoiler) le virus était transmis par un corbeau.

— Tu vas bien ? demande-t-il quand je me fige sur place.

Je reste muette de stupeur, un tas d'infos sur les corbeaux tourbillonnant dans ma tête, chacune plus terrifiante que la précédente.

Les corbeaux font partie des oiseaux les plus intelligents qui soient. Oui. À tel point qu'ils sont capables de concevoir et d'utiliser des outils, et qu'y a-t-il de plus effrayant qu'un oiseau assez malin pour faire ça ? Et ce n'est pas le pire. Ces créatures mangent n'importe quoi, y compris de la chair humaine, même quand elle est pourrie. Les corbeaux sont considérés comme des signes de malchance dans de nombreuses cultures, et pour une bonne raison.

— Sérieusement, qu'est-ce qui se passe ? insiste Max en posant la main sur mon épaule et en me secouant légèrement.

— Faisons demi-tour, articulé-je d'une voix étranglée.

Je suis si ébranlée que je me rends à peine compte qu'il me touche avec ses grandes mains fortes.

— D'accord.

Il me lâche, se retourne et je le suis – or c'est trop tard.

Derrière nous, une dame est en train de jeter des graines au sol, et une volée de pigeons a déjà commencé à s'y attaquer. Ils ne disposent que d'une petite fenêtre de temps pour se nourrir avant que les corbeaux remarquent ce qui se passe et bondissent.

D'un geste purement instinctif, je me presse contre Max.

— Les oiseaux. Je n'aime pas les oiseaux.

— Compris, assure-t-il.

Il passe un bras autour de mes épaules pour me serrer contre lui et commence à faire de grands gestes pour effrayer les corbeaux.

— Ne joue pas les héros, attaque-toi aux pigeons ! hurlé-je, mais il ne m'écoute pas et continue d'agiter son bras libre en direction des corbeaux.

Je frissonne et lance :

— Ils se souviendront de ton visage et auront de la rancune contre toi.

J'ai fait des recherches à glacer le sang à ce sujet.

Si j'étais Max, je ne dormirais que d'un œil à partir de maintenant, en espérant ne pas me faire picorer.

Les corbeaux croassent furieusement, mais mon sauveur émet un son semblable à un croassement et les oiseaux s'éparpillent enfin.

Je pousse un soupir soulagé. Ça me rappelle les films sur des espions capables d'exploits impossibles, comme fabriquer une bombe avec un micro-ondes, un donut et un tampon.

— Allons-y.

Me maintenant pressée contre lui, Max me fait traverser la zone occupée par les corbeaux une seconde plus tôt.

Puis il me lâche et on se met à courir.

Les corbeaux croassent furieusement et l'un d'eux essaie même de foncer en piquet sur la tête de Max, mais mon sauveur prouve à nouveau ses talents d'espion avec une technique d'arts martiaux qui permet enfin de faire fuir les corbeaux.

C'est décidé. Je vais investir dans un chapeau surmonté d'un épouvantail, à supposer qu'une telle chose existe. Au moins, la longue mémoire des corbeaux pourrait tourner à mon avantage, cette fois. Ils viennent peut-être d'apprendre qu'il ne faut pas attaquer Max ou ceux qui sont avec lui.

C'est en tout cas ce que je me dis pour me rassurer, tandis qu'on ralentit.

— Ça te dit de regarder naviguer une maquette de bateau ? m'interroge Max avec un signe vers l'attraction devant nous.

Il semble bien moins affecté que moi par l'attaque de corbeaux.

Je secoue la tête.

— Il risque d'y avoir des canards et je ne me suis pas assez remise de mes émotions pour affronter des oiseaux aux organes génitaux en forme de vis.

Il hausse un sourcil.

— Tu voudrais peut-être m'expliquer quelque chose ?

Je soupire.

— Très bien. Mais tu vas te moquer de moi.

— Je te jure que non, assure-t-il en pressant une main sur sa poitrine.

Aaaah, ces articulations au duvet de poils. Il sait vraiment comment m'atteindre. Oserais-je lui donner des munitions, au cas où il voudrait me torturer plus tard ? Pourrait-il utiliser cette information comme *kompromat* ?

Et puis zut. Il a déjà été témoin de ma réaction face aux corbeaux.

Je lui raconte le massacre et il m'écoute sans une trace d'amusement. Au contraire, il semble en colère contre la mésange zombie.

— Et depuis le massacre de la mésange zombie, conclus-je, j'ai peur des oiseaux et des zombies. Et comme mésange se dit « tit » en anglais, je n'aime pas trop le mot « téton » non plus.

Il baisse un regard avide sur ma poitrine.

— Quel terme tu préfères ?

— Ça dépend s'ils sont gros ou petits, rétorqué-je.

Il plisse les yeux.

— Au jugé, je dirais bonnet B.

Mince alors. Il est tombé juste – à supposer qu'il parle bien des miens.

— Je les appelle les jumeaux, mais c'est surtout pour agacer mes sœurs. Pour toi, ils seront les babushkas.

Voilà comment on attrape un espion. Il rit, ce qui veut dire qu'il sait que *babushka* signifie « grand-mère » en russe. N'est-ce pas ?

— Babushkas, répète-t-il en remontant les yeux vers mon visage. Je les appellerai comme ça, à partir de maintenant.

— Fais donc ça.

Je tends la main vers son coude et il tend le bras pour moi.

— Alors, de quoi on parlait avant les corbeaux ? demandé-je tandis qu'on se remet à marcher.

Il sourit.

— Ce qu'on faisait dans la vie, où on est allé à l'école... des trucs comme ça.

— C'est vrai, approuvé-je.

Je suis impressionnée qu'il n'ait pas mordu à l'hameçon pour changer de sujet. À moins que... a-t-il envie de me vendre sa couverture, aussi peu convaincante soit-elle ?

— C'était au tour de qui de répondre à une question ?

— Au tien, répond-il.

— Tiens donc.

Il sourit.

— Quelle était ta matière préférée à l'école ? À moins que ce soit classifié ?

— Je peux te dire laquelle était la plus ahurissante, proposé-je en lui étreignant le coude. L'informatique quantique.

— L'informatique quantique... c'est pour séparer les calculs dans de multiples univers, c'est ça ?

J'espère vraiment que cette question ne veut pas dire que la Russie travaille aussi là-dessus. En cours, on a appris qu'une fois aboutie (ce qui n'est pas encore le cas), l'informatique quantique pourrait devenir une menace envers les algorithmes cryptographiques modernes. On a aussi étudié certains algorithmes capables de résister à l'informatique quantique du futur, mais je ne lui en parlerai pas. En fait, je vais m'empresser de changer de sujet.

— Les univers multiples sont l'une des interprétations de cette bizarrerie qu'est la physique quantique, acquiescé-je. Tu crois qu'ils existent, toi ?

Voilà. Assez parlé de mon éducation ou de mon boulot.

Il ralentit un peu, c'est donc peut-être un signe qu'il réfléchit, et pas qu'il ment.

— Oui. Je pense qu'il existe des univers infinis.

— Tu ne trouves pas ça bizarre ?

Il hausse les épaules.

— Pourquoi je trouverais ça bizarre ?

— Les univers infinis signifient qu'il existe une autre Terre quelque part, avec une autre version de nous en train de se balader comme nous... ou bien peut-être qu'il y a un univers où on est des corbeaux doués de parole.

Je frémis à cette image horrible.

Il émet un petit rire.

— Est-ce qu'on est amants, dans l'un de ces univers ?

Petit espion rusé. Si l'objectif est de me donner des chatouillis – encore *plus* qu'avant – c'est mission accomplie.

— Je dirais qu'on l'est dans certains univers, et pas dans d'autres. C'est le problème avec l'infini. Ça permet des options folles, comme un univers où tu es une fille et moi un homme avec un très, très gros pénis. Tu aimes quand c'est brutal et on est très fan de la position du chien.

Il éclate de rire.

— Je suppose que je préfère les univers où tu n'as pas de pénis. Tu n'en as pas, dans celui-ci, hein ?

— Je n'ai pas de pénis, confirmé-je, avant de pousser un soupir de regret. Mais dis donc, c'était une question très personnelle et déplacée. Tu me dois deux réponses, maintenant.

— Je ne savais pas que c'était donnant-donnant. Qu'est-ce que tu veux savoir ?

— Pour commencer, tu dois me dire de quoi tu as peur, puisque je t'ai confié ma phobie.

Quelles sont les chances pour que j'obtienne quelques *kompromat* sur lui ?

Il lève les yeux vers les arbres.

— Ce n'est pas tout à fait une peur à proprement parler, mais quand j'étais en vacances en Floride, j'éprouvais une certaine inquiétude concernant les palmiers… Plus spécifiquement, je craignais qu'une noix de coco me tombe sur la tête.

Je remarque un pigeon au loin et tourne dans une partie plus ombragée du parc.

— Tu as peur des palmiers ?

C'est logique, bizarrement. La Russie est trop froide pour qu'il ait jamais croisé de palmier là-bas, alors quand il en a vu un pour la première fois, ça devait ressembler à une plante exotique qu'on ne comprend pas – et les gens ont tendance à craindre ce qu'ils ne comprennent pas.

— Je parle des noix de coco qui tombent, et je n'en ai pas peur, rectifie-t-il. Avant, j'avais peur des requins, mais on m'a dit qu'ils n'étaient pas vraiment un danger et que dix fois plus de personnes mouraient après avoir reçu une noix de coco sur la tête que d'une attaque de requin. Je pense que le but était de me guérir de ma peur des requins, sauf que j'ai commencé à redouter les palmiers à la place.

Devrais-je lui expliquer à quel point les oiseaux peuvent être meurtriers ? Le coup de pied d'une autruche peut tuer un lion. Un requin ou un palmier peuvent-ils faire ça ? Un jour, une autruche a failli tuer Johnny Cash, et ce ne sont même pas les pires oiseaux. Les serres des émeus peuvent vous éviscérer, les gypaètes barbus savent ouvrir les os de leurs victimes pour récupérer la moelle osseuse et la force du hibou grand-duc est capable de défigurer, aveugler ou tuer.

Oui, mieux vaut qu'il craigne de dociles palmiers plutôt que le vrai danger que sont les oiseaux. C'est mon fardeau à porter.

— Tu as droit à une dernière question, me rappelle-t-il.

Oserais-je lui demander ce que je meurs d'envie de savoir ?

Et puis merde. Comme on dit dans son pays natal, qui ne risque rien ne boit pas de champagne.

Je prends une grande inspiration et lance d'un ton désinvolte :

— D'où viens-tu ?

CHAPITRE

Neuf

— Je suis né à Edmonton, Alberta, réplique-t-il. C'est au Canada, au cas où tu…

Encore le Canada ? C'est ça, sa couverture ? Sérieusement ? Je sais que le climat est similaire à celui de la Russie, mais c'est le seul…

— Et toi ? ajoute-t-il, me ramenant à la conversation.

— Je suis née à New York, dis-je. C'est là-bas que se trouve la ferme de mes parents. Mais on peut en revenir à tes prétendues origines canadiennes ?

Il hausse un sourcil.

— Prétendues ? répète-t-il.

— Tu n'as pas employé une seule expression canadienne. Tu n'es pas plus poli qu'un autre, tu n'as pas mentionné le hockey une seule fois pendant cette discussion et enfin, tu ne m'as pas proposé une poutine.

— Tu as l'air d'en savoir beaucoup sur nous, hein ? remarque-t-il. Je crois que tu as oublié de me demander si j'avais le WiFi dans mon igloo, si j'allais travailler à ski ou en patins, quel était mon plat préféré au menu de

Tim Horton, à quel point mon addiction au sirop d'érable est grave, et enfin, quel est le nom de mes animaux de compagnie – l'ours polaire, l'élan et les chiens dont je me sers pour faire de la luge.

Je lâche un petit rire. Il a fait ses devoirs, je dois bien lui accorder ça.

— Tu connaissais Justin Bieber ou les deux Ryan, Reynolds et Gosling, quand tu étais petit ?

Sa fossette réapparaît.

— Non, mais je suis un *grand* fan de Céline Dion.

Un homme qui aime Céline Dion, Un simple souffle d'air pendant un test de glaucome suffirait à exploser sa couverture.

Devrais-je lui dire que ma grand-mère Gia adore Céline Dion ?

Non, j'ai une meilleure idée.

— C'est qui, Céline Dion ? l'interrogé-je en arborant mon meilleur visage impassible de joueuse de poker.

Il se tourne vers moi, les yeux écarquillés.

— C'est l'une des plus grandes artistes de tous les temps. Tu n'as jamais vu *Titanic ?* C'est elle qui chante le générique.

— Ah, énoncé-je, un sourire sournois sur les lèvres. *It's all coming back to me now.*

— Ouf, lâche-t-il en se remettant à marcher. Tu plaisantais. J'ai failli faire une crise cardiaque.

— Désolée, m'excusé-je. Je suis contente de savoir que *your heart will go on.*

Il rit à nouveau et indique du doigt le lac tout proche.

— Tu veux qu'on loue un bateau ?

Je regarde le lac en plissant les yeux.

— Peut-être. Ça dépend d'où en est la situation niveau canards.

Profite-t-il de ma peur des oiseaux pour arrêter de parler de sa prétendue terre natale ?

— Allons vérifier, propose-t-il.

Il accélère le pas et me mène aussi près de l'eau que possible.

Je scrute le lac.

Pas de canard, et l'emplacement est très romantique, en plus.

Pourquoi ai-je soudain envie de consommer quelque chose de canadien ? Du bacon, le Maximus de Max... Non. Qu'est-ce que je raconte ? Maximus, comme son propriétaire, est aussi russe que Tolstoï.

Comme s'il avait lu dans mes pensées, Max se tourne vers moi, les paupières à demi-closes.

Je déglutis.

Grâce à mon entraînement au Krav Maga, j'ai une conscience aiguë de notre proximité – nous ne sommes qu'à quelques centimètres l'un de l'autre. S'il inclinait la tête et que je me mettais sur la pointe des pieds, on pourrait s'embrasser.

On s'en rend compte tous les deux en même temps et nous oscillons l'un vers l'autre, attirés par la même force que celle qui rapproche les Russes de la vodka.

Mon cœur cogne à tout rompre. Ça y est. Ma première incursion sur le territoire de la femme fatale. Fabio ne m'a pas précisé quand sortir ma technique de caresse de noisette, néanmoins je suppose que ce n'est pas le genre de truc qu'on fait à un premier rencard. Le baiser est un classique, en termes de séduction. En parlant de séduction, qui séduit qui, là ? À moins que ce soit le début de l'un de ces duels de séduction qu'on voit dans les fictions d'espionnage ?

Nos lèvres ne sont qu'à un cheveu les unes des autres quand je l'entends.

Un son horrible, mélange de coup de klaxon et d'aboiement, suivi d'un caquètement diabolique.

Je m'éloigne de Max d'un bond et fais volte-face.

Mon regard se pose sur la source du son et mon cœur déjà hyperactif menace de sortir de ma poitrine.

Non.

Je vous en prie, non.

Or impossible de s'y tromper.

C'est le monstre le plus effrayant et agressif qu'on puisse rencontrer, même en prenant en compte les tueurs en série et les dragons du Komodo. Une créature vraiment folle, qui ne connaît pas la peur. Même les blaireaux, qui ont la réputation d'être cinglés, ne sont rien comparés à ces terribles créatures.

Rien que leur nom transforme les entrailles en bouillie glacée.

La puissante…

La terrible…

Oie.

CHAPITRE
Dix

JE RECULE.

Max vient se placer entre nous. Comme je l'ai établi plus tôt, cet homme fait preuve d'un courage insensé.

L'oie bat de ses grandes ailes et ouvre son bec broyeur, exposant sa langue dentelée de film d'horreur à qui il semble avoir poussé des dents.

Oh, et les oies possèdent quelque chose qu'on appelle un *ongle* sur le bec, ainsi que de vrais ongles – ou griffes – sur leurs pattes palmées.

La bête hurle à nouveau.

La chair de poule me recouvre la peau. Cette réaction de peur ultime tient sûrement son nom d'une rencontre fatale avec une oie.

Une douzaine de plans d'action me passent par la tête en un clin d'œil, grâce à mon entraînement en arts martiaux.

Faire la morte ? Non, c'est ce qu'on fait devant un ours – et si c'était un ours, Max aurait juste dansé avec lui. Problème réglé.

M'enfuir ? Non, ces saletés sont réputées pour pourchasser les gens. Il serait futile d'essayer de la distancer – c'est de là qu'est tirée l'expression « chasse à l'oie sauvage ». En plus, ce ne serait pas sympa d'abandonner Max.

Sauter dans le lac ? Ne surtout pas croiser son regard, bien sûr. Pas de mouvements brusques – de toute façon, j'aurais été incapable d'en faire même si je voulais.

Y a-t-il des oiselets dans le coin ? Ces créatures peuvent devenir particulièrement meurtrières quand elles protègent leurs petits.

Zut. Ai-je invoqué ce démon en mentionnant Ryan Gosling, tout à l'heure ?

En plus, c'est clairement une oie du Canada – l'animal exporté le moins bienvenu du prétendu pays natal de Max. En fait, si le Canada n'avait pas été un pays amical, je les aurais suspectés d'avoir créé ces bêtes génétiquement pour en faire des armes de terreur.

— Ouste ! lance Max.

Ouste ? S'il était vraiment canadien, il devrait savoir à quel point ce genre de technique est inefficace, non ? Les attaques d'oies doivent être routinières, au Canada.

Et en effet, l'oie s'agite encore plus et s'élance en avant.

— Reste derrière moi, Blue, m'intime Max.

Oui. Pas la peine de me le dire deux fois.

L'oie ouvre à nouveau son bec. Sa langue ressemble à une anguille cauchemardesque.

À la vitesse d'un cobra, l'oie s'envole une seconde et arrache les yeux de Max.

C'est en tout cas l'impression que j'ai, l'espace d'un instant. En réalité, l'oie attrape la cravate de Max et refuse de lâcher.

Bordel de merde.

Max arbore désormais un collier en forme d'oie qui rappelle ces énormes montres que porte le rappeur Flavor Flav autour du cou – sauf que celui-là sort tout droit de l'enfer.

Pourquoi l'oie ne le lâche-t-elle pas ? Elle se prend pour un pitbull ?

Je n'imagine même pas la frayeur que doit ressentir Max, avec cette oie accrochée autour du cou.

Bon. Ça suffit. Si je veux éviter que Max finisse étranglé, je dois agir.

Je surpasse ma paralysie et m'empare de la pierre la plus proche. Mais j'ai trop peur d'approcher de l'oiseau pour lui défoncer le crâne.

Je pourrais peut-être jeter la pierre ?

Non. C'est comme une situation de prise d'otage. J'ai autant de chance de toucher Max que d'atteindre l'oie.

Riant de manière probablement hystérique, Max sort un couteau papillon de sa poche et déplie la lame d'un geste du poignet ostentatoire.

Est-ce un autre signe de sa nature d'espion ? Pourquoi un consultant en entreprise porterait-il un couteau illégalement et posséderait-il les compétences nécessaires pour s'en servir de manière aussi experte ?

— Oui ! m'écrié-je. Vise l'œil et poignarde-la dans le cerveau !

Max secoue la tête et opte pour une solution bien moins violente. Il tranche sa cravate.

L'oie retombe au sol avec le morceau de tissu dans le bec et semble confuse l'espace d'un instant. Je suppose qu'on a eu de la chance et que celle-ci n'est pas d'humeur à démembrer ses victimes, comme le reste de ses semblables.

Elle nous fusille du regard, mais, incapable de piailler sans perdre son souvenir durement acquis, l'oie s'envole avec le morceau de cravate dans le bec.

— Tu crois qu'elle va le manger ? demandé-je une fois à nouveau capable de parler.

Si oui, c'est méchant de ma part, si j'espère qu'elle s'étouffe avec ?

— Elle va peut-être s'en servir pour faire un nid, suggère Max.

Il me scrute de la tête aux pieds et reprend une expression sérieuse.

— Tu vas bien ?

— J'aurais bien besoin d'un Xanax.

— Et si on allait au zoo qu'il y a dans ce parc ? propose-t-il. Je trouve que regarder les pandas roux est une expérience très apaisante.

— Je ne suis jamais allée dans ce zoo, avoué-je avec méfiance. Ils ont des oiseaux ?

Il passe une main dans ses cheveux soignés.

— Des perroquets, je crois. Peut-être un paon. Je suis sûr qu'il y a des pingouins. Mais on peut éviter ces coins-là.

— OK, allons-y, accepté-je, surtout dans un effort pour sauver la face.

Je représente la communauté américaine du renseignement, après tout.

Même si je dois mobiliser toute ma volonté pour ne pas lui dire ce que je pense des oiseaux qu'il vient de mentionner.

Commençons par les perroquets. Ils sont terrifiants. Ils me rappellent des clowns – du genre diaboliques, à la Stephen King.

Les pingouins ? Ce n'est pas pour rien si l'un des pires ennemis de Batman est le Pingouin. Ils sont ouvertement maléfiques. Quel est le film le plus populaire les concernant ? *La marche de l'empereur.* Qui d'autre aime marcher ? Les nazis. Qui semble à deux doigts de corriger votre grammaire ? Les pingouins.

Et ne me lancez pas sur les paons, qui ont l'honneur glaçant de faire partie des plus gros oiseaux volants. Ils font aussi partie des oiseaux les plus sexistes – à tel point que seuls les mâles ont le droit d'être nommés des paons. Les femelles se nomment des paonnes, ou des paons femelles, qui sont tous deux des termes à la fois immondes et railleurs. Mais ça ne s'arrête pas là. Un paon peut avoir jusqu'à cinq partenaires femelles, il n'est donc pas étonnant que les groupes de paonnes soient nommés un harem. Oui. Les Grecs Anciens savaient la vérité. Ils pensaient que la chair des paons ne pourrissait pas après la mort – en d'autres termes, que ces oiseaux étaient des zombies. Enfin, mais pas des moindres, les jolies queues de ces oiseaux partisans de la patriarchie contiennent des structures microscopiques semblables à du cristal, qui reflètent des longueurs d'onde de lumière qu'on ne peut même pas voir. Les queues des paons lancent-elles des lasers capables de donner le cancer à de pauvres innocents ? Personne ne le sait. Le Grand Paon ne veut pas que vous sachiez la vérité.

Max tend la main et prend la mienne, me provoquant une décharge d'énergie plaisante jusque dans Capitaine, Sergent et mon clitoris – dont le nom de code est toujours classifié.

Si l'idée était de détourner mes pensées des oiseaux et de les rendre bien plus coquines, c'est mission accomplie. Néanmoins je ne suis pas seulement excitée. Je suis aussi très calme. Qui a besoin d'un Xanax et de pandas roux quand on peut tenir la main d'un espion russe super-sexy ?

— C'est au tour de qui de poser les questions ? m'interroge-t-il.

— Au mien, dis-je. Tu as des frères et sœurs ?

Plus il m'en dira sur lui, plus il me sera facile de pénétrer sa couverture. Quelles sont les chances pour qu'il ait été inséré au Canada avec une bande de proches ?

Une seconde. *Pénétrer. Insérer.* De toute évidence, sa main et ce duvet de poils sur ses articulations a surchargé mon cerveau d'hormones.

Il hoche la tête.

— J'ai une grande famille. Trois frères et une sœur.

Je ricane.

— Quatre frères et sœur ? Tu considères ça comme une grande famille ?

Il hausse les épaules.

— Au Canada, la taille moyenne d'une famille est de

2,9 personnes.

Au Canada. Bien sûr.

— J'ai sept sœurs, annoncé-je.

Il reste bouche bée, je lui parle alors de ma portée et des jumelles.

— Et tout le monde est monozygote ? demande-t-il, incrédule.

— Oui. Les jumelles, Holly et Gia se ressemblent beaucoup, et je suis identique aux autres sextuplées.

— Les jumelles te ressemblent aussi ? me questionne-t-il en m'étudiant d'un regard brûlant.

— On a beaucoup de traits en commun, plus que d'habitude pour des sœurs, je pense. Et toi ? Tu ressembles à tes frères et à ta sœur ?

— Certains disent en plaisantant que mes frères et moi sommes quadruplés, mais ce n'est pas le cas. Par chance, ma sœur ne nous ressemble pas du tout.

Je souris.

— Laisse-moi deviner, ta sœur est la plus jeune d'entre vous.

Il hoche la tête.

— Tes parents voulaient une fille, hein ?

— T'as tout compris.

— Les miens ont essayé d'avoir un garçon et se sont retrouvés avec six filles de plus, expliqué-je. On est un cas de technologie de reproduction assistée ayant mal tourné.

— Je ne sais pas... répond-il et la chaleur s'intensifie dans ses yeux tandis qu'il m'adresse un regard pénétrant. Je crois que tu es un cas de technologie de reproduction assistée ayant très bien tourné.

Mes joues deviennent écarlates.

— Personne ne m'a complimentée en tant que technologie de reproduction assistée, jusqu'à maintenant.

Il exhibe une rangée de dents blanches.

— C'est un plaisir de faire plaisir. C'était comment, de grandir avec tes sœurs ?

Je lui explique et en retour, il me raconte des histoires qui ne sont pas si différentes. Pendant tout notre échange, je me demande s'il a vraiment grandi dans une grande famille ou si tout n'est qu'une couverture. Il a beaucoup de détails qui sonnent vrais, c'est sûr, alors on peut au moins dire que celui qui a écrit le script de sa couverture doit avoir un bon nombre de frères et sœurs.

Je suis en train de raconter les blagues diaboliques de Gia quand un couple s'avance vers nous avec une carte à la main. Ils sont tellement couverts de crème solaire que même Olive trouverait que c'est trop : des visières à la Dark Vador, des parasols, de très gros chapeaux, des longues manches – ils ont la totale.

— *Sillyehamnida,* lance la femme en tapotant la carte. Où MET ?

Était-ce un « excuse-moi » en coréen ? J'ai très peu d'expérience avec cette langue. Je ne l'ai entendue que dans « Gangnam Style » et quelques autres chansons de K-pop.

Max sourit et se lance dans un discours ressemblant à du coréen parfait – si c'est bien cette langue-là. Les touristes ont l'air aussi impressionnés que moi tandis qu'il leur indique quelque chose sur la carte et, je présume, les recrute en tant que sources dans leur pays natal.

Quand les touristes s'en vont, il me reprend la main et se remet à marcher comme si ce qui vient de se passer était tout à fait normal.

— C'était quelle langue ? l'interrogé-je.

— Du coréen, répond-il.

Un point pour moi. J'ai au moins réussi à identifier la langue.

— Alors comme ça, tu parles coréen ? m'étonné-je en ralentissant. Si c'était du français, je serais moins surprise, sachant que tu viens du Canada.

Il hausse les épaules.

— Je voulais devenir diplomate, alors j'ai appris plusieurs langues étrangères quand j'étais jeune.

Il me regarde et me questionne :

— Tu ne parles que l'anglais ?

C'est ma chance. J'observe son visage avec attention, et, dans sa langue natale, je réponds :

— Non. Je parle aussi le russe.

— *Da,* acquiesce-t-il. *Neploho.*

Mince alors. Je m'attendais à ce qu'il fasse semblant de ne pas parler cette langue, mais non. Sa prononciation est juste un tout petit peu chancelante – à moins qu'il s'agisse d'une ruse pour me faire croire que c'est un Canadien parlant une langue qu'il a apprise.

— Quelles autres langues tu connais ? m'enquiers-je.

— Je n'aime pas me vanter.

Je lui étreins la main.

— Allez. Dis-moi.

Il fronce les sourcils.

Merde. Ai-je été un peu trop insistante ?

— Je voulais te poser une question, commence-t-il en se raclant la gorge. Je sais que ton boulot est classifié, mais… est-ce que tu t'intéresses à moi pour ton travail, par hasard ?

Ça m'apprendra à m'entêter à jouer aux vingt questions dès notre premier rencard.

Qu'est-ce que je réponds, maintenant ? J'ai essayé d'être honnête avec lui. Dans l'éventualité très peu probable où il ne serait pas un espion et où on se retrouverait mariés avec des enfants, je n'ai pas envie qu'il y ait des secrets entre nous.

Bon, si je réponds avec prudence, je ne suis pas obligée de mentir. Je prends une expression aussi sincère que possible et réponds :

— Je ne m'intéresse pas à toi pour mon boulot.

C'est la vérité. C'est plus un passe-temps, et un moyen potentiel de changer de job plus tard.

Je n'arrive pas à déterminer si son soupir de soulagement exagéré est une plaisanterie ou pas.

— On est arrivés, remarque-t-il en faisant un geste vers l'entrée du zoo. Tu as encore du temps ?

— Ça va, confirmé-je après avoir regardé mon téléphone. Et toi ?

Il jette un coup d'œil à sa montre.

— Malheureusement, ça devra être notre dernier arrêt de la journée. Mais je pense qu'on pourra voir tous les animaux.

Et c'est exactement ce qu'on fait : on voit d'abord les lions de mer, puis les lémuriens, les pandas roux (qui sont aussi apaisant qu'on me l'avait promis), les grizzlys, les macaques japonais et enfin, les léopards des neiges. À la fin, on entre dans la boutique de souvenirs, où il s'attarde près d'un présentoir de léopards des neiges en peluche.

— Ils te donnent le mal du pays ? l'interrogé-je avec un signe de tête vers les jouets.

— Pourquoi ? s'étonne-t-il. Il n'y en a pas, au Canada.

Ça valait le coup d'essayer. Je sais très bien que les léopards des neiges sont originaires des montagnes de l'Asie Centrale.

— Pourquoi pas un ours ? proposé-je en montrant un ours en peluche.

Il hausse les épaules.

— On a des grizzlys, mais je n'en ai jamais rencontré, alors ils ne me rendent pas nostalgique non plus.

Waouh. Son niveau de sincérité est admirable, quand il affirme n'avoir jamais rencontré d'ours. Je parie qu'il aurait paru tout aussi honnête s'il avait dit n'avoir jamais dansé avec l'un d'eux.

— En parlant d'ours, tu as aimé les pandas roux ? demande-t-il avec un geste vers les pandas en peluche noirs et blancs.

Je plisse le nez pour le taquiner.

— Eh bien, pour commencer, les pandas roux n'ont rien à voir avec les pandas normaux. Ils sont plus proches des ratons laveurs, des putois et des belettes.

— Toutes les créatures que tu viens d'énumérer sont incroyablement mignonnes, affirme-t-il.

— Si tu le dis.

Je sors mon téléphone et cherche une image de rat-taupe nu. Je la lui fourre sous le nez.

— Ça, c'est mignon. Je ne comprends vraiment pas pourquoi il n'y a pas des peluches d'eux ici.

Il observe l'image avec un sourire.

— J'adore les animaux, mais cette créature a de la chance d'être presque aveugle. Autrement, elles auraient aussitôt cessé de se reproduire.

— En fait, leur processus de reproduction est unique en son genre : les reines copulent avec de multiples mâles et les femelles sont stériles. Un peu comme les fourmis et les abeilles.

Je range mon téléphone et ajoute :

— Les pandas sont réticents à se reproduire. Ça veut dire qu'ils sont hideux ?

Il émet un petit rire.

— C'est vrai pour les pandas normaux, pas les roux. Et puis, ils sont mignons aussi.

Il prend le jouet et me le tend.

— Ils ont juste du mal à se reproduire en captivité – sûrement parce qu'ils ont besoin de ce rituel de reproduction complexe qu'ils font dans la nature.

— Je parie que leur petit pénis n'arrange rien, renchéris-je. Comparé à la taille de leur corps, ils ont le plus petit pénis de tous les animaux de la planète.

— C'est décidé, lâche-t-il en prenant deux pandas en peluche et en s'avançant vers la caisse. Je vais en prendre un pour moi et un pour toi.

Oooh. Surcharge de chaleur et de mignonnerie. Quand il me tend le panda, je le serre contre ma poitrine.

— Ce n'est pas un rat-taupe nu, mais je m'en contenterai.

Il consulte sa montre et annonce :

— Je dois y aller.

— Je comprends, acquiescé-je, avant de regarder autour de moi.

On est en intérieur, il n'y a donc aucune oie, pigeon, corbeau ou je ne sais quelle autre horreur. Il n'y a que moi, lui et l'employé de la boutique de souvenirs.

Je réduis la distance entre nous, avec un seul objectif en tête : séduire. J'hésite entre le traîner hors de la boutique pour parvenir à mes fins avec lui ou soudoyer l'employé pour le faire partir.

Tout ce que je sais, c'est que toute résistance à mes charmes sera futile.

Quand je prends la parole, ma voix contient la dose parfaite de ton rauque, avec une pointe de flirt.

— Je suppose qu'on ferait mieux de se dire au revoir... convenablement.

Il s'approche tout près de moi et je suis enivrée par son parfum d'érable et de lavande.

— C'est vrai qu'on se doit bien un au revoir digne de ce nom.

Il replace une mèche de ma perruque derrière mon oreille, me laissant entrevoir les poils sur ses articulations.

Putain, ce qu'il est doué.

Quand il se penche, je suis déjà sur la pointe des pieds, les lèvres impatientes.

Il m'attire à lui et s'empare de ma bouche avec expertise.

CHAPITRE
Onze

LE MONDE entier disparaît autour de nous.

Ses lèvres sont douces, sa langue délicieuse.

Avant de réaliser ce qui se passe, je me retrouve avec ma main libre sur ses fesses, mais je ne la plonge pas dans son pantalon pour chercher sa noisette... pas encore. Dans un duel de séduction contre un formidable adversaire, il faut conserver quelques atouts dans sa manche.

Au loin, quelqu'un se racle la gorge de manière appuyée.

Ignorant cette distraction, je me perds à nouveau dans ce baiser. La langue de Max fait cette danse où l'on s'accouple à répétition dans ma bouche, et je suis à deux doigts de l'orgasme buccal. C'est le meilleur baiser de ma vie, sans hésitation. Si j'explose de joie, je mourrai heureuse. Le travail de terrain est encore plus incroyable que je m'y attendais.

Les raclements de gorge se font plus insistants.

Max s'écarte et ajuste ce qu'il lui reste de cravate.

Haletante, je lance un regard meurtrier à l'employé.

Le regard de Max est vorace.

— On reste en contact.

Nooon. Je n'ai pas fini de le séduire. Ça va retarder énormément nos confidences sur l'oreiller, sans parler de mon permis de femme fatale.

Avant que j'aie pu dire ou faire quoi que ce soit, il tourne les talons et quitte la boutique.

Je consulte mon téléphone.

Il me reste encore un peu de temps avant l'opération Sauver le Soldat Gros Bec. Je pourrais peut-être en apprendre un peu plus sur mon mystérieux cavalier. Après tout, qu'est-ce qu'il avait de si urgent à faire ?

Oui. Je le surprendrai peut-être en train de parler à son responsable.

Mon panda en peluche serré fermement dans la main, je cours dehors et cherche Max.

Ouf. Il n'est pas loin.

Je me cache derrière un arbre tout proche et attends qu'il ait mis un peu de distance entre nous.

Une fois que cela me semble sûr, je cours jusqu'au prochain arbre, puis le suivant. Je me fiche que ma technique d'espionnage soit inspirée de dessins animés. Jusqu'ici, il ne m'a pas repérée, et je ne l'ai pas perdu de vue.

Il sort du parc.

Zut.

Je retire ma perruque dans l'espoir que cela suffise à me déguiser. Je vais devoir me montrer plus prudente, à partir de maintenant. S'il me surprend, je pourrais avoir de gros ennuis. Les espions ont pour règle de ne laisser aucun témoin en vie – comme on le voit dans tous les épisodes de *The Americans*. Vous savez ce qui vous attend, s'ils vous demandent « Avez-vous parlé à quelqu'un de ce que vous avez vu ou entendu ? » À ce moment-là, il ne vous reste plus qu'à dire adieu à votre vie et à leur donner une liste de gens que vous détestez assez pour les faire tuer après vous.

La bonne nouvelle, c'est que New York est une ville très animée, il est donc plus facile d'épier quelqu'un – en temps normal, c'est plutôt au désavantage pour les femmes, toutefois à cet instant, ça m'est très utile. Malgré tout, la prochaine fois, je devrais amener un manteau réversible, et peut-être une perruque de rechange, histoire que ce soit plus sûr. Si seulement ces masques en latex qu'on voit dans *Mission Impossible* étaient réels… à moins qu'ils le soient ?

Mon téléphone sonne, annonçant un message.

Je regarde.

C'est Gia, qui me donne les détails de son spectacle de magie qui a lieu plus tard dans la journée.

Non, une seconde. Je ne peux pas me laisser distraire.

Quand je lève vivement les yeux, Max a disparu.

Zut. Comment ai-je pu être aussi stupide ? Je suppose que quand on épie quelqu'un il faut suivre les mêmes règles que lorsqu'on va à un mariage ou au cinéma – les téléphones doivent être éteints.

Attendez. Il est là. De l'autre côté de la rue, assis dans un café.

Dieu merci, je ne l'ai pas perdu – et dire que je mène cette opération toute seule. Si quelqu'un découvrait que j'avais failli perdre ma cible à cause d'un SMS ? Je devrais suivre la tradition des espions et l'éliminer.

Je fonce dans un salon de beauté en face de l'endroit où se trouve Max. La vitrine est légèrement teintée pour donner un effet miroir, et il devrait être difficile de me voir.

— En quoi puis-je vous aider ? me demande une dame.

J'étudie mes options : manucure, épilation des sourcils à la cire, épilation brésilienne, pédicure avec des poissons... Bizarre, j'aurais pu jurer qu'Olive m'avait dit que le dernier salon à proposer ça avait été récemment fermé, à New York. Puisque les autres options impliquent des employées curieuses, je choisis quand même les poissons, en me faisant le serment de ne jamais en parler à ma sœur amoureuse de la vie sous-marine. Tandis que la dame me mène vers mon destin poissonneux, je demande une place face à la fenêtre.

Quand les poissons spéciaux s'attaquent à mes pieds, ça me chatouille, mais d'une manière perturbante. J'espère que personne ne les relâchera dans la nature. Ils ont pris goût à la chair humaine, maintenant, et ce ne serait qu'une question de temps avant qu'ils se mettent à dévorer la chair sur les os des gens, comme les piranhas utilisés par le méchant de *L'espion qui m'aimait*.

Max est encore assis là-bas tout seul.

Bizarre.

Je sors mon téléphone et ouvre l'appareil photo. Je m'émerveille de la technologie moderne tout en zoomant jusqu'à cent fois – même James Bond envierait ça.

Le téléphone pointé sur Max, je le vois désormais clairement sur l'écran, et j'en suis bien contente. Il parle à quelqu'un sans tourner la tête – une technique d'espion classique.

Merde. Je regrette de n'avoir aucun appareil qui me permettrait d'entendre ce qu'il dit. Avec un peu de chance, je réussirai à transformer son téléphone en dispositif d'écoute un peu plus tard.

Eh, au moins, je vois à qui il parle.

C'est une femme, qui lui tourne le dos et porte une tenue professionnelle sévère.

Une femme terriblement séduisante, qui a intérêt à être sa responsable ou sa cible, et non sa petite amie ou sa femme par exemple.

Je prends une photo pour faire une recherche plus tard et m'assurer que son nom de famille ne soit pas Stolyar.

Est-ce que je suis jalouse ? Non, c'est ridicule. Mon intérêt est purement professionnel. Et puis, pourquoi parlerait-il à sa femme ou petite amie de cette manière ? Ils essaient clairement de rester discrets. Au mieux, ils ont une liaison et c'est la femme d'un autre. Toutefois avec un peu de chance, ils n'ont qu'une relation platonique entre responsable et agent, ou entre espion et sa cible.

À moins que je me trompe complètement ? Et s'ils portaient tous deux un écouteur Bluetooth que je ne peux pas voir, et qu'ils parlaient à des personnes différentes au téléphone ?

Mais non.

Quand la conversation se termine, ils se lèvent tous les deux en même temps et partent chacun de leur côté. Quelles sont les chances pour que leur appel se soit terminé en même temps ? En plus, je n'ai pas vu Max mettre d'écouteur.

J'écourte le travail des poissons mangeurs d'hommes, sèche mes pieds avec une serviette, laisse un généreux pourboire et me dépêche de rentrer chez moi.

En chemin, je reçois une notification de la part de mon contact au FBI.

L'ex d'Olive est en détention, l'opération Sauver le Soldat Gros Bec est lancée.

CHAPITRE
Douze

QUAND J'ENTRE dans mon appartement, ma sœur de portée est couchée sur le canapé à côté de Machette, en train de jouer sur son téléphone – quand je vois le jeu sur son écran, je regrette d'avoir regardé.

Son nom est une tautologie cauchemardesque : *Angry Birds*.

— Salut, sœurette, lance Olive.

Elle verrouille son téléphone, m'épargnant la vue du massacre de cochons innocents et la destruction de propriété au cœur de ce terrible jeu. En temps normal, je ne suis pas d'accord avec les gens qui disent que les jeux vidéo sont à l'origine de la montée de la violence chez les jeunes, néanmoins si quelqu'un pouvait interdire *ce* jeu pour cette raison, je le soutiendrais.

— Coucou, lancé-je.

Elle écarte Machette et se lève.

Le chat la fusille du regard.

— Il me rappelle ce meme de Grumpy Cat, remarque-t-elle en ricanant.

Le regard du chat devient meurtrier.

Va te faire voir, Octopus. Machette mange Grumpy Cat pour le petit-déjeuner. Puis il agresse tous les chats qui ressemblent à Hitler... au niveau anal.

La situation a dégénéré un peu vite, non ?

— Tu es prête à y aller ? l'interrogé-je en laissant tomber ma perruque et le panda en peluche sur la table basse.

— Une minute.

Olive met ensuite dix minutes qui semblent durer des heures à se couvrir de crème solaire. Puis elle enfile un T-shirt à manches longues et prend un parasol.

— Prête.

——————

— Tu vas nous tuer, remarque Olive en soulevant ses lunettes de soleil pour me regarder en étrécissant les yeux. La limite de vitesse est de quarante kilomètres-heure, pas quatre-cents.

Je lui fais un clin d'œil.

— On a une fenêtre de temps limitée pour cette opération, et tu en as gaspillé une partie pour mettre de la crème solaire.

Elle pointe le doigt vers le pare-brise.

— Pour l'amour de Cthulhu, regarde la route.

J'obéis – juste à temps pour éviter de heurter un taxi jaune.

— Cthulhu ? répété-je, les yeux désormais rivés sur la route.

— Une entité cosmique fictionnelle tirée des récits

de H.P. Lovecraft, explique-t-elle. Elle est censée avoir une forme de poulpe.

— Ce n'était pas aussi un humanoïde géant… avec des ailes de dragon ?

Elle émet un son agacé.

— Je préfère me dire que le Grand Ancien est en grande partie un poulpe.

Je secoue la tête. Ma sœur n'a pas seulement un fétiche pour les poulpes ; elle est biologiste marine et adore tous les types de créatures marines, mais pas autant que ses chouchous à tentacules. Eh, au moins, elle n'est pas ornithologue – une profession aussi sombre et macabre que la nécromancie.

Contrairement à moi, qui aie découvert ma vocation d'espionne assez tardivement, l'obsession d'Olive remonte à aussi loin que je me souvienne. Lors d'une journée d'été particulièrement marquante, elle a fait pipi plusieurs fois dans une mare remplie d'un produit chimique rendant l'urine bleue, tout en hurlant joyeusement : « je projette de l'encre ! »

Pendant tout le reste du trajet, on joue à « mon petit œil voit » et évidemment, c'est moi qui gagne.

— Gare-toi ici, dit Olive en pointant du doigt devant elle.

Je me gare.

— Je repartirai dans ma propre voiture, Cthulhu soit loué, marmonne Olive tout en ouvrant la portière.

— Tu as une voiture ? m'étonné-je.

Elle m'indique un fourgon blanc de l'autre côté de la rue.

— Je l'ai acheté pour Gros Bec.

Gros Bec a besoin d'un fourgon ? Quelle taille fait ce poulpe ?

Avant que j'aie pu poser la question à voix haute, Olive et moi entrons dans l'immeuble. Quand nous montons dans l'ascenseur, je reçois un message de mon ami du FBI :

Le type a appelé son avocat, on a été obligés de le laisser partir.

— Merde, lâché-je, avant d'expliquer la situation à Olive. Il risque de nous surprendre. Il serait plus sûr d'avorter la mission pour l'instant le temps de former un nouveau plan.

Son expression déconfite me serre le cœur.

— Et s'il faisait du mal à Gros Bec ?

Je serre les dents.

— Très bien. Attends-moi ici.

— Non, proteste-t-elle. Tu auras besoin de mon aide. En plus, Gros Bec est un peu frileux avec les gens qu'il n'a jamais rencontrés.

Je lève les yeux au ciel.

— Il ne va pas me prendre pour toi ?

Elle se redresse.

— Gros Bec est plus intelligent que certains humains. Je viens, et c'est non négociable.

Je laisse échapper un long soupir.

— Je n'ai pas le temps de te faire entendre raison.

— Tant mieux.

Je m'empresse d'entrer dans l'ascenseur et elle me suit.

Quand on arrive à l'étage de son ex, on court vers la porte.

Olive enfonce sa clef dans la serrure, tente de la tourner et fronce les sourcils.

— Dépêche-toi, lui intimé-je en observant furtivement autour de moi.

Elle arrête de se battre avec sa clef et annonce :

— Je crois qu'il a changé la serrure.

— Pousse-toi.

Je plonge la main dans ma poche et en sors mon kit de crochetage. Gia est une experte dans le domaine, ça fait partie de son répertoire de magicienne, et je lui ai demandé de tout m'apprendre – ainsi que l'art d'ouvrir les coffres-forts, ce qui ne sera pas nécessaire pour ce cambriolage, j'espère, parce que je ne suis pas aussi douée pour ça qu'avec les serrures.

— Qu'est-ce qui prend autant de temps ? demande Olive quand j'entends enfin quelque chose remuer dans la serrure.

Je pousse la porte et lui lance un regard signifiant « tu te fiches de moi » ?

Olive n'a pas l'air de s'en soucier. Elle se précipite dans l'appartement et traverse le salon en courant si vite que j'ai du mal à la suivre. Tandis que je la suis, je ne peux m'empêcher de remarquer un cadre photo cassé au sol. C'est un cliché d'Olive et d'un homme qui doit être son ex, Brett.

Quelqu'un a-t-il piqué une crise après le départ de ma sœur ? Je suis d'autant plus heureuse qu'elle *soit* partie.

Quand je la rattrape dans la chambre, Olive se tient à côté d'un objet argenté en forme de commode, qui abrite l'un des plus gros aquariums que j'aie jamais vus.

Un aquarium vide.

— Salut, mon cœur, roucoule Olive en direction de l'eau.

Ça y est. Elle a perdu la boule. Sans le FBI et cette photo que j'ai vue, je me serais mise à douter de l'existence de son ex-petit ami.

Soudain, ce qui ressemblait à une pierre se transforme en énorme céphalopode.

J'ai un mouvement de recul, stupéfaite.

Gros Bec n'est pas tout à fait aussi effrayant qu'un oiseau – rien ne l'est – cependant il est quand même flippant. Pas étonnant que ses semblables aient inspiré l'apparence de Cthulhu, du Kraken et des hordes d'envahisseurs aliens.

Je suppose que la règle est que si ça a un bec, c'est officiellement cauchemardesque.

— ... et on va te faire sortir d'ici, lui annonce Olive, me faisant réaliser que j'ai raté le monologue qu'elle vient de délivrer à son chéri.

J'examine l'aquarium, sceptique.

— Ça a l'air de peser une tonne. Si Brett a son propre animal de compagnie, on devrait peut-être le voler et faire un échange de prisonniers plus tard.

— Je t'avais bien dit que tu avais besoin de moi, répond-elle.

Elle fait un geste vers le bas du meuble et je réalise qu'il est doté de roues.

— Ça devrait nous aider, admets-je. Mais même avec ça, ça a l'air lourd.

Elle se penche et prend une télécommande fixée à un aimant au bas du réservoir.

— Ce truc est motorisé. On n'aura qu'à le pousser pour accélérer le mouvement.

Elle déverrouille une trappe de sécurité sur les roues et active le moteur, avant de me demander de pousser pendant qu'elle fait rouler l'engin à travers l'appartement. Même si le moteur nous aide dans notre tâche, ce truc avance lentement et je crains que son ex nous surprenne la main dans le sac.

— Et pour le reste de tes affaires ? demandé-je quand on dépasse le salon.

— Gros Bec est tout ce qui m'intéresse, répond-elle. Je comptais refaire entièrement ma garde-robe, de toute manière. La plupart de mes T-shirts ne sont pas dotés d'une protection UV.

Je fais un signe de tête vers ce qui doit être les affaires de son ex.

— Tu veux qu'on saccage les lieux vite fait, comme ils font dans les films d'espions ? Brett péterait un plomb en rentrant.

Elle secoue la tête.

— Pas si ça m'oblige à revoir son visage stupide.

Ah, c'est vrai. Notre temps est limité.

— Quel est le nom de famille de Brett ? l'interrogé-je en faisant de mon mieux pour prendre un ton décontracté.

Elle me le communique et je le note dans un coin de ma tête pour plus tard. Ce cadre photo cassé ne me plaît pas, je compte donc prendre des mesures pour protéger ma sœur – dont elle n'a pas besoin d'être mise au courant.

Au début, Gros Bec a l'air d'apprécier la balade – en

d'autres termes, il flotte dans son aquarium et examine tout ce qui l'entoure. Quand il se fatigue, il décide de me foutre la trouille, ou c'est ce que je suppose. Il me dévisage avec ses yeux en fente d'alien. Des yeux qui semblent briller d'un intellect surréaliste.

Quand on entre dans l'ascenseur de service, je réalise qu'on a un problème.

— Cet aquarium n'entrera jamais dans ma voiture.

Elle hoche la tête.

— C'est à ça que sert mon fourgon.

Logique.

Quand on atteint le fourgon en question, Olive fronce les sourcils – et quand je vois pourquoi, je lâche un juron entre mes dents.

Quelqu'un – pas difficile de deviner qui – a gravé le mot « pétasse » sur la portière du passager.

Olive plisse les yeux et examine avec attention les fixations du couvercle de l'aquarium.

— Connard, s'exclame-t-elle en passant une main dans ses cheveux. Il a aussi essayé de s'en prendre à Gros Bec, mais il n'a pas trouvé comment.

On dirait bien que le pénis de son ex n'est pas son plus petit organe. Son cerveau a cet honneur. L'activité secondaire d'Olive est de concevoir des puzzles pour les pieuvres, et de s'assurer qu'ils ne s'échappent pas de leur maison – ce qu'ils adorent faire, comme on le voit dans *Le monde de Nemo*.

— Bon, ajouté-je d'un ton moqueur, je suppose qu'on sait que Brett n'est pas plus intelligent qu'une pieuvre, maintenant.

— Loin de là, renchérit Olive.

Elle fait sortir une rampe du fourgon, clairement conçue pour son aquarium à roulettes.

Pendant qu'on pousse Gros Bec sur la rampe, il étire ses huit pattes d'un air menaçant et prend une teinte rouge furieuse. Je suppose qu'il est en colère. Pour ce que j'en sais, il est peut-être juste en train de dire à Olive qu'il l'aime.

Une fois l'aquarium mobile sur la rampe, je prends une photo de la pieuvre – juste au moment où elle rechange de couleur.

— OK, lance Olive une fois Gros Bec installé. On se retrouve chez toi ?

Je hoche la tête et me dirige vers ma voiture.

Je reçois un SMS juste au moment où je mets ma ceinture.

Mon cœur se met à battre plus fort.

C'est Max. Il m'a envoyé une photo du plus adorable chaton endormi que j'aie jamais vu, accompagné d'un message :

VOILÀ ce que j'appelle un animal mignon.

Je souris et réponds :

Non. C'est ce que j'appelle la PARESSE. Ne te laisse pas avoir. Si tu veux voir quelque chose de mignon, regarde ça.

Je joins la photo de Gros Bec.

La réponse de Max est presque instantanée.

Merci. Je n'avais pas besoin de dormir ce soir, de toute façon.

Je lui envoie une émoticône souriante et il me dit :

Planifions autre chose bientôt.

L'allégresse que je ressens est ridicule. On croirait

une collégienne qui envoie des sextos à son premier petit ami.

Quand je démarre ma voiture, toute cette excitation me fait me demander si mon véhicule va exploser. Voyant que ce n'est pas le cas, je me promets de visionner moins de films d'espionnage. Dedans, chaque fois que quelqu'un démarre une voiture, c'est badaboum.

Et puis, je devrais reprendre le contrôle de mes émotions. Même si Max m'a envoyé un SMS mignon, il n'en est pas moins un agent ennemi. Globalement, je dois prendre garde de conserver des sentiments appropriés à son encontre. Il est la cible de mes charmes de femme fatale, rien de plus. Dans la fiction, il arrive souvent qu'on tombe amoureux de sa cible – surtout quand on est un assassin – je vais donc devoir me montrer vigilante. Même si je voulais un petit ami, ce qui n'est pas le cas, je ne choisirais certainement pas un espion russe.

Potentiellement marié, en plus. Je dois encore faire des recherches sur la femme à qui il parlait.

Et puis, suis-je certaine qu'il est intéressé par moi ? Et si c'est le cas, serait-ce encore le cas s'il me voyait sans ma perruque ? Je n'ai pas vraiment le temps de me faire pousser les cheveux.

Pour éviter d'avoir des pensées traîtresses concernant Max, je m'entraîne dans l'art de prendre une voiture en filature, en prenant le fourgon d'Olive comme cible.

— Tu m'as vue te suivre ? demandé-je en m'avançant vers elle après qu'on s'est garées.

— Tu m'as suivie ? s'étonne Olive. Je croyais que tu rejouais encore une scène de *Fast and Furious*.

Je lève les yeux au ciel et l'aide à pousser Gros Bec dans mon immeuble.

Quand on entre dans mon appartement, Machette scrute l'aquarium avec une gourmandise éhontée.

Enfin. Du poisson. Machette se repaîtra de son sang et de sa cervelle.

Comme s'il attendait une nouvelle audience, Gros Bec étend ses tentacules pour prendre la taille d'un monstre marin et change plusieurs fois de couleur, tout en hypnotisant mon chat de ses yeux bizarres.

Je ne savais pas que les chats pouvaient pâlir, mais Machette n'est pas loin de le faire – ce qui est étrange, sachant qu'il n'a jamais eu peur de rien, pas même des énormes concombres.

Machette n'a pas peur. Machette pense que ce poisson est cassé. Possédé par le démon. Machette aurait mal à l'estomac s'il le mangeait.

Avec un son entre le sifflement et le gémissement, mon chat dur à cuire s'enfuit la queue entre les jambes.

— On aura tout vu, commenté-je avec un sourire.

— Tu veux qu'on le mette où ? demande Olive.

— Au seul endroit où l'aquarium entrera, dis-je. Au salon.

Machette se blottira peut-être à côté de la bonne sœur, maintenant – celle qui le nourrit.

— Tu vas au spectacle de Gia ? s'enquiert Olive une fois le moteur de l'aquarium de Gros Bec désactivé et les roues bloquées.

Ah, c'est vrai. C'est bientôt.

— Bien sûr que j'y vais, mais on devrait d'abord dîner.

On commence à se disputer sur le choix du restaurant. Je n'aime pas ceux qui servent beaucoup de volaille, et elle n'est pas fan des fruits de mer. On se décide sur un restaurant grill et on se prépare, ou c'est ce que je fais, en tout cas. Quand je ressors de ma chambre, elle est toujours pareille.

— Comme au bon vieux temps, commente-t-elle en regardant ma perruque.

Je savais que ça lui plairait. Quand on était au lycée, je teintais mes cheveux de la même couleur que mon nom, et cette perruque bleu marine ressemble tout à fait à ma coiffure de l'époque.

— Prête ? l'interrogé-je.

— Une seconde, répond-elle, avant de réappliquer de la crème solaire sur son visage. Tu en veux ?

— Non, j'en ai déjà mis, mens-je.

Devrais-je lui rappeler qu'il est plus de seize heures et que l'index UV est donc presque inexistant ?

Non. Ça ne vaut pas la peine de recevoir un sermon.

On sort de l'appartement, mais elle refuse de monter dans ma voiture.

— Quel est le problème ? l'interrogé-je.

— Laisse-moi conduire, exige-t-elle.

Je pince les lèvres.

— Si tu casses, tu rembourses.

Elle secoue la tête.

— Même si je n'étais pas fauchée, ce que je suis, je ne pourrais jamais m'offrir une telle voiture.

— C'est décidé, alors, lâché-je en ouvrant la portière.

— Oui, acquiesce-t-elle. On va prendre mon fourgon.

J'arque un sourcil.

— Tu préfères un fourgon à une Aston Martin ?

— Non, rectifie-t-elle. Je préfère survivre à avoir un accident.

Je claque la portière et m'avance vers ce stupide fourgon.

Mon téléphone bipe, annonçant un message. Quand je vois qui l'a envoyé, mon humeur s'améliore drastiquement, même si une partie de moi sait que je ne devrais pas réagir comme ça.

On déjeune ensemble demain ? propose Max.

Je réprime un sourire idiot et réponds par l'affirmative, avant de lui demander où et quand.

Où tu préfères aller ? m'interroge-t-il. *Et quand ?*

Ça veut dire que son emploi du temps est plutôt flexible… comme celui d'un espion ?

Hmm, devrais-je suggérer un lieu proche de mon boulot ? Non, je travaille dans un bâtiment qui n'est pas publiquement reconnu comme étant le quartier général de mon agence. C'est un gratte-ciel dépourvu de fenêtre que tout le monde soupçonne d'être ce qu'il est, néanmoins personne n'en est sûr, et je n'ai pas envie que le secret s'évente à cause de moi.

Que dis-tu de treize heures ? proposé-je. *Je te laisse choisir le lieu, soit en centre-ville, soit quelque part en périphérie.*

Voilà. Ça devrait assez brouiller les pistes.

Il m'envoie une adresse, et c'est presque parfait – à un bref trajet en taxi de mon bureau.

Quand je lève les yeux de mon téléphone, je surprends Olive en train de lire mon écran sans se cacher.

— Qui est Max ? m'interroge-t-elle en agitant les sourcils.

Je soupire.

— Laisse-moi t'expliquer en route.

————

Je suis encore en train de lui relater les détails quand on s'assied dans le restaurant, je fais donc une courte pause le temps de commander.

— Je crois que ça y est, tu as regardé trop de films d'espion, remarque Olive quand j'ai terminé. Et si c'était juste un type normal ?

— Ce n'est pas un type normal, assuré-je en sirotant mon eau.

— Mais si c'était le cas ? insiste-t-elle.

Je hausse les épaules.

— Dans cette éventualité très peu probable, je pourrais sortir avec lui.

Évidemment, je n'ose même pas espérer que ce soit le cas. Toutes les preuves indiquent le contraire.

— Je le savais, lâche-t-elle en sautillant presque d'excitation. Tu apprécies ce mec.

— Non, pas du tout, répliqué-je, regrettant de ne pouvoir m'en convaincre moi-même.

— Tu l'appréciiiies.

Olive est clairement en train de régresser jusqu'à nos années collège – on a tendance à provoquer ça entre nous, mes sœurs de portée et moi. Si je ne réagis pas rapidement, elle va se mettre à chantonner un truc du genre « Blue et Max sont assis dans un arbre. À S'EMBRASSER. »

— Assez parlé de moi, lancé-je. Qu'est-ce que tu prévois de faire ?

Elle réagit comme si ma question était un seau d'eau glacée en pleine face.

Je m'en veux aussitôt et m'empresse d'ajouter :

— Ne t'inquiète pas, tu peux rester avec moi aussi longtemps que tu le voudras.

Je sais que le refuge pour animaux marins où elle travaillait jusqu'à récemment a fermé boutique, et elle a du mal à trouver un autre travail dans son domaine.

— J'ai candidaté à plusieurs offres d'emploi en dehors de l'État, m'apprend-elle. Maintenant que je suis célibataire, je peux aller n'importe où, et ça m'aide pas mal.

Je la dévisage, bouche bée.

— Tu vas quitter New York ?

Le serveur arrive avec nos plats et Olive attend qu'on ait à nouveau un peu d'intimité avant de répondre.

— Je sais que tu vas me manquer, et les autres aussi, sans parler de cette ville, mais il n'y a presque jamais d'opportunités d'emplois dans ma branche, ici.

— Alors tu as candidaté où ? l'interrogé-je en coupant mon steak.

— Partout dans le pays, mais ce qui est drôle, c'est que l'offre d'emploi la plus prometteuse était à Palm Pilot.

Je souris.

— Tu leur as dit ?

Elle secoue la tête.

— Je ne le ferai que si j'obtiens le job.

Palm Islet – ou Palm Pilot, comme on la surnomme pour plaisanter – est la ville de Floride où vivent nos grands-parents à la retraite. C'est aussi là-bas que vont mes sœurs pouvant s'offrir de vraies vacances, quand elles ont envie de faire une pause.

Si Olive obtenait ce boulot, ce serait parfait pour elle.

Enfin, presque.

La Floride est « l'État du soleil » et elle est obsédée par la protection UV, récemment.

Je n'évoque pas ce détail, et pas seulement pour éviter de gâcher sa joie. J'ai un peu peur de savoir pourquoi elle est si soucieuse de mettre de la crème solaire. Je crains d'être entraînée du côté obscur aussi, si Olive m'explique tout. En général, ma stratégie est d'esquiver le sujet, quand mes sœurs développent des manies bizarres – et elles semblent sujettes à ça. Ce n'est jamais un truc logique, comme ma méfiance parfaitement compréhensible envers les machines à tuer que sont les oiseaux.

À bien y réfléchir, Gia est-elle devenue aussi pâle qu'un vampire après avoir discuté avec Olive ? Elle dit que c'est son personnage de scène, mais je me demande si...

— La Terre à Blue, m'appelle Olive.

Zut.

— Désolée, dis-je.

Nous reprenons notre repas et passons au sujet dont

notre portée ne peut se passer : les ragots les unes sur les autres.

Après le dîner, on se rend au spectacle de Gia et Olive se remet derrière le volant. Quand on se gare à côté d'un immense hôtel appelé Le Palais, je fronce les sourcils.

Pourquoi ce nom me semble-t-il familier ? L'ai-je vu dans une série télé ? Non seulement il s'appelle « Le Palais », mais c'est aussi à ça qu'il ressemble, et je comprendrais qu'il ait été choisi pour un tournage.

On ouvre les portières du fourgon et un valet avise les clefs d'Olive en plissant le nez.

Eh bien, c'est stupide de sa part. Son généreux pourboire vient de diminuer.

Quand on se dirige vers les portes d'entrée, je m'en souviens enfin.

Le Palais est l'emplacement du Hot Poker Club, d'après mon GPS.

C'est génial. Je vais pouvoir à la fois soutenir ma sœur et fureter partout après le spectacle pour en apprendre plus sur le club.

Sauf que quand on entre dans le lobby de l'hôtel, je réalise que je n'aurai pas l'occasion de fureter où que ce soit.

Ni de voir le spectacle de Gia.

Ni de faire un pas de plus.

Pas avec les horreurs qui nous encerclent de tous côtés.

Des oiseaux. Beaucoup d'oiseaux.

CHAPITRE
Treize

MON CŒUR COGNE SI fort que j'en ai mal à la poitrine.

Le lobby grouille de cages remplies de perroquets qui hurlent comme des banshees avides de sang. C'est le seul domaine dans lequel les perroquets sont bien pires que les clowns tueurs. Étant plus petits, on peut en entasser beaucoup plus dans un lieu donné, et un sadique suicidaire a décidé de faire exactement ça.

C'est déjà très grave, mais il y a pire.

Il y a des paons en liberté.

Un nombre incalculable, leurs horribles queues déployées de manière provocante et ne se souciant pas de savoir s'ils vont blesser quelqu'un.

Les genoux chancelants, je fais un pas tremblant en arrière. Puis un autre, et un autre. Une fois que j'ai repassé les portes, je tourne les talons et m'enfuis. Au bout d'un moment, je m'arrête et tente d'apaiser ma respiration supersonique.

— Qu'est-ce qui te prend ? articule Olive en haletant quand elle me rattrape.

— Des oiseaux, lâché-je entre mes dents serrées.

— Ah, c'est vrai, répond-elle en posant une main sur mon épaule. Tu vas bien ?

Je secoue la tête.

— Dis à Gia que je suis désolée, s'il te plaît. Je ne pourrais pas voir le spectacle.

— Que je le dise à Gia ? répète-t-elle en retirant sa main. Tu sais ce qu'elle fait, quand elle est en colère ?

— Elle fait des farces, je sais, mais qu'est-ce que tu veux que je fasse ?

— Aller au spectacle ? suggère Olive.

— Pas celui-là. J'irai à un autre.

— Je crois qu'elle a obtenu un spectacle à long terme dans cette salle. Il n'y en aura peut-être pas d'autre ailleurs.

Je hausse les épaules.

— Je préfère subir le courroux de Gia plutôt que celui des oiseaux.

Olive prend un air songeur.

— Et si tu me donnais ta perruque ? Je pourrais l'enfiler et aller parler à Gia en me faisant passer pour toi après le spectacle.

— Merci, mais non, déclaré-je. Si c'était n'importe qui d'autre, je serais prête à tenter le coup, mais avec Gia, c'est plus délicat.

— Tu as raison, avoue Olive. Mieux vaut ne pas prendre le risque. Ça va aller si je te laisse seule ?

— Oui. Vas-y.

Elle s'éloigne avec réticence et je me dirige vers le trottoir pour héler un taxi.

— Eh, lance une voix familière dans mon dos. Je crois que tu vas dans la mauvaise direction.

Je me retourne et souris.

Je ne connais qu'une seule personne s'habillant comme une pirate.

C'est Clarice, la colocataire magicienne de Gia et mon ancienne professeure de poker.

— Je ne vais pas au spectacle, avoué-je. Pas cette fois.

Comme souvent quand elle est nerveuse, Clarice sort un paquet de cartes et commence à jouer avec.

— Comment s'est passée ta partie de poker ?

Ah. Je sais ce qu'elle veut.

— C'était incroyable, l'informé-je. Je comptais t'apprendre la bonne nouvelle par SMS. J'ai doublé ma mise, ce qui veut dire que je suis prête à te faire entrer dans une partie. À supposer que tu veuilles encore y aller, quand je t'aurais parlé de toutes les mesures de sécurité qu'ils prennent.

Je lui décris le sac noir sur la tête et tout le reste, toutefois ça ne douche pas du tout son enthousiasme. J'envisage de lui révéler qu'elle s'apprête à entrer dans le bâtiment où ont lieu les parties, avant de décider de m'en abstenir – pour sa protection. On a moins de chance de se faire tuer quand on en sait trop peu que quand on en sait trop, ou c'est le cas dans les films d'espion, en tout cas.

— Je n'arrive pas à croire que je vais participer à ces parties, déclare Clarice.

Elle coupe les cartes d'un geste très élégant qui a dû nécessiter des années d'entraînement et ajoute :

— Je ne sais pas comment te remercier.

Je lui fais un clin d'œil.

— La moitié de tes gains constitueront un remerciement suffisant. On discute des détails demain ?

— OK, acquiesce-t-elle en rangeant ses cartes. Je ferais mieux d'aller au spectacle, maintenant.

— Profite bien.

Elle s'en va en vitesse et je prends un taxi.

Une fois chez moi, je réalise a posteriori quelque chose d'horrible.

Pour m'amener au Hot Poker Club, l'équipe de sécurité a dû me faire traverser le lobby, avec ses perroquets et ses paons. J'avais les yeux bandés, et je n'avais pas conscience du danger que j'encourais, à l'époque, toutefois j'ai de la chance d'avoir survécu.

À moins que… ils ont peut-être une entrée secrète dans l'hôtel par laquelle ils m'ont fait entrer.

Oui. Ça doit être ça. Après tout, les autres clients de l'hôtel verraient ça d'un mauvais œil, si quelqu'un était traîné dans le lobby avec un sac sur la tête. Et puis, j'aurais entendu les cris des perroquets même avec les cache-oreilles.

Mais une seconde, s'il y a une entrée secrète, je pourrais peut-être l'emprunter pour assister au spectacle de Gia ?

Non. Elle est sûrement gardée. En plus, c'est déjà trop tard. D'ici à ce que je revienne à l'hôtel, le spectacle sera presque terminé.

Très bien. Je suppose que ma journée est finie.

J'allume la lumière dans le salon et vois Machette en train d'observer Gros Bec depuis le coin du mur. Ce dernier lui rend son regard avec ses yeux surnaturels, avant de faire ce qui ressemble à un geste grossier avec ses tentacules.

Le chat recule.

Machette ne s'enfuit pas. Machette voulait voir si le poisson était encore cassé, et c'est le cas. Machette refuse de le manger. Ou de le regarder. Ou d'être dans la même pièce que lui.

Avec un sourire, je verse de la nourriture dans le bol de Machette.

Oui. C'est ça, petite humaine. Dans sa magnanimité, Machette te laissera vivre un jour de plus sans avoir le visage griffé.

Je m'apprête à aller me coucher quand je reçois un message de Max. C'est une photo d'une créature extrêmement mignonne accompagnée du message : *c'est un tamarin empereur barbu.*

Son plan diabolique est-il de me faire produire de l'ocytocine en regardant ces créatures, pour que j'associe ces bonnes sensations avec lui ?

Parce qu'il est possible que ça fonctionne.

C'est très snob, comme nom, dis-je. *Surtout sachant que ce truc ressemble à un singe hipster avec une moustache ironique. Si tu veux quelque chose de mignon, regarde ça.*

Je fais une rapide recherche en ligne et lui envoie une photo de lémurien de Madagascar appelé aye-aye.

Max m'envoie un émoticône qui hurle de peur et ce message : *Si Nosferatu était un singe et avait des mains arachnoïdes, il ressemblerait à ça.*

Sérieusement, je vais devoir surveiller ma production d'ocytocine. Je devrais peut-être prendre un traitement d'Atosiban, une drogue qui inhibe la production de cette substance. En général, on l'utilise pour empêcher les accouchements prématurés, mais ça pourrait aussi servir aux espions sans que ce soit indiqué sur l'étiquette – un peu comme le thiopental sodique, un anesthésiant que le monde de l'espionnage utilise en guise de sérum de vérité.

Mais non. Ce serait un peu excessif. Ma volonté devra suffire.

Je vais me coucher, lui annoncé-je. *On se voit demain.*

Il répond aussitôt :

Je t'imagine au lit, maintenant. Fais de beaux rêves.

Putain. Pourquoi c'est moi qui l'imagine au lit, maintenant ? Ou plus précisément, qui nous y imagine ensemble ?

Stupides écoles de séduction russes. Elles ont un peu trop bien préparé Max.

Avec un soupir, j'éteins mon téléphone. J'ai une décision importante à prendre.

Me masturber ou ne pas me masturber, telle est la question.

Si je le fais, je risque de penser à Max en même temps, ce qui serait une mauvaise chose, néanmoins si je ne le fais pas, je serais encore plus sexuellement chargée quand je le verrai demain. Ce serait tout aussi mauvais.

Je suis sûre que la décision d'Hamlet était moins difficile à prendre.

Non. Je ne dois pas penser du tout à Max. Ni me masturber. Si je le faisais, le garder hors de ma tête constituerait un exploit dont je suis incapable. Ce serait comme résister à une technique d'interrogation améliorée impliquant des oiseaux.

Ma décision prise, je grimpe au lit et tente de dormir, sans succès pendant un bon moment. Puis Machette finit par venir se blottir contre moi et ses ronronnements me font sombrer dans le sommeil.

CHAPITRE
Quatorze

LE LENDEMAIN MATIN, j'entre dans l'immeuble de mon boulot.

Dire qu'il n'est pas très chaleureux serait un euphémisme. En plus d'être dépourvu de fenêtres, il est froid et morne, mais bon, il a été conçu pour survivre à une attaque nucléaire, je peux donc me réconforter avec cette petite anecdote lors des belles journées ensoleillées.

Comme la majeure partie de ce qui a à voir avec mon boulot, je ne peux pas dire grand-chose concernant ce bâtiment, parce que c'est classifié. Cependant il est peut-être apparu dans un épisode d'*X-Files* intitulé *Une vie après la mort*, ainsi que dans la saison trois de *Mr Robot*, où c'était l'entrepôt de stockage de la Evil Corp.

Oui. Celui-là était très subtil.

Quand j'arrive à mon bureau, un collègue – dont le nom est classifié – me demande « Comment s'est passé ton week-end ? »

Le reste de cet échange n'est pas classifié, toutefois il est si ennuyeux que je vais vous épargner et le rayez de mon compte-rendu.

Quand je me connecte à **message de logiciel classifié**, mon patron – dont le nom est classifié – me donne un boulot à faire, dont les détails sont, comme vous l'avez deviné, classifiés.

Comme souvent, je termine plus vite que mon patron s'y attendait. Je suis douée dans mon travail. Je préfère juste le terrain à entrer des chiffres dans un tableau – ou quel que soit mon boulot hypothétique et hautement classifié.

Je demande un autre projet à mon patron et pendant que j'attends, je fais quelque chose que je ne devrais pas : j'utilise les ressources du boulot – dont la plupart sont classifiées – pour mon usage personnel.

Je commence par le plus facile.

Grâce à **classifié**, je parviens à vérifier que Max Stolyar a bien obtenu son diplôme à l'université de New York. Ensuite, je vérifie tout ce que Max m'a dit d'autre, comme le fait qu'il soit né au Canada et qu'il ait quatre frères et sœur.

Oui. Tout est vrai. D'un autre côté, je n'en attendais pas moins. Il ne serait pas un espion digne de ce nom s'il n'avait pas ces éléments de base.

Je n'ose pas creuser plus profond moi-même. Au lieu de ça, je contacte un expert du Canada, dont le nom est classifié et qui me doit un service. J'écris « faveur personnelle » dans l'objet du mail pour bien faire comprendre qu'il ne s'agit pas d'une affaire officielle de l'agence.

Sa réponse est rapide :

J'ai beaucoup de pain sur la planche, cette semaine. Désolé. Je m'y pencherai quand j'aurai plus de temps.

Ça craint, mais ce n'est pas si inattendu. Pour l'instant, je peux tenter autre chose. Puisque je connais le numéro de Max, je me sers de **classifié** pour m'infiltrer dans son téléphone.

J'échoue.

J'utilise plutôt **classifié**.

Toujours sans succès.

Je suis déçue, mais pas surprise. Un indice de plus qu'il fait partie des services de renseignement. Accéder à notre matériel n'est pas aussi facile qu'avec celui d'un civil ordinaire. S'il tentait d'entrer dans mon téléphone, il échouerait aussi. Je l'espère, en tout cas.

Évidemment, il existe d'autres méthodes qui pourraient me permettre de m'infiltrer, néanmoins ça risquerait de me trahir.

Mieux vaut passer à autre chose.

Je jette un coup d'œil furtif autour de moi, puis sors une clef USB de la perruque cage de Faraday pour transférer les photos que j'ai enregistrées dessus dans mon ordinateur de boulot.

Dès que j'ai terminé, je cache à nouveau la clef USB dans ma perruque. Apporter des appareils d'enregistrement de quelque sorte que ce soit constitue une grave infraction au protocole, vu que c'est comme ça qu'on se retrouve dans des situations à la Snowden. Je croise les doigts pour que personne ne me pose de question là-dessus lors du prochain interrogatoire au polygraphe surprise... Une seconde... c'était classifié, ça ?

J'entreprends de lier les visages de tous les hommes de la partie de Hot Poker à leurs noms, puis je fais pareil avec la femme avec qui Max a discuté.

Armée de ces noms, je peux en apprendre plus sur ces gens, à commencer par la femme.

Bizarre.

Elle est responsable chez JP Morgan. Quel est le rapport entre l'investissement bancaire et la Russie ?

Aucune idée. Elle est peut-être impliquée dans du terrorisme financier, à moins que ça ait un rapport avec un conflit dans lequel est engagée la Russie ? Ils n'ont pas encore énervé l'Ukraine, la semaine dernière ?

Ou alors, tout cela n'est qu'une ruse de Max. Il savait peut-être que je le suivrais.

Non. Je suis parano.

L'autre possibilité – que cette rencontre avec elle était personnelle – est toujours possible aussi, et je déteste sentir à quel point ça me dérange.

Pour me distraire, je fais une recherche sur les hommes du Hot Poker Club. Après tout, l'un d'eux semble être la cible de Max.

Je commence par le seul joueur peu attirant et apprends qu'il est propriétaire d'une compagnie pétrolière.

La Russie pourrait-elle s'intéresser à lui ?

C'est peu probable. Ils ont bien assez de pétrole chez eux.

Le suivant – celui qui a bâti une sculpture avec ses jetons – s'appelle Bogdan Velik et n'a aucun métier répertorié. Se pourrait-il qu'il soit un arnaqueur professionnel ? Je vais devoir envoyer un message à mon contact du FBI pour voir s'ils en savent plus.

Un autre type s'avère être propriétaire de fonds d'investissement. Max pourrait-il s'intéresser à lui ? Ses fonds sont peut-être liés à des actions russes ?

Et puis il y a le magnat de l'immobilier. Max en a-t-il après lui ? La Russie veut peut-être investir dans des propriétés prestigieuses de Manhattan. Mais pourquoi faire ça en secret ?

Hum. La cible est peut-être plutôt le prochain homme. C'est le CEO d'une entreprise de biotechnologie. Je n'ai pas l'impression que l'entreprise conçoive quoi que ce soit qui puisse être utilisée comme arme, cependant on ne sait jamais ce qui peut intéresser la Russie. Pour ce que j'en sais, ils cherchent une boisson plus forte que la vodka – ou le remède ultime contre la gueule de bois.

La prochaine personne sur laquelle je me renseigne est Piles Désordonnées, dont je n'ai pas pris la peine de mémoriser le vrai nom, parce qu'il sera toujours Piles Désordonnées, pour moi.

Intéressant. C'est un ingénieur en informatique. Pas vraiment le genre de boulot qui paie assez pour participer à ces parties. Pourrait-il être la cible de Max ?

Je vérifie sur **classifié** et vois que l'entreprise de Piles Désordonnées crée des plateformes de trading, ce qui a peu de chances d'intéresser la Russie.

J'envoie tous les noms que j'ai découverts à mon contact du FBI – en partie pour savoir si je peux en apprendre plus, mais aussi pour donner plus de légitimité à mes actions au cas où je me ferais prendre. Une collaboration entre agences, ça sonne professionnel ; une employée rebelle qui fouine toute seule, un peu moins.

Je n'ai aucune excuse pour expliquer ma prochaine action, j'espère donc doublement ne pas me faire prendre. Je me sers de **classifié** pour localiser le téléphone de Brett et installer une application de traçage sur lui. Maintenant, je recevrais une alerte s'il se rapproche à moins de quinze mètres d'Olive – ou plus spécifiquement, si son téléphone se rapproche d'elle.

Enfin, en guise de représailles pour avoir rayé la voiture d'Olive, je m'arrange pour qu'il reçoive un audit du fisc l'année prochaine.

Zut. C'est déjà l'heure du déjeuner.

Je m'apprête à me déconnecter quand je reçois un message de mon contact du FBI.

Des infos sur Bogdan, le type qui a bâti une sculpture avec ses jetons. Le FBI pense que c'est l'organisateur du Hot Poker Club. On me conseille aussi fortement de ne pas me le mettre à dos. D'après un informateur, ce type a la réputation d'être extrêmement dangereux.

Est-ce sur lui que Max voulait placer un mouchard ?

Non, j'en doute. Pourquoi la personne qui dirige ce club conserverait-elle son téléphone dans un casier ? Il serait plutôt dans son bureau, ou un truc comme ça.

Mon cœur rate un battement quand je repense à ce soir-là. Si ce Bogdan est *vraiment* dangereux, Max aurait pu être blessé.

En parlant de Max, je vais être en retard pour notre déjeuner.

———

Je sors du bâtiment en courant, saute dans un taxi et lui donne l'adresse que m'a envoyée Max par SMS.

Le chauffeur roule trop lentement, me faisant regretter de ne pas avoir pris ma voiture ce matin. J'ai décidé de ne pas le faire parce que mon immeuble de bureau n'est pas loin de mon appartement et que ça peut être une vraie plaie de se garer à Manhattan.

Pour tuer le temps, je passe un appel vidéo à Gia.

— Salut, sœurette, lance-t-elle.

— Salut. Je suis vraiment désolée.

Gia se racle la gorge.

— De quoi tu es désolée, cette fois ?

C'est une ruse ? Sûrement. La vie entière de Gia est une ruse.

— Il y avait des oiseaux dans ce lobby, lâché-je, faisant de mon mieux pour prendre un ton désolé.

— Tu as raté le spectacle ?

Merde. Elle n'était pas au courant ?

Et puis, pourquoi semble-t-elle coupable plutôt qu'en colère ? C'est forcément un piège.

— Je suis désolée, répété-je. Je n'ai pas pu entrer. C'est comme quand tu dois aller dans un hôpital. Si tu fais un spectacle n'importe où ailleurs, je viendrai, je te le jure.

— En fait, c'est moi qui devrais m'excuser, admet Gia. Quand j'entre dans ce lobby, je me dis toujours que tu détesterais cet endroit, mais quand je t'ai invitée, j'ai totalement oublié.

Je la regarde, bouche bée. Sérieusement, c'est un piège, hein ?

— Quand même, insisté-je avec précaution. J'aurais dû surmonter ça pour toi.

Gia arbore un sourire diabolique.

— J'apprécie ton honnêteté. Il se trouve que je fais bientôt un spectacle dans une salle différente, et j'aurais bien besoin de visages amicaux dans la foule. Tu viendras, cette fois, hein ?

J'entends presque son « tu as intérêt ».

— Je viendrai, promets-je solennellement.

— Tant mieux, commente-t-elle. Et on devrait se voir pour que tu me rembourses la faveur que tu me dois.

J'avais oublié. Pas étonnant qu'elle soit d'humeur aussi clémente. Elle a besoin de moi en vie.

— Quand tu veux, assuré-je.

— Je te tiens au courant pour les détails. À la fois du spectacle et de notre rendez-vous.

— D'accord.

Je me mets à parler dans la forme de verlan qu'on a développée quand on était petites – mon premier accomplissement en lien avec la cryptographie. L'idée était de s'échanger des secrets devant nos parents, mais ça empêchera aussi le chauffeur de taxi de m'écouter.

— Je me demandais... comment as-tu obtenu cette salle ? Au Palais, je veux dire ?

— Pourquoi ? m'interroge Gia.

— Le Hot Poker Club a lieu dans le même hôtel.

Est-ce un silence stupéfait ?

— Impossible, lâche-t-elle.

— Si, c'est possible.

— Eh bien, j'ai obtenu cette salle parce que l'hôtel appartient au frère de mon petit ami.

— Il s'appelle Bogdan Velik ? m'enquiers-je.

— Non, répond-elle. C'est Kazimir Cezaroff, ou Kaz, pour faire court.

Bien sûr. Elle l'a mentionné quand elle m'a parlé de son fiancé. Je ne me souvenais pas du nom de l'hôtel.

— Qui est ce Bogdan, alors ? demandé-je.

— Je ne sais pas trop. Mais je poserai la question.

— Merci. Fais-moi savoir quand tu auras trouvé la réponse.

Elle promet de le faire et je raccroche. Je compose ensuite le numéro de Clarice et on s'organise pour qu'elle puisse rejoindre le Hot Poker Club à sa convenance.

— On peut faire ça bientôt ? m'interroge-t-elle.

— Comme tu veux.

— Je ne voudrais pas te marcher sur les pieds, m'informe-t-elle.

— Je n'y retournerai pas. Ils sont tout à toi.

— Merci, répond-elle avec un petit rire.

Je la préviens de ne pas déconner avec Bogdan quand elle sera là-bas, puis je raccroche quand le taxi se gare contre le trottoir.

Je regarde l'enseigne du restaurant choisi par Max.

Сало.

En lettres latines, ça s'écrit *salo,* et c'est un mot russe désignant un plat purement constitué de graisse animale, si j'ai bien compris – comme le lard. Il paraît qu'il se marie bien avec de la vodka, lors des froides journées. Je suppose que si on veut s'assurer de mourir d'une crise cardiaque avant que notre foie nous lâche, c'est le plat parfait.

J'imagine sans mal le processus de pensée de l'inventeur russe qui a concocté ce délice. Les Américains mangent du bacon ? Bande de fillettes. Le bacon contient aussi de la viande. Puisqu'on est Russes, on va se débarrasser de toute trace de viande. Ils font frire le leur ? On mange le nôtre cru, ou on le fait sécher, au mieux.

Ça veut dire que c'est un restaurant russe ?

Quand j'entre, j'entends des voix qui parlent dans ce qui ressemble à du russe, et les visages des serveurs ont les mêmes traits slaves que Max.

Qu'est-ce que c'est que ces conneries ? Max n'a-t-il donc aucune foi en mes capacités à percer sa couverture aussi fine qu'une bulle de savon ? Ou bien s'agit-il d'une tentative de technologie inversée bizarre ?

Il espère peut-être que je vais tomber amoureuse des plats et que j'aurais envie de déserter pour rejoindre la Russie ?

— Salut, lance une voix masculine grave et familière dans mon dos.

CHAPITRE
Quinze

Je me retourne et manque de laisser échapper un hoquet.

Ça ne fait qu'une journée, mais j'avais déjà oublié l'effet provoqué par la proximité de Max.

Je ne sais pas pour les plats russes, cependant ses cheveux et ses lèvres ont peut-être une chance de me retourner.

Il se rapproche.

Mon cœur accélère.

Nous apprêtons-nous à nouveau à nous embrasser ? Ça ne m'aiderait pas à garder l'esprit clair, mais...

Une serveuse vient se placer entre nous, les yeux rivés sur Max et les paupières papillonnantes. D'un ton coquet, elle déblatère quelque chose en russe pendant que je réprime l'envie de l'étaler au sol d'un coup de pied de Krav Maga dans le foie.

En tout cas, je suppose qu'elle parle russe. L'accent me semble un peu différent. Ce n'est peut-être pas sa première langue ?

Max fait un pas en arrière, puis la contourne pour me prendre la main.

— N'importe quelle table nous conviendra, annonce-t-il en anglais.

Des frissons me remontent le bras depuis l'endroit où nos paumes se touchent.

La serveuse fusille nos mains jointes du regard, puis plaque un faux sourire sur ses lèvres et nous fait asseoir près de la fenêtre. Sans un mot, elle me fourre un menu dans les mains, puis offre le sien à Max avec délicatesse.

— Tu la connais ? l'interrogé-je une fois la serveuse repartie.

— Pas vraiment, mais je l'ai déjà vue. Je connais tout le monde, ici. Je viens tout le temps.

Un restaurant russe où il vient tout le temps.

C'est comme s'il me narguait avec sa nature russe.

— Tu travailles tout près ? demandé-je.

Il secoue la tête.

— C'est juste un endroit que je fréquente quand j'ai le mal du pays.

OK, il y a ne pas faire d'effort, et il y a cette réponse. À quoi il joue ? Je devrais peut-être lui demander directement si c'est un espion russe, au point où on en est. Est-ce ce qu'il veut ?

Fatiguée de me sentir confuse, je jette un œil au menu. Il est en anglais d'un côté et en russe de l'autre.

Du *borscht*, du *salo* – évidemment – et des *blinis*. Que des plats russes basiques.

Mais attendez une seconde. Est-ce vraiment du russe, que je lis sur ce menu ? Certains plats contiennent un « i » minuscule dans leurs noms. Cette lettre n'est pas dans l'alphabet russe. Et puis, les pancakes à la pomme de terre sont-ils un plat russe ?

— Tu veux que je te commande quelque chose ? propose Max, se méprenant sûrement sur mon expression.

— C'est quel type de cuisine ? l'interrogé-je.

Il laisse apparaître sa fossette.

— Ce sont des plats ukrainiens. Tu as déjà essayé ?

Ukrainiens ?

La Russie et l'Ukraine ne sont pas en très bons termes. A-t-il décidé de la jouer sous cet angle subtil ?

Je décide d'arrêter de tourner autour du pot.

— Pourquoi les plats ukrainiens soigneraient-ils ton mal du pays ?

S'il me répond que le borscht a remplacé la poutine en tant que plat traditionnel canadien, je l'accuserai directement d'être un espion.

— Je suis un Ukrainien canadien, explique-t-il en reposant son menu.

— Hein ? lâché-je bêtement.

— Mes parents ont immigré au Canada depuis l'Ukraine. Elle faisait encore partie de l'URSS, à cette époque.

— Ah.

Je suis une mine de réparties pleines d'esprit, aujourd'hui.

— Les Ukrainiens sont le septième plus grand groupe ethnique du Canada. On est plus d'un million.

Comment se fait-il que je n'aie jamais entendu parler de ça ? Mais ça doit être vrai. Il ne me dirait pas un mensonge aussi facilement vérifiable.

Je reprends toutes mes piques concernant sa couverture. Il s'avère qu'elle est diablement maligne. Grâce à ce petit tour, il y a une explication à ses traits slaves, sa capacité à prononcer les consonnes douces et son goût pour le borscht.

— Hum, lâché-je en guise de contribution éloquente à la conversation.

— Oui. On a beaucoup en commun avec les Italo-américains, explique-t-il. Tu savais qu'ils étaient aussi la septième plus grande communauté des États-Unis ?

Je secoue la tête.

— C'est vrai. Et comme eux, on maintient les traditions de notre pays d'origine, surtout s'agissant de la nourriture, continue-t-il en levant le menu. C'est pour ça que quand tu m'as dit qu'on pouvait manger où je voulais, j'ai choisi cet endroit. Ça te convient ?

— Bien sûr, acquiescé-je, contente d'avoir enfin retrouvé mes esprits. J'aime tester de nouvelles choses.

Il m'étudie d'un regard brûlant.

— Tant mieux. Je pense que tu devrais tenter l'ukrainien.

Gloups. Pourquoi suis-je en train de visualiser autre chose que de la nourriture en train de pénétrer dans ma bouche ? Quelque chose qui aurait un doux nom de gladiateur.

Je racle ma gorge soudain devenue sèche.

— Pour en revenir à ton offre de tout à l'heure, commande-moi quelque chose qui me plaira selon toi.

— Bon choix, *sonechko,* murmure-t-il.

Je retourne mon menu et demande :

— Ça veut dire quoi, *sonechko* ?

— C'est de l'ukrainien. Ça veut dire « soleil ».

Résiste. Ne t'évanouis pas. Surcharge.

La serveuse revient.

Max lui parle avec animation, et je sais désormais que c'est en ukrainien. De temps en temps, je comprends un ou deux mots, comme *borscht*, *salo* et *holodets*.

Pendant qu'ils discutent, je me demande s'ils ne pourraient pas être un espion ukrainien plutôt que russe. Leurs services de renseignement s'appellent la SBU, et ils ont un passé mouvementé avec la Russie. Au départ, la SBU était une branche du KGB, mais elle a été infiltrée par des espions russes quand l'Ukraine est devenue indépendante. Ce qui veut dire que même si c'est un espion ukrainien, il pourrait aussi être un agent double russe. Ou pas. Il y a quelques années, ils ont fait le grand ménage et affirment désormais suivre des protocoles beaucoup plus stricts pour éviter les infiltrations, allant jusqu'à pratiquer des tests de loyauté réguliers via des interrogatoires et des passages au détecteur de mensonges.

Quoi qu'il en soit, un espion étranger reste un espion étranger.

La serveuse s'en va et je décide de le sonder subtilement pour vérifier ses connaissances en espionnage.

— Quel genre de film tu préfères ? l'interrogé-je.

Avant qu'il ait pu répondre, la serveuse revient et dépose deux bols de soupe rouge sombre devant nous.

Du borscht. Bien sûr.

— Je n'ai pas de préférence spécifique en termes de

genre, répond-il. Mais il y a des animaux dans tous mes films préférés. Au cas où tu n'aurais pas encore compris, j'aime beaucoup les animaux.

Y a-t-il une corrélation entre le fait d'aimer les animaux et celui d'être un animal au lit ?

Je demande pour un ami.

— Tu ne l'as pas très bien caché, avoué-je. Quel est ton film préféré ? *Le livre de la jungle ? Le roi lion ?*

Il plonge sa cuillère en bois dans son borscht.

— Tu vas te moquer de moi, mais mon film préféré s'appelle *Max*. C'est l'histoire d'un chien.

Est-ce un indice ? Un espion s'identifierait-il à un chien de guerre stressé ?

— Moi, me moquer de toi ? Jamais, répliqué-je en m'éventant. Ce n'est pas parce que ça semble super narcissique que c'est drôle. N'est-ce pas ?

Pour sa défense, s'il existait un film d'espion dont le personnage principal se nommerait Blue, ce serait mon préféré aussi.

Il sourit et porte une cuillerée de soupe à sa bouche.

— Et toi ? Quel genre de films tu aimes ?

Jackpot.

— Les films d'espionnage, l'informé-je, avant d'étudier sa réaction.

Il ne cille pas. Au lieu de ça, il avale son borscht et ferme les yeux de plaisir.

Très bien. On peut être deux à jouer à ce jeu.

Je prends une bouchée de borscht à mon tour – avant de la recracher aussitôt.

Le borscht est censé être composé de betterave, de pommes de terre, de laitue et ainsi de suite, mais dans celui-ci, l'ingrédient principal et quasiment unique est l'ail.

Assez pour tuer à la fois les vampires de Transylvanie et ceux de Sunnydale.

— Qu'est-ce qui ne va pas ? demande Max.

— Il n'y a pas assez de borscht dans mon ail, croassé-je.

Il fronce les sourcils.

— Il n'y a presque pas d'ail, dans le mien.

Il est fou ?

Il goûte ma soupe et fronce encore plus les sourcils.

Il fait signe à la serveuse d'approcher et lui parle d'un ton sévère. Elle prend un air innocent tout en lui répondant, toutefois quand elle me lance un regard, je suis certaine que c'est elle qui a jeté tout l'ail dans mon borscht.

Une fois qu'elle a récupéré mon bol et qu'elle est partie, je reprends la parole :

— On devrait peut-être demander une autre serveuse. Je crois que celle-là t'apprécie un peu trop. Elle risque d'ajouter de la mort au rat dans ma prochaine portion, ainsi qu'un crachat.

— J'ai une meilleure idée, répond-il en poussant son borscht vers moi.

Il fait signe à la serveuse pendant que je goûte sa soupe.

Waouh. Son goût savoureux me fait presque gémir de plaisir.

Qu'ont-ils fait à ces betteraves ? Ils les ont massées et leur ont donné de la bière, comme le font les Japonais avec le bœuf de Kobe ?

La serveuse revient et observe notre échange de plats avec inquiétude.

— Avant que vous apportiez le prochain plat, je voulais vous rappeler que je suis ami avec le propriétaire, lui lance Max en anglais. Et à partir de maintenant, nous allons partager tous nos plats.

Elle pâlit. Je suppose qu'elle aimerait bien conserver son emploi.

Je suis désormais certaine que l'ail était son œuvre, et pas le résultat d'un couac en cuisine. Tentait-elle de saboter notre baiser post-déjeuner ? J'ai entendu parler de femmes donnant de l'ail à manger à leur mari pour s'assurer qu'il ne les trompe pas, mais faire subir ça à une rivale, c'est un tout autre niveau de fourberie.

Putain. Comment je vais faire pour l'embrasser, maintenant ?

Je décide de passer aux représailles.

— Merci, dis-je à Max tout en poussant sa soupe sur le côté. Et si on partageait, comme tu l'as dit ?

Il sourit et prend sa cuillère.

Je sors discrètement mon téléphone sous la nappe qui touche presque le sol.

Les applications que je m'apprête à utiliser ne sont pas classifiées, parce que je les ai conçues moi-même. Elles sont sûrement illégales par contre, alors moins j'en dirai à leur sujet, mieux ce sera.

D'abord, je me connecte au WiFi local, après quoi j'entre sur le réseau privé du restaurant.

C'est à cause de gens comme moi si le WiFi public n'est pas sûr.

Seul un petit nombre d'appareils est connecté à ce

réseau, et encore moins sont des téléphones. Je saute sur le premier – non, il est relié à un nom d'homme. Je passe à un autre. Une femme. Très bien. Elle a installé des applications de réseaux sociaux. Encore mieux.

Je passe d'abord en revue son application Twitter.

Oui. La photo de profil est celle de la serveuse. Je suis dans son téléphone, comme prévu.

De manière assez mystérieuse, son prochain tweet est le suivant, en anglais, puis traduit en ukrainien par Google :

Je viens de faire dans mon pantalon encore une fois !

Cette information très enrichissante apparaît bientôt aussi sur son profil Facebook.

— À ton tour, lance Max en poussant à nouveau la soupe vers moi.

Je cache mon téléphone et mange une autre cuillerée.

C'est si bon.

Je lui rends le bol.

— Il y a une différence entre les recettes de borscht russes et ukrainiennes ?

— Je dirais qu'il y a de petites différences dans toutes les recettes de famille, répond-il en avalant une autre bouchée avec délectation. Si j'aime cet endroit, c'est parce que leur recette est très proche de celle de ma mère. Son borscht est juste un tout petit peu plus épais.

Quelles sont les chances pour que sa mère ait enregistré cette recette sous forme numérique quelque part, pour que je puisse la voler ? Je pourrais ensuite lui faire ce même plat. J'ai déjà vu des femmes fatales de fiction pratiquer la séduction par l'estomac, alors pourquoi pas ?

La serveuse réapparaît. Elle apporte un autre borscht. L'air confuse, elle le dépose au milieu de la table.

Max le prend en premier et le goûte de manière appuyée.

— Merci, dit-il ensuite en levant la tête.

Tout en s'éloignant, elle sort son téléphone et écarquille les yeux.

J'ouvre une application de traduction sur mon téléphone et écris :

— Comme vous, le karma peut-être une vraie garce.

Puis je fais en sorte que l'application prononce cette phrase à voix haute en ukrainien.

Elle se tourne vers moi et écarquille les yeux.

— Oups, déclaré-je. Cette application de traduction est clairement incompétente. Je voulais dire « Merci de vous être montrée aussi accommodante ».

Avec un son mécontent, elle tourne les talons et s'éloigne à grands pas.

— Qu'est-ce que c'était, ça ? m'interroge Max.

Je hausse les épaules.

— Je crois qu'elle en pince encore plus pour toi qu'on le croyait.

Il pousse le nouveau bol de borscht dans ma direction.

— Je me moque de ce qu'elle pense.

Excellente réponse. Il a gagné le droit de vivre un jour de plus.

— De quoi est-ce qu'on parlait ? demandé-je,

curieuse de voir s'il va esquiver le sujet des films d'espionnage, pour des raisons évidentes.

— Tu disais que tu aimais les films d'espions, me rappelle-t-il. Tu as un préféré ?

C'est courageux de sa part.

Je lui parle des séries et des films que j'adore, peut-être de manière un peu trop passionnée.

Un serveur approche avec deux assiettes.

— Puisqu'il y a une personne parlant anglais parmi vous, on m'a demandé de m'occuper de votre table.

C'est ça. C'est sûrement pour ça, et pas parce que cette serveuse est en train de faire dans sa culotte (encore ?) grâce à mes agissements.

Quand le type repart, j'étudie la nouvelle entrée. Ça ressemble à des pancakes. Ce doit être ceux aux pommes de terre que j'ai vus sur le menu. J'en goûte un. Miam.

— Quel est l'élément le plus réaliste que tu aies vu dans un film d'espion ? s'enquiert Max. Sans entrer dans quoi que ce soit de classifié, bien sûr.

Je mâche mon pancake, songeuse, puis révélation :

— Les stations de nombres.

J'étudie à nouveau sa réaction, mais son visage de joueur de poker m'empêche de prendre l'avantage de cette manière.

— Les stations de nombres, répète-t-il.

— Oui. Tu sais ce que c'est ?

Jusqu'où ira son audace ?

— Ce sont des stations de radios qui diffusent des listes de chiffres, non ? Pour les agents des services de renseignements qui opèrent dans des pays étrangers ?

Je hoche la tête. Il a de l'audace, c'est clair. C'est exactement ça – et le fait qu'il soit au courant signifie qu'il en utilise une... à moins qu'il vienne juste de me lancer sur une fausse piste. Avec les espions, on doit s'attendre à des ruses à l'intérieur des ruses.

Le serveur revient avec un autre plat, un aliment rond et pané qui semble avoir été frit.

— Qu'est-ce que c'est ? l'interrogé-je quand il repart.

— Je ne sais pas trop si la meilleure analogie serait de le comparer à un hamburger ou à une galette, répond Max. C'est composé de poulet dans le style de Kiev, autrement dit il y a du beurre fondu au milieu.

Je m'écarte vivement de la table.

— Tu as bien dit poulet ?

Il baisse les yeux sur l'assiette et grimace.

— J'en ai bien peur. Je ne savais pas que ton dégoût des oiseaux s'étendait à tes préférences culinaires. Je m'attendais à ce que tu sois heureuse de pouvoir les manger, en guise de vengeance.

Je secoue la tête avec véhémence.

— Imagine des tarentules. Avec des ailes, et capables de t'arracher les yeux. Tu pourrais manger une tarentule ?

— N'en dis pas plus.

Il hèle le serveur et le plat est emporté.

— Oh, je ne voulais pas que tu te prives d'en manger aussi, remarqué-je.

Je vois apparaître sa fossette.

— Je ne voudrais pas que tu sois dégoûtée par moi, tout à l'heure.

Merde. Il ne cache pas son projet de m'embrasser. La

meilleure distraction jamais apportée par un oiseau cuisiné.

Je m'humidifie les lèvres.

— Si quelqu'un doit être dégoûté, c'est toi. Tu te souviens de tout cet ail ?

Il fixe mes lèvres avec avidité.

— Je m'en fiche.

L'addition, s'il vous plaît.

Le serveur revient et dépose un plat composé de pain avec un morceau de lard dessus – du *salo*. Il nous apporte aussi deux verres à shot, qu'il remplit d'un liquide transparent ressemblant à de la vodka.

— C'est de l'*horilka*, explique Max. Ça ne te dérange pas de boire de l'alcool au déjeuner ?

Je secoue la tête.

Il coupe une tranche de *salo*, la dépose sur un morceau de pain et la met dans mon assiette. Puis il fait la même chose pour lui-même.

— Attention, il y a du piment dedans.

— Je suis sûre de pouvoir encaisser, assuré-je en levant mon verre.

— *Budmo !* lance-t-il avant de vider son verre.

— Santé, dis-je en l'imitant.

Bordel de merde, ça brûle. S'il ne m'avait pas prévenue pour les piments, j'aurais cru que ce diable de serveuse avait refait des siennes.

Pourquoi prendre de la vodka, une boisson qui brûle déjà l'œsophage, et y ajouter du capsaicin ? Les Ukrainiens sont-ils masochistes ? Essaient-ils de recréer la sensation de l'herpès, mais dans tout le corps ?

Max mord dans son sandwich *salo* et je fais pareil.

Ça aide.

Un peu.

Je crois comprendre le concept de l'*horilka*, maintenant. Quand on veut réussir à digérer un morceau de lard, on doit d'abord de brûler les papilles gustatives.

Max couvre ma main de la sienne.

— Alors ?

Son contact me fait le même effet que la brûlure dans mon ventre, et la chaleur de l'alcool se répand dans toutes mes cellules, avant de s'installer au plus profond de moi – je ne saurais dire si c'est dû à l'influence de Max ou à l'*horilka*.

Combien de degrés fait cette boisson ? Quatre-vingts ? Je me sens aussitôt éméchée.

— Je commence à prendre goût à l'Ukrainien, avoué-je.

J'ai la voix rauque, et ce n'est pas seulement à cause de l'*horilka*.

Le serveur revient avec un autre plat.

Max retire sa main. Elle me manque aussitôt.

Le nouveau plat est composé de rouleaux de chou farci appelés des *golubtsi*, et je découvre que j'adore ça, surtout après avoir ajouté une touche de crème fraîche, comme conseillé.

— Tu as des animaux de compagnie ? l'interrogé-je une fois que je me suis remise de mon orgasme buccal.

— Malheureusement, non.

Alors il aime les animaux, mais n'en a aucun ? Je suppose que son emploi du temps bien rempli d'espion rend difficile de s'en occuper. Soit ça, soit il essaie d'éviter de s'attacher.

— Et toi ? me retourne-t-il.

— J'ai un chat.

Je sors mon téléphone et montre une photo de Machette.

Il sourit.

— Très mignon.

Je suis bien contente que Machette ne soit pas là pour lui déchiqueter le visage, après une telle insulte.

— Féroce, tu veux dire.

— Bien sûr, confirme-t-il en souriant.

— En ce moment, j'ai aussi une authentique pieuvre chez moi. Tu te souviens de la photo ?

— Tu es sérieuse ?

— Oui.

J'affiche à nouveau le cliché et le lui montre.

— Il s'appelle Gros Bec.

Il secoue la tête.

— Maintenant, j'ai vraiment envie de visiter ton appartement pour le voir. Et ton chat, aussi.

Bien sûr. Visiter mon appartement pour rencontrer mon chat… et pas ma chatte.

Je me racle la gorge.

— Gros Bec appartient à ma sœur. Elle vit chez moi pour l'instant.

En d'autres termes, si on devait faire des galipettes, son appartement serait mieux approprié.

Son regard est brûlant. Il a saisi le message. Je parie qu'il s'apprête à…

Le serveur revient.

Nooon. Max s'apprêtait à trouver une excuse pour me faire visiter son appart'. J'en suis certaine.

Un nouveau plat est déposé sur la table.

Je l'observe en clignant des yeux. Plusieurs fois.

C'est de la gelée, mais elle est différente de tout ce que j'aie pu voir dans ma vie, alors que je croyais les avoir toutes goûtées – toutes les couleurs et tous les parfums, avec ou sans fruits. J'ai même tenté les shots à la gelée.

Dans celle-ci, il y a de la viande. Et des carottes et du céleri — vous savez, le genre de trucs que tout le monde associe à de la gelée.

Le serveur pose aussi un plat secondaire constitué d'une pâte violet-rougeâtre sur la table. Il est clairement composé de betterave. Et pourquoi pas, au point où on en est ?

Max pointe du doigt la gelée de viande.

— C'est du *holodets*, explique-t-il avant de faire un geste vers la pâte. Et ça, c'est du *hren*, un radis noir qui se marie très bien avec le *holodets*.

Je garde mes doutes pour moi. J'espère que si je mange ça, il en reviendra au sujet de notre conversation et m'invitera chez lui.

— On prend un autre shot ? suggère-t-il.

J'ai besoin de courage liquide pour manger ces *holodets*.

Il consulte sa montre et annonce :

— J'ai une réunion bientôt, mais un shot de plus devrait passer.

Il fait un geste vers le serveur et lui dit quelque chose à propos de l'*horilka* en ukrainien.

Une seconde plus tard, on a deux shots de plus dans les mains.

— Laisse-moi te servir, propose-t-il.

Il dépose la gelée à la viande sur mon assiette et ajoute un peu de radis noir sur le côté.

Me servir ? Je sais qu'il parle de la galanterie à table pour laquelle les Russes – et les Ukrainiens, je suppose – sont réputés, mais je ne peux m'empêcher d'y entendre un sous-entendu coquin.

— *Budmo*, lancé-je en prenant mon shot et en le vidant d'une traite.

— *Eh*, répond-il en vidant le sien.

Même en m'y attendant, j'ai l'impression qu'un dragon vient de me faire du bouche-à-bouche.

Il mange un morceau d'*holodets* couvert de radis noir et je l'imite.

Oh, c'est pas vrai. La garniture est aussi forte que du wasabi et fait tripler la force de la brûlure.

Désespérée, je mange un morceau de gelée de viande tout seul.

Ouf. Je crois être à nouveau capable de respirer.

Le plat n'était pas aussi mauvais que je m'y attendais. Ça m'évoque de la soupe. Une soupe froide et très épaisse, avec une texture gélatineuse qui fond quand on la met dans sa bouche. Il y a aussi beaucoup d'ail, mais on a tous les deux l'haleine qui pue l'ail, maintenant, de toute façon.

Pourquoi même ça ne parvient-il pas à calmer mon excitation ? Au contraire, je suis de plus en plus excitée à chaque seconde qui passe. C'était une erreur tactique de ma part, de ne pas me masturber hier soir, du genre contre lesquelles tous les manuels de femme fatale nous avertissent.

— Tu aimes la cuisine ukrainienne ? m'interroge Max.

Voilà. Je parie que si je dis oui, il m'invitera à dîner et me proposera de « me mettre un peu plus d'Ukrainien dans le ventre ».

— J'adore, assuré-je d'une voix rauque et très femme fatale.

— J'en suis soulagé, réplique-t-il. Je craignais d'avoir tout gâché avec cette histoire de poulet.

Grr.

Où est mon invitation ?

Il est peut-être temps de prendre les choses en main et d'activer le mode femme fatale. Ou plutôt de prendre les choses en pied, vu l'idée qui m'est venue à l'esprit.

Je rapproche mes fesses jusqu'au bord du siège et retire mes chaussures.

Mon cœur accélère.

Suis-je assez audacieuse pour faire ça ?

Assez éméchée ?

Je m'en fiche. Je me lance. Grâce à la nappe épaisse, personne ne se rendra compte de rien – et Max rentrera enfin dans le rang.

Délicatement, mais d'un geste résolu, je glisse mon pied gauche jusqu'à son mollet, avant de le faire remonter jusqu'à sa cuisse et de le poser sur son entrejambe. Seuls les vierges, les nonnes et les agents de l'IRA jouent les timides des pieds. Une femme fatale agent de la CIA ne tourne pas autour du pot.

Elle fonce directement vers le pénis.

CHAPITRE
Seize

JE DÉPLACE mon pied jusqu'à le sentir.

Il est dur.

Très dur.

Waouh. Soit Maximus est aussi gros que l'implique son nom, soit mon pied n'est pas très doué pour jauger les tailles.

Max écarquille les yeux.

Bingo.

Je caresse Maximus de haut en bas.

Les yeux de Max s'assombrissent et il pose sa main sur la mienne.

C'est parti.

Je remue les doigts de pied.

J'entends sa respiration se coincer dans sa gorge.

— Touche-toi, m'ordonne-t-il d'une voix rauque en se penchant en avant.

Si autoritaire.

J'adore.

Je scrute les environs. Personne ne semble nous

prêter attention.

Je m'affaisse un peu plus sur ma chaise, glisse la main droite dans ma culotte trempée et fais un signe de tête à Max pour lui faire savoir que j'ai obéi à son ordre.

Son regard devient bestial.

Mon pied gauche fait des claquettes sur son pénis.

Ses narines se dilatent et Maximus semble à deux doigts d'exploser hors du pantalon de Max.

Mon clitoris est très sensible au toucher et mes replis sont visqueux. J'accélère le mouvement de mes doigts quand un orgasme commence à grandir au creux de moi. Je m'affaisse encore plus sur la chaise et retire ma main de sous la sienne pour pouvoir m'agripper au coin de la table. Puis je lève mon autre pied et attrape Maximus des deux côtés, comme un singe.

Max prend une inspiration et se penche à nouveau vers moi.

— Tu veux bien jouir pour moi, *sonechko* ?

Je hoche la tête, et je suis sérieuse.

Je suis tout près.

Si près.

J'accélère et étreins les bords de la table jusqu'à ce que mes articulations deviennent blanches.

Il émet un grognement approbateur.

Ça veut dire qu'il est tout près aussi ?

Je me laisse glisser un tout petit peu plus sur ma chaise pour réussir à attraper Maximus par...

Une forte odeur d'ail me parvient aux narines quand un serveur passe près de notre table avec une assiette.

Quand je vois ce qu'il y a dessus, mon sang se glace.

C'est un petit oiseau et pour une raison impensable,

quelqu'un l'a crucifié. C'est à ça que ça ressemble, en tout cas.

Ce spectacle troublant rompt ma concentration – et mes fesses glissent du bord de la chaise.

Tout se passe en même temps.

Je tente de retirer la main de ma culotte, sans succès.

Je fais un grand geste de mon bras libre, mais n'attrape pas la table à temps.

Avec un cri, je m'écroule violemment, atterrissant sur les fesses tandis que l'un de mes pieds écrase les testicules de Max et l'autre lui donne un coup de pied dans le pénis.

CHAPITRE
Dix-Sept

LE VISAGE de Max prend une teinte verte presque assortie à ses yeux, et un grognement de douleur s'échappe de sa gorge.

Oh mon Dieu. Je lui ai cassé le pénis ?

Mes oreilles bourdonnent et j'ai l'impression d'avoir reçu une injection d'*horilka* dans le coccyx.

Avant que quiconque ait pu me surprendre en pleine masturbation publique, je retire enfin la main de mon pantalon. Je m'agrippe au bord de la table avec ma main propre et plaque l'autre au sol pour me redresser à moitié, avant de manquer de retomber parce que le sol est glissant – pour des raisons que je ne nommerai pas.

C'est à ce moment-là que des mains fortes me relèvent.

Le serveur ?

Non. C'est Max.

Comment peut-il encore bouger après ce que je viens de lui faire ?

Au Krav Maga, on apprend comment anéantir un

adversaire aussi brutalement que possible, et le mouvement charnière est le coup de pied à l'entrejambe, ce qui est plus ou moins ce que je viens de lui faire subir.

Et pourtant, il m'aide à me relever.

Sûrement un autre indice de ses origines d'espion. Dans *Casino Royale*, les testicules de James Bond sont violemment torturés. Cette scène a-t-elle donné l'idée à quelqu'un d'entraîner ses agents à supporter ça ?

J'espère que non. J'espère ne pas avoir blessé le sexe ou les testicules de Max. J'ai encore de grands projets les impliquant.

— Tu vas bien ? murmure-t-il en me reposant sur la chaise.

— Moi ? répliqué-je en bondissant sur mes pieds. Et toi, tu vas bien ?

Il baisse les yeux. Sa voix est un peu rauque, mais son visage moins verdâtre.

— Je m'en remettrai.

— Tout va bien, ici ? nous interroge le serveur.

Je me retourne. Il tient encore l'atrocité crucifiée sur son plateau.

— Qu'est-ce que c'est que ça ? demandé-je, horrifiée.

— En anglais, on appelle ça du tabac à poussin, explique le serveur. On presse le poulet comme un panini, puis on le fait frire avec de l'ail et des épices.

Je ne sais pas pour eux, mais moi, j'aurais bien besoin d'une cigarette après avoir vu ça.

— Est-ce qu'on peut avoir l'addition, s'il vous plaît ? l'interrogé-je en détournant les yeux.

— Pas de dessert ? s'enquiert le serveur.

Je secoue la tête et remets mes chaussures.

— La prochaine fois, renchérit Max.

Il jette quelques billets sur la table et m'aide à sortir d'ici.

Zut. Il ne va pas si bien que ça. Il marche comme si j'avais caressé sa noisette avec un peu trop d'enthousiasme. Si j'avais un permis de femme fatale, on me l'aurait officiellement retiré, après cette piètre tentative de séduction.

— Sérieusement, tu vas bien ? questionne Max.

— Sérieusement, et toi ?

— Je vais bien, affirme-t-il en dansant d'un pied sur l'autre. Je pense vraiment que je devrais aller à mon rendez-vous. Et je récupérerai peut-être un peu de glace au passage.

— Je suis désolée, m'excusé-je, résistant à l'envie de proposer de lui faire un bisou là où il a mal.

— Tu n'as aucune raison d'être désolée, m'assure-t-il en m'embrassant sur le front. Je ferais mieux d'y aller.

Une seconde plus tard, il est parti.

CHAPITRE
Dix-Huit

UN BAISER SUR LE FRONT, putain ? Alors que mes pieds viennent de faire une orgie BDSM avec son sexe et ses testicules ?

À moins que… il évite peut-être les baisers passionnés parce que ça l'exciterait énormément – comme seul un baiser avec moi en est capable – et que ses parties intimes contusionnées en souffriraient ?

Il y a intérêt à ce que ce soit ça. Je déteste me dire que j'ai peut-être tout bousillé. Ou bluesillé, comme diraient mes sœurs pour me taquiner.

Bon, qu'il soit agacé contre moi ou pas, j'ai un boulot d'espionne à faire. Quelle que soit cette réunion, je dois le suivre et voir si je peux apprendre quelque chose de plus.

Je me rends compte de ça juste au moment où il monte dans un taxi.

Je me mets à courir, hèle un taxi à mon tour et ai de la chance. Un taxi s'arrête aussitôt. Super. C'est l'occasion de faire un truc que je n'ai vu que dans les films. Je sors un billet de cent dollars et le jette au chauffeur.

— Suivez ce taxi, lancé-je.

Le chauffeur me dévisage comme si j'étais folle – et sachant qu'ils bossent à New York, ces mecs-là ont une tolérance très forte à la folie. Par chance, sa cupidité prend le dessus et il obéit.

La bonne nouvelle, c'est qu'on va vers le centre-ville et mon immeuble du boulot, ma pause déjeuner ne devrait donc pas durer deux heures.

Tandis que le taxi se fraie un chemin à travers la circulation, je retourne ma veste. Elle est rouge d'un côté et jaune de l'autre. Puis, comme la dernière fois, je retire ma perruque et modifie mon maquillage.

Voilà. Je suis une personne totalement différente.

Quand le taxi de Max s'arrête, je demande au mien d'aller un peu plus loin dans la rue pour m'assurer de ne pas être repérée. Puis je lui laisse un généreux pourboire et sors.

La démarche de Max semble plus normale, tandis qu'il descend la rue. Tant mieux. Moins il aura mal aux testicules, moins il y aura de chance pour qu'il ne veuille plus me parler.

Je me cache derrière les autres piétons et le suis sur la moitié de la longue rue.

Il tourne à une intersection près d'une façade bleue à l'air récente.

Bizarre. Pourquoi le taxi l'a-t-il déposé si loin du lieu de son rendez-vous ? Est-il parano à ce point, ou est-ce un piège qui m'est destiné ?

Je m'imagine tourner à l'angle de la rue et me retrouver face à lui.

Non. Je ne me laisserai pas avoir comme ça. Je plaque ma poitrine contre le mur et jette un œil à l'angle de la rue.

Ah ah.

Max est assis dans un café.

Une seconde. C'est quoi, cette matière collante sur mes seins ? Et puis, pourquoi je sens de la peinture ?

Je m'écarte du mur et baisse les yeux.

Oui. Je suis couverte de bleu – quelle ironie.

Je pousse un soupir. Mes talents en furtivités sont à peu près au niveau de l'éléphant dans un magasin de porcelaine, aujourd'hui.

Peu importe. Je dois savoir ce que manigance Max.

Je sors mon téléphone, ouvre la caméra et le tends pour voir derrière le coin de la rue tout en restant cachée. J'aurais dû faire ça dès le départ.

Boom. Je te tiens.

Max fait exactement la même chose qu'avec la femme de chez JP Morgan. Or cette fois, c'est à un homme qu'il parle en lui tournant le dos.

C'est un agréable changement. J'espère que ça veut dire que la femme de la dernière fois n'était qu'une relation professionnelle et pas que Max est bi et que c'est comme ça qu'il parle avec tous ses amants.

De quoi discutent-ils ? Dommage que je n'aie pas réussi à transformer le téléphone de Max en appareil d'écoute.

Quand ils finissent de parler, Max se dirige vers moi.

Merde. Couverte de peinture à la couleur assortie à

mon nom, je suis très visible. Avant qu'il ait pu me lancer un seul coup d'œil, je m'éloigne en courant à travers la masse de passants.

Une fois assez loin, je reprends mon souffle et prends un taxi.

Je dois rentrer chez moi. Je ne peux pas me pointer au boulot dans cet état. Mes collègues font déjà bien assez de blagues et de jeux de mots avec mon nom, et contrairement à mes sœurs, qui sont capables de perles à peu près intelligentes du style « le soleil m'a éblueie, aujourd'hui », mes collègues sont nuls. Je ne sais pas si c'est vrai pour tous les employés de bureau ou seulement ceux qui bossent dans la cybersécurité, néanmoins j'ai tout entendu, et c'était chaque fois très gênant.

Collé avec de la blue. Prendre de la blueteille. Avoir la bluegeotte. Débluetonner sa chemise. Être une vraie fleur blue. Faire du blueche à blueche.

Les combinaisons et permutations sont infinies, et ça ne s'arrête pas là. J'ai aussi entendu des blagues à base de turquoise et d'azur, du genre : tête de turquoise. Je t'azur. De mauvais azur. Rayon lazur.

Le pire était sûrement « Cyanara ! » et « Qu'est-ce qui est bleu et pas très sombre ? Le bleu clair. » La meilleure blague qu'on ait pu trouver à mon bureau, c'était « Le violet vaut mieux que le rouge et le bleu combinés. »

Mais bon, au moins, chaque fois que je vais dans un bar avec eux, j'ai droit à des bières illimitées – tant qu'elles sont de la marque Blue Moon. Les sorties au bar seraient encore mieux si on arrêtait d'essayer de me commander des ailes de poulet (non merci) avec de la sauce au bleu, ou de mettre cette chanson en boucle sur le jukebox : *Blue (Da Ba Dee)* par Eiffel 65. Pour mon dernier anniversaire, ils se sont tous cotisés pour m'acheter des tickets pour le groupe Blue Man.

Au moins, ils ne se moquent jamais de mon nom de famille, sûrement grâce aux formations contre le harcèlement sexuel.

Mon téléphone sonne, me sortant de mon blues. C'est Gia, qui m'apprend que Bodgan est un bon ami du frère de son petit ami. Elle me confirme qu'il a une mauvaise réputation et me suggère de ne pas déconner avec lui.

— Pourquoi le frère de ton petit ami l'autorise-t-il à se servir de l'hôtel pour ses parties de poker ? l'interrogé-je.

— C'est bon pour les affaires. Un grand nombre des réguliers du Hot Poker Club s'installent dans les suites penthouses.

Le taxi s'arrête à côté de mon immeuble, je remercie donc Gia et raccroche.

Quand j'entre dans mon appartement, Olive n'est pas là, et c'est tant mieux. Autrement, elle m'aurait vue couverte de peinture et aurait sûrement cité la réplique d'*Arrested Development* qui m'a fait grimacer très souvent : « Je crois que je viens de me bleuter. »

Quand j'entre dans le salon, Gros Bec rive son regard au mien, et c'est peut-être une coïncidence, mais il devient bleu.

Dans ma chambre, Machette est couché sur mon oreiller. Quand j'ouvre la porte grinçante du placard, il entrouvre un œil et parvient à insuffler autant de mécontentement dans ce simple geste qu'après des années de régime faible en calorie.

Comment oses-tu, humaine ? Si tu réveilles encore une fois Machette, il t'écorchera.

Je change de vêtements et télécharge la photo du type que j'ai vu avec Max dans la clef USB de ma perruque.

Après tout, je me suis couverte de bleu à cause de ça.

———

Quand je reviens au boulot, une tâche m'attend dans ma boîte e-mail. Dès que je l'ai terminée, je sors discrètement la clef USB de ma perruque et fais une recherche sur l'identité du type.

Hmm. Il travaille pour la Banque d'Amérique, dans la branche de l'investissement bancaire, une fois encore. Il serait raisonnable de penser que ça a un lien avec le rendez-vous de Max avec la femme.

Cependant pourquoi un espion russe ou ukrainien aurait-il besoin de banquiers d'investissement ? Max est-il un agent provocateur ? Essaie-t-il de causer une autre crise financière ? Ce genre de chose ferait plus de mal à ce pays que des menaces physiques.

J'ai besoin de plus d'infos. Si j'ai l'occasion de visiter l'appartement de Max, je trouverai peut-être un indice chez lui.

Oui, c'est ça. Je veux aller chez Max pour l'espionner. Pas parce que j'éprouve du désir pour lui.

Une nouvelle mission arrive dans ma boîte e-mail et je travaille dessus pendant le reste de la journée, avant de rentrer chez moi, où je trouve Olive en train de déposer un nouveau puzzle dans le bassin de Gros Bec.

— Salut, lancé-je.

— Salut, répond-elle en refermant l'aquarium. Comment s'est passée ta journée ?

— Bien, répliqué-je en scrutant la cuve. Tu peux faire des puzzles pour chats ? Machette en aurait peut-être besoin ?

En entendant son nom, Machette me lance un regard noir depuis le coin de la pièce.

Tu as déjà vu le film Saw *? Voilà le genre de puzzle que Machette construira, si tu l'énerves.*

— Je n'ai jamais essayé de faire des jouets pour les félins, mais je pense qu'ils sont faciles à divertir, m'apprend Olive. Tu n'as qu'à lancer l'une de ces vidéos YouTube pour les chats.

Je souris et me dirige vers la commode pour sortir mon iPad.

— Voilà ce qui arrive quand j'essaie.

Elle examine l'iPad déchiqueté avec une fascination ébahie.

— Je peux comprendre qu'il ait réussi à charcuter la coque, ou même à rayer le métal. Mais comment a-t-il pu laisser des marques de griffes sur l'écran ?

Je hausse les épaules.

— Je pense que ce sont des fissures. Je l'espère, en tout cas.

La sonnette de la porte retentit.

Je vérifie mon application. Oui. C'est Fabio, venu m'entraîner sur l'art de donner du plaisir à un homme.

Quand je le fais entrer, son regard passe de moi à Olive et il arbore une expression légèrement désapprobatrice.

— Qui est qui ? Et qui va suivre la leçon ?

— Je suis Blue, annoncé-je en retirant ma perruque.

— Et toi ? demande-t-il à Olive en plissant les paupières.

— Olive, répond-elle en levant les yeux au ciel.

— Viens dans ma chambre, m'empressé-je d'intimer à Fabio.

Je ne suis pas sûre qu'Olive ait besoin de savoir ce qu'on s'apprête à faire.

Fabio tourne la tête vers le mur couvert d'écrans.

— Gia et son amie pirate vont-elles se joindre à nous, aujourd'hui ?

— Non.

Il prend une moue boudeuse.

— J'avais préparé des blagues.

Super. Les blagues de Fabio sont généralement plus éculées que mes grands-parents.

— Tu veux les entendre ? propose-t-il.

Je secoue la tête.

— Et toi ? demande-t-il à Olive.

Elle hoche la tête.

Traîtresse.

— Un vampire – je parle de Gia – entre dans un bar et commande de l'eau chaude, commence-t-il. Le barman la serre, puis remarque « je croyais que vous buviez du sang ».

Fabio sourit, puis termine :

— Le vampire sort un tampon rouge et répond « Je fais du thé ».

Il fait vraiment du deux poids deux mesures. La seule fois où j'ai prononcé le mot « tampon » en sa présence, il a failli piquer une crise.

— Tu veux une autre blague ? l'interroge Fabio.

Je réponds non, cependant Olive me trahit à nouveau.

— Un pirate entre dans un bar avec un gouvernail de bateau qui lui sort du pantalon. Le barman le regarde et demande « Ça fait mal ? » Le pirate tire sur le gouvernail et répond : « Oui, je sais. Ça titille les noix. »

— Mec, lâché-je. C'était censé être Clarice ?

Il hoche la tête.

— Tu te rends bien compte qu'elle n'a pas de noix ?

— Elle pourrait, réplique Fabio, sur la défensive. Si c'était un trans.

J'acquiesce d'un signe de tête.

— Je ne l'ai jamais vue nue, alors tout est possible, je suppose.

Olive sourit comme une idiote.

— En parlant de voir les gens nus, Fabio n'a-t-il pas vu ta palourde poilue, avant de renoncer aux femmes pour toujours ?

Fabio feint un haut-le-cœur.

— Blue n'a pas de noix. Plutôt une araignée au plafond.

Ce sujet me rappelle Bill. Celui qui l'a conçu n'a pas pris la peine de lui donner des testicules en silicone. Plus important encore, son pénis est toujours endommagé, j'espère donc que Fabio a prévu quelque chose.

Dans le même ordre d'idée, j'espère que les parties intimes de Max vont bien.

— Prêt ? demandé-je à Fabio.

Il lève les yeux au ciel et se dirige vers ma chambre.

— À plus tard, lancé-je à Olive tout en le suivant.

Quand j'entre dans la chambre, Fabio est déjà en train de sortir Bill du placard – ce qui me fait penser à cette réplique de *Pulp Fiction*, « Amène la crampe ». Avant que j'aie pu poser la question, Fabio sort un rouleau d'adhésif de sa poche et enroule le zizi en silicone de Bill dedans.

Seigneur. J'espère vraiment que Max n'a pas eu à réparer le sien comme ça.

— C'est beaucoup mieux, se félicite Fabio en admirant son œuvre comme un sculpteur.

Il sort ensuite un préservatif et me le tend.

— Autant me montrer tes compétences avec ça.

— Il y a aussi des compétences à acquérir avec ça ?

Devrais-je l'ouvrir avec mes dents ? Je risquerais de déchirer le latex.

Il me dévisage, bouche bée.

— Bien sûr que oui. La meilleure technique, c'est de le mettre dans ta bouche et de l'enfiler comme ça, mais ça demande de l'entraînement.

— Et si on gardait ça pour une autre leçon ? proposé-je.

Je déballe le truc avec mes mains et en recouvre Bill.

— Les techniques de fellation sont plus importantes, tu ne crois pas ?

Fabio acquiesce de la tête.

— Tu as fait tes devoirs concernant la gorge profonde ?

— Oui, mens-je.

J'ai été une mauvaise élève.

— Un collègue m'a donné une idée qui pourrait t'aider, continue-t-il. Apprends à jouer d'un instrument à vent. Une flûte serait parfaite, mais un hautbois ou un basson conviendraient aussi. Peut-être même une clarinette.

— Pourquoi pas un saxophone ? suggéré-je d'un ton sarcastique.

— Ça fonctionne aussi.

— Comment ?

— Ça t'apprendra à maîtriser les muscles de ta gorge, ce qui peut aider à éviter les haut-le-cœur.

— Compris.

Je vérifie si Machette est dans le coin. La voie semble libre.

— On commence ?

— Tu t'es bien hydratée, aujourd'hui ? m'interroge Fabio.

Je fronce les sourcils.

— Oui, je crois.

— Une bonne hydratation est extrêmement importante. Ça aide à produire de la salive. Quand on taille une pipe, on a besoin de bave. Beaucoup de bave.

Je pouffe de rire.

— Ça aide si je fantasme sur un steak bien juteux ?

Il me lance un regard sévère.

— Pas du tout. C'est la meilleure façon de se

retrouver à mordre la viande de l'homme... la pire chose que tu puisses faire pendant une fellation.

— Du calme, je plaisantais.

— Les fellations n'ont rien d'une plaisanterie, me sermonne-t-il tout en repoussant Bill plus loin sur le lit. Elles sont la clef de voûte de toute relation amoureuse.

N'est-ce pas plutôt la communication ? Ou l'attraction ?

— OK, acquiescé-je. Et si je buvais un verre, juste au cas où ?

Il hoche la tête.

— Amène aussi deux cure-dents et deux avocats.

— Je n'ai pas d'avocats.

— Des litchis, peut-être ?

— Le fruit ou l'insecte ? Je n'ai aucun des deux, de toute façon.

Fabio secoue la tête.

— Des ramboutans ? Des abricots ? Des figues ?

— Non.

Il pousse un soupir.

— Tu devrais ajouter des fruits à ton régime alimentaire. Et des légumes. C'est primordial pour le sexe anal, et ça devait faire l'objet d'une prochaine leçon, mais autant te le dire maintenant.

— J'ai des fibres dans mon alimentation, assuré-je en posant les mains sur les hanches. J'ai des cerises, du raisin et des kiwis dans mon frigo. Ainsi que des tomates, des oignons et...

— D'accord, m'interrompt-il. Apporte deux kiwis.

Je crois savoir pourquoi il en a besoin, alors je ne pose pas la question. Je me précipite à la cuisine, bois un peu d'eau, lave les kiwis au cas où j'aurais raison, localise les cure-dents et reviens en vitesse.

Comme je le soupçonnais, Fabio prend les cure-dents, les plante sous le sexe de Bill et fixe les kiwis à cet endroit, offrant à Bill des testicules étonnamment réalistes.

— Savoir manipuler correctement les testicules est fondamental, pour les fellations, explique Fabio d'un ton professoral. Mais c'est un art unique à chaque paire de couilles. Certains adorent qu'on tire dessus, d'autres détestent. Tu peux aussi les gifler… certains hommes deviennent durs comme le roc après une petite gifle sur les testicules, tandis que d'autres ramollissent complètement et risquent de te donner un coup de poing dans le pif.

Y a-t-il une chance pour que Max ait apprécié ce que j'ai fait avec mon pied ?

Non, j'en doute. Il est plus probable qu'il soit en colère et qu'il décide de ne plus me voir, cet entraînement devra donc servir pour quelqu'un d'autre.

Je ne dois pas penser à ça.

Je pointe du doigt les kiwis de Bill et le questionne :

— Quel serait le geste le plus sûr ? Le truc à faire avant d'entrer dans la conversation « qu'est-ce que tu veux que je fasse avec tes couilles ? »

— Tu ne peux pas te tromper si tu les lèches et les suces délicatement, répond Fabio. Mais tu devrais commencer toutes tes relations par « qu'est-ce que tu veux que je fasse avec tes couilles ? ». C'est ce que je fais, moi.

Pour la énième fois, j'éprouve des doutes quant à l'aspect pratique des conseils de Fabio.

— Est-ce que les hommes préfèrent une cadence particulière ? Rapide, lent ?

— Ça dépend de l'homme, m'informe-t-il. Regarde-le se masturber devant toi et tu le sauras.

Oui. Super facile. Je suis sûre que toutes les femmes fatales demandent aux hommes de se branler devant elles, avant de les séduire.

— Je peux sucer Bill, maintenant ?

— Non, j'ai encore quelques conseils à te donner, répond Fabio en indiquant le dessous des kiwis du doigt. Ça, c'est le périnée. Tu ne dois pas oublier de lui donner un coup de langue de temps en temps.

— Compris.

— Lèche aussi le trou de balle, mais seulement peu avant le massage de la prostate.

— Je ne vais pas faire les deux en même temps ?

Il incline la tête sur le côté.

— Apprends à marcher avant de courir.

— Pas de doigt dans le derrière quand je suis distraite, acquiescé-je en adressant un salut à Fabio. Compris.

— Bien.

Fabio donne une petite tape dans l'érection de Bill. Maintenant qu'elle est bandée, elle se balance beaucoup moins.

— Mec, lâché-je en plissant le nez. Ce truc va aller dans ma bouche.

— Désolé, rétorque-t-il d'un ton penaud. Tu veux qu'on change le préservatif ?

— Tu t'es lavé les mains ?

Il hoche la tête.

— Alors pas la peine. Je ne suis pas aussi parano avec les germes que Gia. Mais n'y touche plus.

— Marché conclu.

Il s'écarte du lit, comme s'il était obligé de prendre de la distance pour résister à la tentation d'une nouvelle tape.

— On a parlé des angles ?

Je secoue la tête. Gia m'a expliqué que connaître son angle d'attaque était important dans la magie, mais Fabio parle d'un autre genre de tour.

— Selon la manière dont se recourbe un sexe, tu devras l'approcher d'une position différente, explique-t-il. S'il s'incurve vers le bas, tu peux te mettre à genoux. S'il s'incline vers le haut, mieux vaudrait un soixante-neuf.

— Pourquoi ?

Il fait un geste vers son cou.

— Une gorge a une inclinaison vers le bas, alors on l'atteint plus facilement avec une inclinaison droite ou vers le bas. Si le pénis pointe vers le haut, tu recevras tout dans les sinus.

— Ah. D'accord.

— Tu dois vraiment éviter de te retrouver avec du sperme dans les sinus, insiste-t-il avec une expression dégoûtée. À moins qu'il aime ça et que tu veuilles lui faire plaisir, auquel cas j'ai de la peine pour toi. Personnellement, je crois que je préférerais encore en recevoir dans les yeux.

— Je crois que je n'en veux ni dans les yeux ni dans le nez, répliqué-je.

— C'est bien d'avoir des limites, mais tu devras faire des choses que tu n'apprécieras pas.

— Comme quoi ?

Il sort un bocal et en déverse un truc vert et gluant.

— C'est du slime Nickelodeon. Ça devrait te donner une bonne idée de la consistance du sperme.

— J'ai déjà vu du sperme, rétorqué-je en rougissant.

Il me jette un petit morceau de la substance verte, cependant je la rate et elle se colle au mur.

— Tu es sûre d'en avoir déjà vu en dehors du porno ? m'interroge-t-il en m'en jetant un autre morceau.

Je le rattrape, cette fois.

— Bien sûr, assuré-je en serrant la substance gluante entre mes doigts. Ça ressemble plus à la morve de Hulk qu'à du sperme.

— C'est le truc non toxique le plus approchant que j'ai pu trouver, m'apprend-il en rangeant le bocal de « sperme ». Tu sais comment interagir correctement avec ?

J'étire le substitut vert et gluant.

— Il y a une manière correcte de faire ?

— Oui. Par exemple, ne le recrache pas avec une expression dégoûtée sur le visage. C'est le pire que tu puisses faire.

— Sans blague.

— Ça paraît évident, mais beaucoup de gens font cette erreur, m'assure-t-il. Et il n'y a rien de plus tue-l'amour.

Mieux vaut avaler, mais si ce n'est pas ton truc, tu peux lui demander de jouir sur tes fesses à la place. Sérieusement, si tu veux m'avoir en guise de référence, apprends à avaler.

C'est ça, je vais le mettre en référence sur mon CV. J'imagine tout à fait l'appel entre lui et Max.

— … c'est même bon pour toi, explique Fabio quand je recommence à l'écouter. Le sperme contient des protéines, mais n'est pas très calorique. Tu consommeras du sucre, à la fois du fructose et du glucose, ainsi que du citrate, du zinc, du calcium, de l'acide lactique, du magnésium, du potassium… et plus encore.

— Miam, commenté-je en tenant la pâte visqueuse entre deux doigts. Et si j'en ai sur les mains ?

— Avec un hétéro, mieux vaut s'assurer qu'il aime ça avant de jouer à Spiderman avec lui. Pose-lui peut-être aussi la question avant de faire du snowball avec lui.

Le snowball est le fait de s'échanger du sperme avec la bouche, mais je n'ai encore jamais entendu parler du Spiderman.

— C'est quand tu en as sur les mains et que tu lui souffles sur le visage.

Fabio me fait une démonstration et une autre tache verte et visqueuse apparaît sur mon mur.

— Je ne ferai pas ça, assuré-je. Tu n'as pas à t'en faire.

— OK.

Il fait un pas en avant, puis recule, réprimant clairement l'envie de donner une nouvelle tape dans ce pénis.

— La dernière règle concernant les fellations, et la plus importante, c'est de ne pas abandonner quand ça devient *dur*.

Je lève les yeux au ciel.

Il émet un petit rire.

— C'est l'esprit de la fellation. Tu es prête, maintenant.

Il sort son téléphone et lance une chanson. Au bout de deux secondes, je reconnais *Candy Shop* de 50 Cent.

Fabio sourit.

— Pour mettre l'ambiance.

Avec la même agitation que je ressens quand je m'entraîne dans mon dojo de Krav Maga, je m'agenouille devant Bill et le prends dans ma bouche.

CHAPITRE
Dix~Neuf

LE PRÉSERVATIF EST PARFUMÉ à la fraise. Les kiwis ressemblent étonnamment à de vrais testicules quand je les prends dans mes mains – ils sont juste bizarrement séparés, sans scrotum. On aurait peut-être d'abord dû les mettre dans un ballon ?

La musique s'arrête.

Je continue.

— Stop ! s'exclame Fabio, agacé.

Je m'écarte.

Il croise les bras sur son torse.

— C'était quoi, ça ?

— Une pipe ?

Il secoue la tête.

— Où sont les sentiments ? Où est l'émotion ? Tu as écouté un seul mot de ce que je t'ai dit ?

Je donne une tape sur le sexe de Bill et rétorque :

— Difficile de faire naître des sentiments et de l'émotion quand on donne du plaisir à un mannequin sans tête.

— Alors pense à quelqu'un d'autre, répond-il. Tu as de l'imagination, non ?

C'est une bonne idée.

Je reporte mon attention sur le sexe du mannequin, ferme les yeux et imagine que je suis face à Max.

Une partie de moi sait qu'il ne me rappellera sûrement plus jamais, pourtant ça ne m'empêche pas de fantasmer sur lui, et d'un coup, ma main devient bien plus douce tandis que je caresse les kiwis. Je suce son gland et l'imagine grogner de gratitude, puis je caresse sa verge à la cadence que j'imagine qu'il aimerait.

Devrais-je tendre la main vers la noisette ? Non. Fabio a dit que c'était un geste avancé.

Je suce le kiwi de gauche, puis le droit. Commençant à me mettre dans l'ambiance, je lèche le périnée sous les kiwis, avant de revenir à ma sucette à la fraise. Je l'enfonce jusqu'à ma gorge et alterne entre un rythme lent et rapide.

La voix de Fabio me parvient de loin. Il me demande à nouveau de m'arrêter.

Merde. Suis-je à ce point incapable ?

Quand je m'écarte, Fabio m'observe comme un père fier de son enfant.

Il mime le geste d'essuyer une larme.

— L'élève a dépassé le maître, annonce-t-il en prenant une voix brisée.

— C'était bien ? m'enquiers-je, emplie de fierté.

— Mieux que certains hommes que je connais, avoue-t-il.

Il approche et donne une tape dans le pénis, faisant

voler un peu de salive sur mon lit. Gia l'aurait tué pour ça.

— Un compliment discutable, mais je l'accepte.

Il frappe à nouveau le sexe.

— Prends ça comme le plus grand…

Fabio ne termine pas sa phrase, parce qu'à cet instant, Machette bondit de sous le lit.

Il devait dormir pendant notre leçon, cependant il est bien réveillé, maintenant.

Et il a des envies de meurtres.

Toutes griffes dehors, il arrache le préservatif sur le sexe de Bill en un clin d'œil. Deux autres coups de patte et l'adhésif de Fabio est en lambeaux. Je ne vois même pas son coup suivant, toutefois les kiwis sont désormais une salade de fruits.

— Il essaie de pratiquer une chirurgie de réattribution sexuelle ? murmure Fabio, horrifié.

Le regard de Machette passe de Bill à Fabio, et des desseins innommables se lisent dans ses yeux de félin.

Machette n'est pas un chirurgien. Machette est un boucher. Et maintenant, il va découper une chienne.

— Méchant chat ! m'écrié-je.

J'attrape Machette selon une prise spéciale, celle qui me permet de donner un bain à cette créature diabolique sans perdre de membres. J'ai dû consulter mon contact de la SEAL Team Six pour l'apprendre – ne me demandez pas pourquoi ils possèdent des compétences spéciales s'agissant de maîtriser les chats. Mais même dans cette prise, je n'ose donner un bain à Machette qu'une fois par an, et seulement s'il est très, très sale. Je ne suis pas suicidaire.

Machette doit s'attendre à ce que j'essaie de le laver, parce qu'il siffle, grogne et crache, ses pattes griffant l'air comme Freddy Kruger.

Le visage de Fabio devient blême.

La porte de ma chambre s'ouvre et Olive entre, les yeux écarquillés comme des kiwis.

— Ce n'est pas ce que tu crois, haleté-je.

Elle examine la substance verte et visqueuse au mur, le mannequin sans tête aux parties intimes endommagées, le Fabio pétrifié et moi, mon chat meurtrier dans les bras.

— Quoi que ce puisse être, ça m'a l'air très cochon, répond-elle. Un genre de mélange entre un cosplay de mante religieuse et une orgie entre tueurs en série.

— Arrête de parler et aide-moi, articulé-je entre mes dents.

— Comment ?

— Va chercher le pointeur laser dans ce tiroir, expliqué-je en le montrant du pied. Dépêche-toi.

Elle obéit et dès que Machette voit le petit point rouge sur le mur, il se transforme en poupée de chiffon.

— Quitte la pièce, conseillé-je à Fabio.

Je n'ai pas à le lui dire deux fois. Il s'échappe si vite qu'il manque de trébucher en chemin.

Olive continue de jouer avec le laser et je dépose Machette au sol avec précaution.

Le chat suit le moindre mouvement du pointeur. Comme toujours le monde n'existe plus, pour lui.

Ouf.

Ce point rouge est la seule kryptonite de Machette. C'est comme ça que je le fais entrer dans la salle de bain, quand j'affronte le processus horrible connu sous le nom de lavage de chat. C'est aussi de ça que je me sers pour le faire entrer dans une caisse de voyage pour aller chez le vétérinaire.

Fais bien attention à ce que tu dis, humaine insignifiante. Machette n'a pas peur de se mouiller. Il préfère éviter. Il protège l'eau de son courroux.

J'approche et prends un autre pointeur laser – une version entièrement automatisée que j'ai achetée en ligne récemment. Je le lance en mode « sportif » et attends que Machette ait détourné son attention du point rouge d'Olive pour la reporter sur celui, plus épais, de l'appareil.

Je lui annonce alors que la voie est libre et nous sortons de la chambre sur la pointe des pieds.

— Tu as déjà des jouets pour ton chat, on dirait, remarque-t-elle.

— Mais je n'ai pas de puzzle, rétorqué-je.

On retrouve Fabio à la cuisine, en train de s'éventer.

— La prochaine fois, on fait ça chez moi, annonce-t-il.

— D'accord, accepté-je. Désolée pour la frayeur.

— Tu me dois à dîner, me prévient-il. Avec alcool.

— OK, cédé-je. Olive, tu veux te joindre à nous ?

— Où ça ?

— À l'Oliveraie ? suggère Fabio avec un sourire.

— Ah ah ah, grimace Olive.

— Il y a aussi un restaurant méditerranéen pas loin d'ici, continue Fabio avec un rictus diabolique. Ils ont un bar à olives.

— Arrête ça, le réprimandé-je sèchement. On va aller au Loopy Doopy Rooftop Bar.

— Ça me convient, répond Fabio. Quand on y sera, je paierai une Blue Moon à Olive... en guise de rameau d'olivier.

———

Quand Olive et moi rentrons du bar, on est toutes les deux un peu pompettes. Fabio est bien plus costaud que nous et on a fait l'erreur ancestrale d'essayer de tenir le rythme avec lui niveau boissons.

— Bonne nuit, souhaité-je à Olive.

— Dors bien, me répond-elle d'une voix un peu pâteuse.

Je rejoins ma chambre et découvre Machette endormi sur le sol.

Ah. Le pointeur laser danse encore sur les murs. Je suppose que l'option « sportif » est destinée à un chaton plein d'énergie, et est trop éprouvante pour cette grosse bestiole.

Machette ne dort pas. Il est en mode furtif, cherchant une victime à déchiqueter.

Je cache le pauvre Bill dans le placard et m'apprête à retirer ma perruque quand mon téléphone sonne, annonçant un message.

C'est Max.

Tu es réveillée ?

Mon rythme cardiaque grimpe en flèche. J'avais presque accepté la possibilité qu'il ne veuille plus me voir, c'est donc une exquise surprise.

Je souris et réponds :

Non. Mais je ronfle si fort que mon téléphone envoie spontanément des messages aux gens.

Le prochain message de Max tiédit mon enthousiasme :

Tu as une minute pour qu'on discute ?

Est-ce terminé ? Va-t-il m'annoncer que tout est fini ? Il m'a l'air trop gentleman pour se contenter de ne pas me rappeler.

Très bien. Autant qu'on discute. Avec un peu de chance ce sera comme arracher un pansement… sur un clitoris excité.

Téléphone ou vidéo ? demandé-je.

Vidéo.

Alors il n'est pas contre les appels vidéo. À moins qu'il fasse une exception pour moi. Ça n'est pas compatible avec une rupture… si ?

Quelle application ? m'enquiers-je.

Il suggère Signal Private Messenger, l'application la plus sûre et sécurisée, d'après Snowden. Est-ce une coïncidence ? Snowden vit en Russie, maintenant, lui et Max ont peut-être bu un verre de vodka ensemble.

D'accord, dis-je.

J'ouvre mon ordinateur portable sur mon lit et installe tout comme il faut. Quand le visage de Max apparaît sur l'écran, je prends une grande inspiration.

Et c'est parti.

CHAPITRE
Vingt

MAX EST DANGEREUSEMENT SEXY, dans son T-shirt bleu moulant. A-t-il choisi cette couleur parce qu'il a inconsciemment envie de me sentir partout sur lui ? Je croise les doigts.

— Salut, dit-il, et sa voix grave me fait l'effet d'une caresse auditive.

Je tente de la jouer détendue.

— Coucou.

— Il y a un truc que je n'ai pas eu l'occasion de te dire, pendant le déjeuner.

J'arque un sourcil.

— Quoi donc ?

— Je dois quitter la ville pendant une semaine.

Je regarde la caméra en clignant des paupières. Le coup du « je quitte la ville » est un excellent moyen de rompre avec quelqu'un en douceur, mais il aurait fallu qu'il dise que c'est permanent, et pas seulement pendant une semaine. À quoi joue-t-il ?

— Où tu vas ? l'interrogé-je.

— Chez moi.

Ce qui veut dire... en Russie ? Ou peut-être l'Ukraine.

— Tu considères encore le Canada comme chez toi ?

Il frotte son menton mal rasé.

— Bonne question. Je pense être chez moi dans mon appartement à New York. Mais puisque je vais passer quelques jours chez mes parents et qu'ils vivent encore dans la maison où j'ai grandi, ça ne me paraît pas étrange d'appeler aussi cet endroit chez moi.

Je suppose que c'est logique. Ce serait comme si j'appelais la ferme chez moi. En parlant de ça, ça lui plairait sûrement de rencontrer tous les animaux qui vivent là-bas. Sauf qu'il y aurait aussi mes parents. S'il les rencontrait, il s'enfuirait en courant, et retournerait peut-être même jusqu'en Russie.

— Pourquoi cette semaine en particulier ? m'enquiers-je.

— C'est l'anniversaire de deux de mes frères, explique-t-il. Et l'anniversaire de mariage de mes parents.

Je parie qu'en réalité, il a une mission importante ou un rendez-vous avec ses responsables.

Je passe mes doigts dans mes cheveux.

— Je vais te manquer ?

Il m'adresse un sourire malicieux.

— Autant que sa pousse de bambou préférée manquerait à un panda. Et moi, je vais te manquer ?

Je lui rends son sourire.

— Comme sa poubelle préférée manque à un raton laveur.

Il émet un petit rire.

— C'est très flatteur.

— Les ratons laveurs sont des cousins des pandas roux, expliqué-je. Et on les surnomme les pandas des poubelles.

— Je vois, acquiesce-t-il en m'adressant un regard brûlant. On va se manquer l'un à l'autre comme des pandas.

Et même plus, avec un peu de chance, sachant à quel point ils sont réticents à se reproduire. Je doute qu'aucun panda ait jamais éprouvé autant de désir que j'en ressens pour lui.

— Comment ça va ? l'interrogé-je en pointant du doigt son entrejambe.

Il balaie ma question de la main.

— Bien. Ne t'en fais pas pour ça.

— Ce serait *dur* de ne pas s'en faire.

Il rit.

— Je vais très bien, vraiment.

C'est ma chance. J'active le mode femme fatale.

— J'aimerais m'en assurer, dis-je d'une voix séductrice.

Il prend une brusque inspiration.

— Où est-ce que tu veux en venir ?

— J'aimerais savoir si ton équipement fonctionne.

Je n'arrive pas à croire que je viens de dire ça.

Ses narines se dilatent.

— Oh, *sonechko*, tout fonctionne très bien... pour toi.

— Montre-moi, articulé-je dans un souffle.

Waouh. Courage liquide ou pas, je n'ai jamais été plus fière de moi qu'à cet instant.

Son regard est en fusion.

— D'accord. Je vais te montrer… mais je dois m'assurer que tu n'as pas été blessée non plus. Après cette mauvaise chute.

Je déglutis.

— Qu'est-ce que tu veux voir ?

— Tout.

Mince alors. Il fait très, très chaud ici.

Reprends-toi, Blue. Une femme fatale serait déjà toute nue. Ou en train de faire un strip-tease aguicheur.

Dans ce cas, je me lance.

Je commence par mon haut.

Les yeux de Max errent avidement sur ma peau exposée, puis il se débarrasse de son propre T-shirt, révélant des pectoraux et des abdos durs, ciselés à la perfection, ainsi que des bras vraiment musclés.

C'est le meilleur jeu au monde.

Je retire mon pantalon. Il ôte le sien.

Waouh.

Sergent et Capitaine pointent sous mon soutien-gorge, impatients d'être libérés. Je les dénude avec obligeance. Puis, d'un geste un peu plus hésitant, je fais glisser ma culotte.

Je sens mon visage devenir brûlant, et ça me donne envie de grogner de frustration. Une vraie femme fatale ne rougirait pas comme une pucelle, pas à moins d'avoir décidé de jouer ce rôle. Je vais devoir m'entraîner à ne rougir que sur commande, parce que pour l'instant, mes vaisseaux sanguins sont des traîtres envers les États-Unis d'Amérique.

Tout en me dévisageant comme s'il avait envie de

me manger à travers la caméra, Max retire son caleçon, exposant un Maximus engorgé.

J'oublie ma rougeur traîtresse.

Le nom a beau être pompeux, il ne rend pas justice à Maximus. Même après l'avoir palpé avec mes pieds, je n'étais pas préparée à le voir ainsi dans toute sa gloire.

Comme son homonyme, ce pénis pourrait affronter des lions et des guerriers féroces dans une arène de gladiateurs, renverser l'empereur de Rome et hurler « N'êtes-vous pas divertis ? » devant tout un rassemblement de vagins excités.

— Comme tu peux le voir, tout est intact, commente Max en prenant ses lourds testicules dans sa main.

Aucun kiwi ne pourrait les simuler.

Je ravale ma salive.

— Je crois que je vais avoir besoin d'une démonstration.

Fabio a dit qu'on faisait de meilleures pipes après avoir regardé le mec se masturber devant nous, et c'est ma chance de partir en reconnaissance.

Oui. Voilà mon objectif. Ça n'a rien à voir avec le désir. Pas du tout.

— Tu n'as jamais joui pour moi, remarque Max d'une voix rauque. Fais-le maintenant.

Ça me paraît juste.

J'en ai envie. Besoin.

Je lève les doigts de ma main droite.

Il grogne et son sexe tressaille.

Je pince Sergent, puis Capitaine.

Max prend Maximus dans son poing serré.

Je glisse les doigts le long de mon ventre, jusqu'à avoir atteint mon entrejambe.

Max écarquille les yeux et caresse lentement Maximus.

Je pince mon clitoris douloureux. Puis je le frotte, et l'orgasme qui m'a été refusé plus tôt remonte à la surface à la vitesse d'un guépard.

Il se caresse encore, accélérant la cadence.

L'eau me monte à la bouche, ainsi qu'à d'autres endroits. Je donnerais tous mes gains au poker pour être dans cette pièce avec lui, à cet instant – et pour le faire pénétrer quelque part en moi. Partout.

— Glisse un doigt en toi, ordonne-t-il d'une voix ferme, et j'adore ce ton.

Je lèche mon index gauche et l'enfonce délicatement dans mon intimité.

— Putain, grogne-t-il.

— Oui, dis-je, essoufflée. C'est exactement ce que je serais pour toi, s'il ne s'agissait pas de cybersexe.

Ses yeux s'assombrissent et il accélère le rythme.

Je suis tout près.

Son rythme devient effréné. Désespéré.

Un gémissement s'échappe de mes lèvres.

Avide d'être remplie, je laisse mon majeur rejoindre mon index.

Vient-il de grogner ?

Quel que soit ce son, il est si sexy qu'il me fait basculer, et je jouis partout sur mes doigts.

Avec un grognement, il jouit à son tour. Son sperme jaillit et une goutte atterrit sur la caméra du téléphone, créant un drôle d'effet bukkake.

Il lâche son pénis.

— C'était… waouh.

— Je suis d'accord, acquiescé-je, m'efforçant de reprendre mon souffle.

Mon cœur est aussi rapide que le guépard mentionné plus tôt, s'il pourchassait une gazelle. En parlant de pourchasser…

— Et si on se retrouvait dès maintenant pour faire ça pour de vrai ?

Il essuie le sperme qui lui bloque la vue avec un mouchoir, et je vois une expression de regret sur son visage.

— Mon vol part dans deux heures. Je dois rejoindre l'aéroport. On remet ça à une autre fois ?

Tu parles d'une douche froide.

— Je te ferai tenir ta promesse.

Une promesse faite directement à mon clitoris.

Il m'observe de haut en bas.

— Je vais passer chaque seconde loin d'ici à attendre notre rencontre avec impatience.

Une timidité très peu appropriée à une femme fatale me submerge soudain, à mesure que les derniers effets de l'orgasme se dissipent. Je sors du champ de vision de la caméra et m'habille rapidement. Quand je regarde à nouveau, il s'est rhabillé aussi.

Pour une raison que j'ignore, aucun de nous n'a raccroché.

Pourquoi ai-je le sentiment qu'il va rompre avec moi, finalement ?

— Je dois y aller, annonce-t-il, mais il ne raccroche toujours pas.

— Je comprends, assuré-je, toujours sans raccrocher.

— On reste en contact, promet-il sans couper la communication.

Il a plutôt intérêt à rester en contact.

— Profite bien de ton séjour, lui lancé-je, sans raccrocher.

Suis-je en train de me comporter comme s'il était mon premier petit ami ?

— Bonne nuit, *sonechko*, réplique-t-il en me soufflant un baiser.

Luttant contre l'envie de pouffer de rire comme une collégienne excitée, je mime le geste d'attraper son baiser et de le fixer à mon derrière.

Il rit doucement, puis raccroche enfin.

Je fixe l'écran désormais dépourvu de Max. Mes émotions sont en ébullitions et je ne suis pas sûre de comprendre pourquoi. Peut-être parce que c'était intense, surtout pour la séduction froide que je prévoyais.

Je déteste avoir à l'admettre, mais je crois qu'il va me manquer, cette semaine – à supposer que ça ne dure qu'une semaine. Je ne suis toujours pas convaincue qu'il ne s'agit pas d'un drôle de petit jeu.

Qu'est-ce qui me prend, bon sang ?

Ce n'est pas parce que Max et moi venons d'avoir un orgasme en face l'un de l'autre qu'il n'en est pas moins un agent ennemi. Je dois me montrer prudente et garder le contrôle de mes sentiments pour lui. Ce qui vient d'arriver était une mission de reconnaissance de femme fatale, un entraînement... pas une relation intime. La dernière chose dont j'ai envie, c'est de devenir l'un de ces assassins qui foirent un contrat de meurtre parfaitement simple.

La clef, c'est de garder en mémoire que malgré les apparences, il essaie peut-être de me faire subir ce que j'essaie de lui faire. Il veut peut-être me séduire, avec un objectif à long terme en tête. Putain, cette « semaine de séparation » est peut-être une ruse apprise à l'école des espions, inspirée par la version russe du proverbe « la distance fait ressortir les sentiments ».

Comment savoir si je suis juste une mission, pour lui, ou pas ? Son attirance pour moi semble sincère. Les érections ne mentent pas. À moins que si, quand il s'agit d'un espion ?

Et puis – même si c'est un peu superficiel – je me demande encore ce qu'il penserait s'il me voyait sans ma perruque. Et s'il n'était plus attiré par moi... ou n'était plus capable de faire semblant ?

Hum. Je vais peut-être profiter de sa semaine d'absence pour « changer de coiffure ». Plusieurs mois ont passé depuis la dernière fois que je me suis rasé le crâne. J'ai dépassé le stade du duvet crépu, néanmoins je n'en suis pas encore à celui de la coupe garçonne. Mais avec les bons produits, je pourrais faire en sorte que Max ne vomisse pas en me voyant. J'espère, en tout cas.

Mon téléphone sonne.

Un SMS de Max – une photo d'une adorable créature, assortie du message :

C'est un chinchilla, au cas où tu te demanderais encore le sens du mot « mignon ».

Je souris, fais une rapide recherche en ligne et réponds avec une photo de rhinolophe.

ÇA, c'est mignon. Les chinchillas sont des cousins proches du rat-taupe nu, la noble créature que tu n'as pas approuvée. Tu savais que les rats-taupe nus n'attrapaient jamais de cancer ?

Sa réponse met quelques secondes à arriver.

Le cancer refuse peut-être de tuer ces horribles petites bestioles ? Et puis, tu te rends compte que ta chauve-souris ressemble à Nosferatu... quand il se transforme et cesse de ressembler au Aye-Aye que tu m'as envoyé l'autre fois.

Je pouffe de rire. Il marque un point.

Bon vol, lui souhaité-je.

Merci. On se parle demain.

Demain ? Je suppose que je ferais mieux d'aller dormir, pour que demain arrive plus vite.

Je suis presque endormie quand Machette vient se blottir à mes pieds.

Si tu donnes un seul coup de pied à Machette durant la nuit, Machette guérira ton syndrome des jambes sans repos de la plus radicale des manières : l'amputation.

CHAPITRE
Vingt-Et-Un

Dès mon réveil, je vérifie si Max m'a laissé des messages.

Pas encore.

Ou peut-être plus jamais ?

M'efforçant de ne pas y penser, je me prépare et nourris mon monstrueux chat.

Machette est heureux que son bol soit plein. Machette ne pense pas que l'alternative – la viande d'humain – soit aussi raffinée que le Gourmet.

Sur le point de partir travailler, je surprends Olive occupée à regarder quelque chose de perturbant sur la télé du salon.

Des oiseaux.

En CGI, mais quand même.

Et puis, Gros Bec est-il en train de regarder avec elle ? C'est vraiment l'impression que j'ai.

Quand je critique ces images horribles, elle met la vidéo sur pause.

— Je regarde *Rio*. Ça parle d'un perroquet bleu qui s'appelle Blu.

Quelle abomination.

— Nouvelle règle de la maison, annoncé-je d'une voix sévère. Pas de films sur les oiseaux. Pas quand je suis à la maison, en tout cas.

— Marché conclu, accepte Olive. Je vais regarder un truc avec des pieuvres, à la place.

Je réprime un sourire, incapable de ne pas imaginer des tentacules d'un autre genre…

— Comment on appelle un groupe de pieuvres ? l'interrogé-je tout en enfilant mes chaussures.

— Ce sont des créatures solitaires, alors il n'existe pas vraiment de nom pour ça, réplique-t-elle. J'ai déjà entendu employer le mot « banc », mais c'est plutôt pour les groupes de pieuvres. Certains emploient le terme « couvée », mais je déteste ça.

Je frémis et me dirige vers la porte.

— Une couvée, ça fait penser à des poulets. Tu as bien raison de détester ça.

———

Une fois au boulot, je me sers de **classifié** pour vérifier que Max s'est vraiment envolé pour le Canada.

Oui. C'est bien le cas.

Mon patron m'a donné un gros projet sur lequel bosser, ce qui m'aide à ne pas penser à Max de manière obsessionnelle. D'ici la fin de la journée, je n'ai pensé à lui que deux mille cinquante-sept fois. Cependant quelle importance ? Par chance, j'ai mon entraînement de Krav Maga, ce soir. Je vais peut-être pouvoir décharger une partie de ma frustration sexuelle sur le tapis.

Je fais de mon mieux, sans succès. Plusieurs centaines d'autres pensées concernant Max m'envahissent la tête.

En rentrant chez moi, j'imagine ce que je ferais à un agresseur s'il tentait de me voler.

Un message de Max me tire de mes violentes rêveries. Mon pouls bondit, mais il n'a fait que m'envoyer une photo de porc-épic, accompagnée du message suivant :

Ton image mignonne du jour.

Ma poitrine se réchauffe, et pas parce que ça prouve qu'il n'a pas décidé de couper les ponts.

Je lui réponds : *Tu réalises que c'est à nouveau un cousin proche du rat-taupe nu, hein ?*

Quelle image devrais-je lui envoyer ? J'envisage l'ornithorynque, avant de changer d'avis. Même si ces créatures sont des mammifères, avec leur bec de canard et leurs pratiques reproductives suspectes consistant à pondre des œufs, ils risqueraient de déclencher des cauchemars d'oiseaux, et je ne souhaiterais ça à personne, même à un ennemi du pays.

Ah. Je sais. Je trouve une photo de la grenouille géante du lac Titicaca, que je lui envoie.

La comparera-t-il à un scrotum ? C'est l'autre nom de cette espèce, après tout ; grenouille scrotum. Ou bien se moquera-t-il du mot Titicaca – qui ressemble vaguement à de la scatophilie ?

C'était ça, l'inspiration pour Jabba le Hutt ? demande Max à la place.

Je souris.

Non. Pour les Ewoks.

Il répond par un émoticône souriant et ajoute : *Appel vidéo dans une heure ?*

Oh, oui.

Je réponds avec un « OK » innocent et un émoticône clin d'œil.

———

J'entre dans mon appartement, mange un dîner rapide avec Olive, puis me précipite à la salle de bain pour préparer mon rendez-vous à venir.

Ce jour est-il celui où je devrais « changer de coiffure » ?

Je retire ma perruque et m'examine dans le miroir.

Peut-être.

Je prends mon rasoir électrique et coupe mes cheveux sur la nuque. Juste au moment où je termine, Machette entre dans la salle de bain et se dirige vers la litière.

N'envisage même pas de raser Machette, ou il te scalpera, pathétique humain.

J'étudie ma nouvelle coiffure dans le miroir.

C'est beaucoup mieux. Le haut semble plus long.

Je prends une douche et ébouriffe mes cheveux avec un produit.

Oui, je vais me lancer. Si c'est un tue-l'amour pour

Max, qu'il en soit ainsi. Pour le prévenir, je lui envoie quand même :

Je me suis coupé les cheveux. Ne t'évanouis pas quand tu me verras.

C'est excitant, répond-il. *Tu peux commencer l'appel tout de suite ?*

Je lui demande quelques minutes. Je dois appliquer une bonne dose de maquillage et nettoyer les parties de ma chambre qui seront dans le champ de vision de la caméra.

Je dois créer un beau cadre pour cette coupe de cheveux.

———

Quand il apparaît sur l'écran, il est assis sur un lit et il y a des posters d'animaux derrière lui – un éléphant, un zèbre et un élan.

Se rend-il compte que seul l'un de ces animaux est originaire du Canada ?

— Qu'est-ce que tu en dis ? demandé-je en montrant mes cheveux.

— Incroyable, répond-il, et s'il ment, il mérite un Oscar. Kristen Stewart n'a pas eu ce genre de coiffure, à une époque ?

Je hausse les épaules. Je n'en ai aucune idée, cependant je prends ça pour un compliment. Elle a joué plusieurs rôles d'espionne dans ses films, et c'était même l'un des anges de Charlie, dans une adaptation.

Il fronce les sourcils.

— Juste pour vérifier… ce n'est pas lié à un problème de santé, n'est-ce pas ?

— Oh, non. Pas du tout.

— Tant mieux.

Le soulagement sur son visage mérite un autre Oscar, s'il est feint.

— Je devrais peut-être me raser la tête pour être synchro avec toi ?

Je regarde ses mèches alléchantes, paniquée.

— Hors. De. Question.

Un sourire sexy se dessine sur ses lèvres, faisant apparaître la fossette sur sa joue.

— Tu veux que je les laisse pousser, alors ?

J'incline la tête.

— Je serais curieuse de voir ça.

Plus important encore, j'aime l'idée qu'il fasse des plans aussi ambitieux avec moi.

Il se laisse aller en arrière, dissimulant le zèbre.

— Comment s'est passée ta journée ?

— C'est globalement classifié. Et la tienne ?

— J'ai déjeuné avec mes parents, répond-il. Et dîné avec ma sœur.

— Pas mal. J'ai dîné avec ma sœur aussi. Ça fait quoi d'être de retour au Canada ?

Je plisse les yeux de manière théâtrale et reprends :

— Tu es tombé sur d'anciennes petites amies ?

— Non, rétorque-t-il en se penchant vers la caméra. Et toi ?

Je souris.

— Ma petite amie et moi ne nous parlons plus

depuis un accident de ciseaux. C'est une longue histoire.

Vient-il de rougir ?

Bien sûr. Il est excité rien que de m'imaginer avec une autre femme. C'est bien un homme.

L'Association Américaine des Femmes Fatales – si une telle chose existait – donnerait un A+ à ma réponse.

— Je n'ai pas vraiment de petite amie, précisé-je juste au cas où tout en passant ma main sur les cheveux courts à l'arrière de ma tête.

— Je suis soulagé. Je m'apprêtais à te proposer qu'on sorte officiellement ensemble.

Il me lance un autre regard brûlant et ajoute :

— Et je ne partage pas, que ce soit avec les hommes ou les femmes.

Doooonc, il ne veut pas que j'enquête sur d'autres espions ? Notre jeu d'espion contre espion sera désormais exclusif.

Zut. Il me regarde comme s'il attendait quelque chose. Je dois répondre, et vite, ou mon silence en dira long.

— Ça me plaît beaucoup.

Argh ! Ai-je semblé trop enthousiaste ?

— Je n'aime pas trop partager, moi non plus. Demande un peu à mes cinq sœurs identiques.

Oui, même avec ce rattrapage, l'Association Américaine des Femmes Fatales donnerait un F- à cette réponse.

Il m'adresse un sourire à incinérer ma culotte.

— Alors c'est décidé.

Est-ce trop tôt pour nous déshabiller et consommer cet arrangement ?

Non. Je suis trop secouée, à cet instant. On devrait bavarder un peu le temps que je me ressaisisse.

Oh, je sais.

— Parle-moi de tes anciennes relations, proposé-je. Compte tenu des circonstances, je préfère apprendre quel genre de casseroles tu apportes avec toi.

Il va peut-être juste me servir un tas de mensonges qui font partie de sa couverture, cependant on ne sait jamais ce qui sera utile.

— Je n'ai pas beaucoup de casseroles, à moins que rien que ça soit une casserole en soit, répond-il sans ciller. J'ai eu quelques petites amies à la fac. Pas beaucoup après, parce que je voyageais beaucoup. Ma plus longue relation a duré six mois. Elle s'appelait Kathy.

Il croise les doigts devant lui et m'interroger :

— Et toi ?

Waouh. Tout ça décrit à merveille une vie d'espion, mis à part que Kathy s'appelait sûrement plutôt Katya.

— Je n'ai pas à me vanter de grand-chose, avoué-je. Je suis sortie avec trois types et demi, à peu près. Ma plus longue relation était avec Jay, mais c'était voué à l'échec dès le début. Notre nom en tant que couple était « Blue Jay ».

Max hausse les sourcils.

— Trois et demi ? Ça me fait penser à cette série télé, sauf que c'était plutôt deux et demi, je crois.

J'ai un mouvement de recul.

— Je ne suis jamais sortie avec un mineur.

Il émet un rire bas.

— Je m'en doute.

— Je dis « et demi » parce que l'un des types n'est arrivé qu'à mi-chemin de la terre promise la seule et unique fois où on a couché ensemble. Et c'est sûrement trop de détails pour toi.

Il crispe les muscles de sa mâchoire.

— Comme je l'ai dit, je n'aime pas partager. Ce genre d'histoire me donne envie de retrouver ce « et demi » et de l'éliminer.

Gloups. Max est sûrement capable de retrouver mon pauvre ex et de l'éliminer. Toutefois il ne ferait jamais ça. Hein ? Juste au cas où, je ferais mieux de lui ôter cette idée de la tête. En plus, je suis assez calme pour un petit cyber crac-crac, maintenant.

Oui. J'ai officiellement activé mon mode Femme Fatale. Je prends une voix rauque et demande :

— Tu es dans un endroit privé ?

Il regarde autour de lui.

— Oui. C'est ma chambre d'enfance.

Je lui adresse mon sourire le plus charmeur.

— Va fermer la porte.

Il disparaît une seconde et je m'assure que ma porte est verrouillée aussi.

— Tu as déjà fait se déshabiller une fille sur Messenger, dans cette pièce ? l'interrogé-je quand il revient.

Ses narines se dilatent.

— Je n'ai jamais eu ce plaisir, non.

— Très bien.

Le cœur battant la chamade, je déboutonne le haut de mon chemisier.

— Si tu es sage, tu vas peut-être connaître ce plaisir ce soir.

Sans même que j'aie à le lui demander, il se retrouve torse nu en un clin d'œil.

Miam. Ces pectoraux, ces abdos, cette peau douce et dorée…

— Retire le reste, ordonné-je dans un souffle.

Il obéit.

Mince alors. Maximus est prêt au combat. Tout comme mes hormones.

— À ton tour, murmure Max.

Ses yeux verts sont plus sombres qu'une forêt russe remplie d'ours.

Je canalise la femme fatale qui est en moi et me déshabille, sans rougir, cette fois. Sergent et Capitaine sont à leur poste et deviennent aussi durs que des diamants.

Je croise les jambes, lui cachant mon sexe… pour l'instant.

Il me dévore des yeux comme un homme affamé.

— Resplendissante, lâche-t-il d'une voix plus grave. Une vraie *sonechko*.

Je lui lance un regard rayonnant.

— Tu es très lumineux aussi. J'ai envie de te voir de près, aujourd'hui, annoncé-je avec un geste vers Maximus.

Le sourire narquois sur les lèvres de Max provoque une décharge dans mon clitoris.

— Les dames d'abord ?

Il est diabolique. Mais d'un autre côté, c'est la meilleure façon de gagner une carte de membre dans l'Association Américaine des Femmes Fatales.

Je décroise les jambes, réprimant la rougeur qui menace de me rendre à nouveau coupable de trahison.

— Très bien, mais interdiction de te toucher tant que la dame n'aura pas terminé. Marché conclu ?

Les yeux rivés à l'écran, Max grogne quelque chose d'inintelligible – un acquiescement, je présume. Je pose le téléphone entre mes cuisses, assez près de mon entrejambe lancinante pour embuer l'écran.

— Touche-le, ordonne-t-il d'une voix gutturale, désespérée.

Heureusement qu'il ne voit pas mon visage. J'ai perdu mon combat contre la rougeur. Ma carte de membre à l'Association Américaine des Femmes Fatales est révoquée.

Je tends quand même une main vers mon clitoris et enfonce un doigt de l'autre entre mes cuisses. Je sais qu'il aime ça.

Max émet un son qui me fait penser à un ours blessé. Est-ce le bruit que font tous les Russes super-excités ?

Un orgasme commence à me submerger, plus vite que la dernière fois. Plus fort, aussi. Haletante, je regarde l'écran.

Max est sage et ne se masturbe pas, comme je le lui ai demandé. Maximus est tellement gorgé de sang qu'il semble à deux doigts de se transformer en loup-garou.

Pourquoi est-ce aussi sexy ?

Ça doit avoir quelque chose à voir avec l'avidité dans les yeux de Max.

Il prend le téléphone et l'approche de son visage. Sa mâchoire et crispée et sa voix aussi graveleuse que du papier de verre.

— Jouis pour moi.

Si l'idée était de faire en sorte que j'aie l'impression de jouir assise sur son visage, c'est mission accomplie. Cette image en tête, je jouis pour de bon et remporte le prix du Gémissement de l'Année décerné par l'Association Américaine des Femmes Fatales.

Quand je reprends mes esprits, je remarque les perles de sueur sur le front de Max et me demande si c'était trop cruel de ma part de lui demander d'attendre que j'aie terminé.

Peut-être. Mais c'était sexy.

— À ton tour, déclaré-je.

Il pose le téléphone à côté de Maximus.

J'esquisse un sourire espiègle.

— Recule un peu. Il manque une partie de lui.

Il obéit et je vois désormais Maximus dans toute sa gloire, ainsi que les testicules de Max – toujours pas baptisées, même si on peut désormais leur appliquer mon propre nom.

— Vas-y, lancé-je, magnanime.

Max prend son sexe palpitant dans son poing et remue sa main de haut en bas avec une précision implacable.

Je devrais prendre des notes en guise de reconnaissance pour ma fellation, sauf que je suis trop excitée alors au lieu de ça, je commence à me caresser.

— On fait du deux poids deux mesures, on dirait ? demande-t-il d'un ton douloureux.

Je rends ma voix aussi rauque que possible pour répondre :

— Tu veux que j'arrête ?

— Putain, non, grogne Max.

C'est bien ce que je pensais.

Je m'adapte à son rythme et me rapproche tout près de l'orgasme, avant de ralentir, attendant pour passer cette limite tout en l'observant.

— Dis-moi quand, hoqueté-je tandis que la pression grandit en moi malgré tout.

Il prononce quelque chose d'inintelligible et sa main se met à remuer si vite qu'elle devient floue. Juste au moment où je pense être sur le point d'exploser, il grogne quelque chose qui ressemble à « maintenant ! » et se décharge.

Mes doigts de pied se crispent douloureusement et toutes mes terminaisons nerveuses hurlent de joie tandis que l'orgasme explose en moi.

Je tremble encore sous la puissance de ce moment quand quelqu'un frappe à la porte de Max.

— Tout va bien, là-dedans ?

Euh. Je suppose que le timing aurait pu être pire.

Max éloigne un peu plus la caméra pour que je puisse voir son visage béat.

— On reprend ça demain ?

Avec un sourire coquin, je le salue et raccroche.

Assoupie et vidée de mes forces, je rampe sous les couvertures. Si le cybersexe était aussi intense, je n'imagine même pas ce que ce doit être de le faire pour de vrai avec Max.

J'ai envie de savoir.

Désespérément.

De manière pas du tout professionnelle.

Je ferme les yeux.

Machette décode de réquisitionner la moitié de mon oreiller et quand je l'étreins, il ronronne.

Ne fais pas regretter à Machette de t'avoir laissée en vie, misérable humaine.

Je commence à dériver vers le sommeil et mon cerveau béat part peut-être au pays des rêves illusoires, parce qu'avant de m'endormir, je ne peux m'empêcher de me demander :

Et si Max n'était *pas* un espion russe ?

CHAPITRE
Vingt-Deux

Durant les trois prochains jours, j'entame la plus merveilleuse des routines. Je vais travailler, rentre à la maison et passe un appel vidéo avec Max durant lequel on parle de tout et de rien avant de s'engager dans une session de cybersexe chaque fois plus orgasmique et inventive.

Quand je rentre le quatrième jour, je découvre Gia en train d'interroger Olive sur la capacité de Gros Bec à se camoufler.

Ah. Gia compte-t-elle ajouter une pieuvre à son spectacle ? Supporterait-elle d'avoir un aquarium, avec sa phobie des germes ? Ce ne serait qu'une question de temps avant qu'elle se demande où Gros Bec fait caca, et la réponse ferait fondre son cerveau.

— Je suis venue réclamer la faveur que tu me dois, annonce Gia tout en jetant un coup d'œil à Olive. Il vaudrait peut-être mieux qu'on fasse ça en privé.

Zut. Quand Gia m'a mise en relation avec Clarice, je

lui ai promis de lui créer un logiciel malveillant en retour. Et puis zut. Un marché est un marché.

Je pousse Gia dans ma chambre et sors mon ordinateur.

— Bon, lâché-je. Tu veux toujours trafiquer le correcteur automatique des gens ?

Elle hoche la tête d'un air enthousiaste.

— J'ai déjà trouvé quelques idées. Quand ils écriront « moustache », ton application transformera ça en « tache moite ». Toute mention du mot « pain » deviendra « seins ». « Cher » deviendra « chier ». « Embrasser » deviendra « embrocher ». « Lol »…

— Pas la peine de préciser tout ça pour l'instant, l'interromps-je. Je ne code jamais ce genre de truc dans mes logiciels.

Gia sourit.

— Je pourrais décider de mes propres correspondances ?

Je hoche la tête.

— Et tu pourras aussi choisir tes cibles, dans une certaine limite.

Elle se frotte les mains comme le vampire diabolique à qui elle ressemble.

— Je vais commencer avec Holly.

C'est sa jumelle ainsi que sa meilleure amie, la preuve même qu'avec des amies/sœurs comme Gia, qui a besoin d'ennemis ?

Ce n'est pas la première fois, mais je me demande pourquoi nous ne sommes pas plus proches, Holly et moi. On a un tas de trucs en commun, en particulier notre expérience en science informatique. Je sais qu'elle n'aime pas le chaos provoqué quand nous sommes toutes réunies entre sœurs, cependant je parie qu'on s'entendrait bien, seule à seule. Je devrais la contacter, un de ces jours.

— ... ensuite, je veux que la retranscription de la conversation me soit envoyée par e-mail, est en train de dire Gia quand je recommence à l'écouter.

— Non, protesté-je. Ce n'est pas ce que tu as demandé. Je peux te donner la phrase avant que le correcteur automatique la change, mais pas celle d'après. Tu ne pourras pas épier les conversations de tout le monde en permanence.

Elle se met à bouder.

— Et si je te rends ton portefeuille ?

Je me tapote la poche. Bordel. Mon portefeuille a disparu.

Quand est-ce qu'elle l'a volé ? Comment ?

L'espionne en moi est folle de jalousie, toutefois je sais que si je lui demande de m'apprendre ce tour, elle demandera mon premier né en retour – et ça risque de déranger Max, si je passe un tel marché sans l'avoir consulté.

Je plisse les yeux.

— Si je ne récupère pas mon portefeuille, tu peux oublier ton application.

Gia n'a pas l'air ébranlée du tout, alors j'ajoute :

— J'ajouterai aussi peut-être quelques zéros supplémentaires à toutes tes factures d'électricité.

— Tiens, cède-t-elle en me rendant mon portefeuille. Et je respecte la façon dont tu feins de te soucier de la vie privée des gens... Miss NSA.

Je vérifie que mon argent est toujours dans mon portefeuille, puis le range dans ma poche.

— Juste pour clarifier le fonctionnement de l'application : Alice envoie un message à Bob. Avant que le message…

— Qui est Alice ? m'interroge Gia. Et qui est Bob ?

Je pousse un soupir théâtral.

— Ce sont des personnages fictionnels utilisés dans les discussions à propos des protocoles cryptographiques. Tu préférerais les noms Olive et Maman ?

— Disons plutôt Ol et Octomaman, et tu as toute mon attention.

Je lui explique ce que je compte faire en employant les noms Ol et Octomaman respectivement en tant qu'émettrice et réceptrice du message. Quand Gia est enfin satisfaite, je la fiche dehors.

— Je vais faire un spectacle ailleurs qu'au Palais bientôt, m'annonce-t-elle avant de partir. Tu seras là… hein ?

— Oui, dis-je en toute franchise. Fais-moi savoir l'heure et l'endroit.

— L'endroit, c'est un restaurant russe appelé La Hutte, et ça n'a rien à voir avec Jabba le Hut. Les propriétaires sont les parents du petit ami de Holly. Ils m'ont embauchée pour que j'assure le spectacle à l'anniversaire de leur fils.

Hum. Un restaurant russe.

— Je peux amener quelqu'un ?

— Bien sûr, acquiesce-t-elle. Qui ?

Je la mets au courant de derniers événements aussi vite que je peux et termine par :

— Tu comprends mieux pourquoi il serait instructif de voir comment Max réagirait à des Russes et des plats typiques de ce pays. Il se trahirait peut-être ? Le petit ami d'Holly parviendra peut-être à déterminer si Max est russe ? J'ai entendu dire que les Russes pouvaient presque toujours identifier leurs compatriotes.

— C'est vrai pour tous les groupes ethniques, non ? demande Gia. L'inverse du bon vieux « ils se ressemblent tous dans telle ou telle ethnie ».

Je hausse les épaules.

— Tu espères qu'il n'est pas russe, hein ? intervient Olive, qui nous a rejoints dans le couloir.

— Oui, avoué-je avec un soupir. Mais je suis aussi réaliste. J'ai de bonnes raisons de croire qu'il l'est.

— Alors amène-le, m'encourage Gia. Je vais parler à Holly pour savoir si elle peut donner l'opportunité à son beau de parler au tien.

— C'est quand ?

Quand elle me donne la date, je grimace. Max revient ce matin et j'avais de grands projets, dans lesquels la seule magie aurait été celle du glorieux Maximus dans mon vagin (dont le nom de code est classifié).

D'un autre côté, si j'arrive à prouver que Max n'est pas un espion, je pourrais coucher avec lui en tant que petite amie, ce qui est bien plus attrayant que de le faire en tant qu'espionne femme fatale.

Argh. Je suppose qu'il est temps de jouer cartes sur table.

La vérité, c'est que je n'ai jamais été sûre d'être capable de coucher avec quelqu'un pour une mission. J'espérais l'être et je faisais comme si c'était le cas, mais c'était en grande partie parce que j'imaginais Max en tant que cible. Même dans ce cas-là, malgré tous ces cyberpréliminaires, je ne suis pas sûre de pouvoir le faire en sachant qu'il est un ennemi. Pour ce qui est de l'idée de séduire quelqu'un qui n'est pas Max, rien que d'y penser cela me donne autant la nausée que l'idée de me retrouver face à face avec un pingouin.

— Alors, tu vas venir ? s'impatiente Gia en tapant du pied. Si tout se passe bien, ce sera peut-être mon inauguration officielle à la Hutte. Ça te vaudra un énorme bon point, si tu viens m'applaudir.

— Désolée, j'étais perdue dans mes pensées. Je serai là, bien sûr, et j'applaudirai même si la magie est nulle.

Je souris et ajoute :

— Je n'ai pas compris tout ce que tu as dit sur ton inauguration, mais je suis sûre que je n'avais pas besoin des détails.

Gia secoue lentement la tête et s'en va.

Dès qu'elle est partie, Olive éclate de rire et Gros Bec change de couleur plusieurs fois – ce qui fait sourire Olive.

Hum. Je me demandais si elle s'imaginait lui parler, comme je le fais avec mon chat. Quand on était petites, on faisait toutes ça avec notre animal préféré à la ferme, alors c'est fort probable. Avant que j'aie pu lui poser la question, mon téléphone bipe.

C'est Max.

Je m'excuse, me précipite dans ma chambre et décroche.

— Je te manquais déjà ?

Il affiche un sourire narquois.

— À ton avis ?

— Je pense qu'on devrait se mettre tout nu, proposé-je.

Son sourire se transforme en expression avide.

— On ferait mieux de se dépêcher. Je voulais te dire un truc... toute ma famille est là pour l'anniversaire de mariage et celui de mon frère.

Alors pas de discussion comme les autres fois ? Bon, tant pis, le fait de le voir tout nu devrait suffire à me consoler.

On se déshabille et nous engageons dans nos cyberébats jusqu'à l'orgasme. Un pour lui et deux pour moi. Qui a dit que la vie était juste ?

— Félicite le couple heureux et ton frère, lancé-je une fois que j'ai remis mes vêtements.

Il semble regretter que je ne sois pas restée nue.

— Tu veux le leur dire toi-même ?

Je cligne des paupières.

— Le leur dire moi-même ? répété-je bêtement.

Il doit bluffer. Aucune chance pour que sa famille soit vraiment au Canada. Ils vivent en Russie. Je m'imaginais qu'il se trouvait dans une planque, où il travaillait avec son responsable, et que la pièce était décorée de posters d'animaux en guise de couverture.

— Ils seraient ravis, répond-il. Je leur ai parlé de toi et ils ont envie de te rencontrer.

— Me rencontrer ?

Je n'ai pas l'air plus maligne quand je pose cette question qu'à celle d'avant.

— Oui, insiste-t-il. Viens.

Je prends le téléphone et mon angle de vue s'incline.

Je vais rencontrer sa famille ? Ses parents ?

Tandis qu'il approche de sa destination, j'aperçois des bribes de la maison où Max a soi-disant grandi.

C'est forcément une ruse, hein ? Comme dans cette scène de *The Americans* où l'un des alias du mari espion (alerte spoiler) épouse une secrétaire qui travaille dans le contre-espionnage au FBI. Il avait aussi une « famille » dans cette série, mais elle était constituée de sa responsable se faisant passer pour sa mère et de sa femme espionne prétendant être sa sœur.

Petite parenthèse : Si l'un des alias de Max couchait avec n'importe quelle femme comme l'espion masculin l'a fait dans cette série, je ne réagirais pas de manière aussi blasée que le personnage de Keri Russell. Non. Je me lancerais dans une tuerie. Et ça me mènerait peut-être à une autre carrière dans la CIA, celle d'une espionne assassin à la Jason Bourne. Dans ce scénario, j'accepterais même cette douce amnésie.

Max s'arrête de marcher et dit quelque chose dans ce qui doit être de l'ukrainien. Puis il tend la caméra et je me retrouve face à une grande table à manger remplie d'assez de plats pour nourrir Kiev pendant deux ans.

J'étudie les personnes présentes ici et en reste bouche bée.

— Tout le monde, voici Blue, commence Max, avant de pointer du doigt chaque personne autour de la table.

Blue, voici Maman, Papa et mes frères et sœur : Seman, Matviy, Andriy et Zlata.

Je referme enfin la bouche et regarde la famille Stolyar en clignant bêtement des paupières.

Si vous preniez Max et vous serviez de CGI pour le transformer en renard argenté, vous obtiendriez son père. Les trois frères sont presque identiques à Max que je le suis de mes sœurs. Même sa mère et sa sœur lui ressemblent beaucoup. Elles ont les mêmes beaux yeux aux cils épais et cheveux aussi brillants que dans une pub pour le shampoing.

— C'est un plaisir de tous vous rencontrer, balbutié-je.

Mes pensées tourbillonnent dans ma tête. Ce n'est pas une fausse famille. Pas à moins d'avoir utilisé des CGI ou la magie – et pas le genre que pratique Gia. Mais le gouvernement russe enverrait-il autant de citoyens au Canada rien que pour me duper ? Ou Max a-t-il quitté clandestinement le Canada pour rejoindre la Russie ? À moins qu'ils vivent tous au Canada rien que pour soutenir la couverture de Max ?

Toutes ces options me paraissent exagérées, ce qui pose la question qui me fait effet d'un rayon d'espoir dans mon cœur.

Peut-être que Max n'est vraiment pas un espion russe ?

CHAPITRE
Vingt-Trois

— Ravi de te rencontrer, Blue, lance tout le monde à l'unisson.

Je repousse mes ruminations turbulentes et me concentre sur la situation présente.

— Max nous a beaucoup parlé de toi, précise Andriy.

Aucun accent. Un autre indice que soit ils ne sont pas en Russie, soit il a étudié l'anglais au même endroit que Max.

— Ce qu'il n'a pas mentionné, c'est à quel point tu es séduisante, remarque l'autre frère, Seman, je crois.

— Il craignait sûrement que tu la reluques, et il avait raison, intervient le troisième frère, Matviy.

— Et vous vous demandez pourquoi il ne nous présente jamais les femmes avec qui il sort, lance la sœur, Zlata.

Sa voix est aussi jolie que le reste de sa personne, et encore une fois, elle n'a aucune trace d'accent.

— Non, c'est parce qu'il ne sort avec personne,

rétorque Seman en faisant un clin d'œil à Max. Du moins jusqu'à maintenant.

Max tourne la caméra vers lui. Un sourire joue sur ses lèvres.

— Ça valait le coup d'attendre.

— Les enfants, intervient leur mère. Laissez l'invitée en placer une.

OK. Elle a clairement un accent d'Europe de l'Est, mais ça colle avec l'histoire de Max selon laquelle il est un Ukrainien de seconde génération.

— Avant qu'elle raconte son histoire, et si on portait un toast ? propose son père avec un accent encore plus fort que celui de sa femme.

Seman attrape une bouteille de *horilka.*

— Le vieillard dit quelque chose de sensé, pour changer.

Leur père lève son verre à shot.

— *Za zustrich.*

Tout le monde vide son shot. Je suis contente de ne pas être là en personne, n'étant pas d'humeur à me brûler l'estomac avec de l'*horilka.*

— On ne devrait pas laisser Blue nous regarder manger et boire au téléphone, remarque Max une fois les verres reposés sur la table.

— Tu as raison, lui répond sa mère, avant de regarder la caméra. Blue, j'espère que tu viendras nous voir en personne, l'année prochaine. C'est une invitation officielle.

Waouh.

— Merci, dis-je. Mais je ne suis pas obligée de

raccrocher. Ça ne me dérange pas de vous regarder manger ou boire, vraiment.

En fait, j'apprécie cette chance d'en apprendre plus sur Max, toutefois je n'ajoute pas cette précision.

— Ridicule, réplique son père. Si tu ne peux pas partager notre repas, je me sentirais inhospitalier.

Selman donne un coup de coude à son père.

— C'est peut-être parce que nos règles d'hospitalité datent d'avant la technologie ?

Je pousse un soupir.

— Je n'ai pas envie que quelqu'un se sente impoli. Je voulais juste tous vous féliciter pour les anniversaires.

Ses parents échangent un regard et parlent en ukrainien à un débit rapide. Tout ce que je comprends, c'est le mot *krasa*, que j'ai déjà vu dans un conte de fées russe en référence à une belle jeune fille.

— Elle dit que tu n'es pas seulement belle, mais que tu es aussi polie, me murmure Max dans le haut-parleur du téléphone.

Je souris et m'adresse à tout le monde :

— Je vais vous laisser reprendre votre repas.

— On se voit l'année prochaine, lance sa mère, et les autres répètent ses paroles.

— Je t'appelle demain, promet Max en me soufflant un baiser.

Vu que sa famille nous observe, je me touche la joue au lieu du derrière après l'avoir attrapé. Je les félicite une dernière fois et raccroche.

Waouh.

Je me sens aussi grisée qu'à un bal de promo. Ça pourrait vraiment marcher, entre Max et moi. Pour de vrai – ce qui ne sera possible que s'il ne travaille pas pour la Russie. Et ce n'est peut-être pas le cas ? Se pourrait-il qu'il dise la vérité depuis le début ? Qu'il ne soit qu'un Ukrainien de deuxième génération, qui n'espionne pas pour des intérêts étrangers ?

Il y a des failles dans cette théorie, peu importe que j'aie envie que ce soit vrai. Qu'en est-il de ce truc louche qu'il s'apprêtait à faire après la partie de poker ? Et pourquoi rencontre-t-il des banquiers d'investissement ?

Zut. Cette rencontre familiale n'était-elle qu'une scène planifiée avec soin ? Si c'est le cas, ça a presque marché.

Mais j'ai de l'espoir, maintenant. Je ne crois pas être assez importante pour que quelqu'un veuille mettre un truc pareil en scène. Il ne sait pas que je l'ai vu parler aux banquiers ou que j'ai été témoin de sa tentative pour pirater le téléphone de quelqu'un. Pourquoi ferait-il autant d'efforts pour me convaincre qu'il n'est pas un espion, alors qu'il n'a aucune raison de croire que je le soupçonne ?

Je n'ai aucune réponse à cette question, mais nous serons bientôt ensemble dans ce restaurant russe. On verra bien ce que ça me révélera.

CHAPITRE
Vingt-Quatre

LE LENDEMAIN, après avoir terminé ma première mission au boulot, je me renseigne sur les frères et sœur de Max. Je me dis que si sa couverture est bâclée, je ne les trouverai pas, mais si elle est bonne – ou si Max a été honnête avec moi – ils existeront bel et bien.

Oui. Les frères et la sœur ont une solide présence en ligne – plus que Max en personne, ce qui est un drôle de détail, si tout est faux.

Je ne peux m'empêcher d'être soulagée. Une couverture bâclée m'aurait obligée à dire adieu au scénario « Max n'est pas un espion ».

Un autre projet pour le boulot atterrit dans ma boîte e-mail et j'y travaille pendant le déjeuner. Je parviens à tout terminer en avance et quitte le bâtiment pour aller suivre ma leçon chez Fabio.

———

— On a un code rouge sur les bras, annonce Fabio quand je lui parle de mon rencard imminent avec Max.

— Comment ça ?

Il me regarde de haut en bas et esquisse un rictus dégoûté devant mon pantalon gris uni et ma chemise blanche de boulot.

— Ce que je veux dire, c'est que tu aurais peut-être plus besoin de conseils s'agissant de ton apparence que de tes techniques sexuelles.

— Qu'est-ce que c'est censé vouloir dire ?

Il lève les yeux au ciel.

— Qu'ils soient gays ou hétéros, les hommes sont des créatures visuelles, et tu dois t'assurer qu'il aime ce qu'il voit.

— C'était une question rhétorique, rétorqué-je en lui pinçant le biceps. Pourquoi tu critiques mon apparence ?

Il écarte le bras comme si j'avais un dard, puis s'empare d'un grand miroir et le place devant moi.

— Regarde.

Je retire ma perruque.

— C'est ma nouvelle coiffure. Il a dit qu'elle lui plaisait. Le reste, c'est ma tenue de boulot. Évidemment, je m'habillerai mieux que ça pour le rendez-vous.

Fabio pousse un soupir exagérément soulagé.

— Tu porteras aussi d'autres chaussures, hein ?

Je résiste à l'envie de le frapper à nouveau.

— Oui. Je ne porte des baskets qu'au bureau, pour être à l'aise.

Il se gratte le haut du crâne.

— OK. On peut aller chez toi, pour que tu puisses me montrer ce que tu comptes mettre ?

— Je peux faire encore mieux que ça.

Je sors mon téléphone et lui montre une photo de moi vêtue de la robe que je compte enfiler, puis une autre avec les chaussures.

Il plisse le nez.

— Tu as déjà porté ça ?

— Juste cette fois-là, dis-je.

— Très bien. Dans quel état sont tes poils, sous la ceinture ? demande-t-il en baissant les yeux sur mon entrejambe.

Il est sérieux ?

— Je me suis épilée à la cire juste avant notre première leçon.

Juste au cas où Max me voyait toute nue durant cette partie de poker, mais je ne précise pas ce détail à voix haute.

— Une épilation brésilienne ?

Je hoche la tête.

Il pince les lèvres.

— À quoi ressemble ton trou de balle ?

Je peux employer mes techniques de Krav Maga sur lui ? Pas pour un coup de pied dans les testicules – il en a besoin pour son boulot – mais peut-être un coup au niveau des tétons ?

— Je viens de te dire que j'avais fait une épilation brésilienne.

Il lève à nouveau les yeux au ciel et insiste :

— Tu te fais blanchir ?

Je le dévisage en clignant des paupières.

— Je n'ai pas assez de poils pour les blanchir.

— Je ne parle pas de tes poils, idiote, mais de la peau autour de ta porte de derrière. Elle doit être joliment rosée.

— Elle est de quelle couleur, en ce moment ? m'étonné-je.

— Qu'est-ce que j'en sais ? Et avant que tu poses la question, je n'ai pas envie de regarder.

Sérieusement, juste un coup de poing dans un endroit sensible de son corps.

— Je ne comptais pas te le montrer.

— C'est ça, c'est ça, réplique-t-il avec un sourire narquois. Mais tu vas aller à la salle de bain pour vérifier.

— Fichus fabricants de crème, marmonné-je. Ils essaient de donner honte aux femmes pour vendre leur poudre de perlimpinpin. On devrait être fiers de nos organes génitaux comme ils sont. Je ne suis même pas sûre que je vais montrer mon trou de balle à Max, mais si oui, il devrait être si content que je le laisse voir ça qu'il se fichera de sa couleur.

Le sourire de Fabio devient diabolique.

— Prêche la bonne parole autant que tu veux, ma sœur. Mais tu vas quand même aller à la salle de bain pour vérifier, hein ?

Avec un grognement agacé, je me dirige vers sa salle de bain.

Je n'arrive pas à croire que je suis en train de faire ça. D'un autre côté, ça ne peut pas faire de mal de jeter un œil.

Mais comment ?

Je tente de me pencher tel un bretzel pour avoir un aperçu, sauf que ça ne marche pas. J'essaie de trouver le bon angle pour le voir dans le miroir. Nouvel échec. Très bien. Je sors mon téléphone, me penche, écarte les jambes et prends un selfie anal – ou analfie, comme je vais appeler ça à partir de maintenant.

Si quelqu'un au boulot pirate mon téléphone et voit mon analfie, je le tuerai.

Je pousse un soupir et jette un œil.

Bordel de merde. Mon trou de balle est marron. Est-il parti en vacances à Hawaï pour se faire bronzer pendant que je ne regardais pas ? Ou bien a-t-il toujours été comme ça ? Pourquoi mon intuition me souffle-t-elle qu'il devrait être couleur peau comme le restant de mon derrière, ou au moins rose, comme l'intérieur d'un vagin ? C'est le cas avec tous les autres orifices – les trous d'oreille sont couleur peau et les lèvres roses (les miennes, en tout cas).

Ce rendez-vous avec Max est-il assez important pour que j'entame un traitement ? Une grande partie de moi me dit que non, mais une autre, celle qui est en phase avec ma femme fatale intérieure, répond par un oui catégorique. En fait, le manuel de l'Association Américaine des Femmes Fatales proposerait trois options pour cette situation : a) faire blanchir la zone incriminée, b) porter un plug anal paré de bijoux pour le couvrir, ou c) me faire bronzer nue avec un plug anal jusqu'à ce que tout le reste de ma peau corresponde à celle de mon anus. Vu que b) rendrait mes déplacements inconfortables et c) risquerait de me causer un cancer de la peau, je suppose que ce sera a).

On dirait que je vais vraiment le faire. Au diable Fabio et le complexe industriel des crèmes pour la peau.

Quand je reviens dans son salon, Fabio m'adresse un regard suffisant.

— Alors ?

— Comment je fais pour faire blanchir ce truc ?

Il sort son téléphone.

— Va voir mon pote. Mieux vaut ne pas faire ça toute seule. J'ai entendu des histoires horribles.

Je pousse un soupir.

— Un pote ? Masculin ?

— Gay. J'ai vérifié, précise-t-il en agitant les sourcils. Si tu vois ce que je veux dire. Il préférerait sûrement regarder un fruit pourri que ton trou de balle.

— Super. Je suis flattée.

Il compose un numéro.

— Salut, Ishmael, je peux amener une amie chez toi ?

Ishmael ? On parle du personnage biblique ou de celui de *Moby Dick* ? Connaissant Fabio, je parie sur la deuxième hypothèse. C'est sûrement un surnom en rapport avec son pénis.

Même si le téléphone n'est pas sur haut-parleur, j'entends Ishamel acquiescer, puis demander qui et pourquoi de sa voix grave.

— Blue. Mon amie d'enfance, explique Fabio.

— Son trou de balle ? devine Ishmael.

— Oui, il a besoin d'un petit coup d'éclat, acquiesce Fabio avec un sourire.

— Je suis là, vous savez, lancé-je assez fort pour

qu'Ishmael l'entende. Et c'est moi qui laisserai le pourboire.

— Très bien, on va appeler ça « changer de tonalité sous la ceinture », à partir de maintenant, me propose Fabio. C'est mieux ?

Je pousse un soupir.

— Je suis obligée de faire ça maintenant ?

— Oui, répondent-ils à l'unisson.

— Tu auras besoin d'un peu de temps pour t'en remettre avant d'approcher un pénis de cet endroit, précise Ishmael.

— C'est notre premier rencard, remarqué-je. On ne va pas se lancer aussitôt dans le sexe anal.

Fabio me lance un regard apitoyé.

— Blue, tu es encore dans mon cours et je tiens à ma réputation, réplique-t-il en carrant les épaules. Aucun de mes élèves n'ira en rencard avec un trou de balle non blanchi, point final.

CHAPITRE
Vingt-Cinq

LE SALON de blanchissement de trou de balle est situé à West Village et semble haut de gamme.

— C'est très chic, murmuré-je à Fabio.

— Oui, acquiesce-t-il. Ça ne présage que du bon pour ton anus.

Avant que j'aie pu répondre, un homme immense et musclé s'avance vers nous d'un pas lourd. C'est forcément un bodybuildeur professionnel – ses biceps ont des triceps.

Il ne me semble pas gay, toutefois ça vient de la fille qui ne s'est pas rendu compte que Fabio jouait dans l'autre équipe. Si j'avais su, je ne lui aurais pas montré mes parties intimes.

— Ishmael ! lance Fabio en étreignant l'homme.

Il essaie, en tout cas. Ses bras s'enroulent approximativement autour d'un pectoral.

OK. Ce mastodonte s'appelle peut-être Ishmael parce qu'il est assez grand pour attraper une baleine à mains nues...

— C'est toi, ma cliente ? demande Ishael en me dévisageant comme il étudierait un insecte minuscule.

Je hoche la tête sans rien dire. Cet homme est tellement grand qu'il active la partie reptilienne de mon cerveau, celle chargée de m'empêcher de finir écrabouillée.

Les services de renseignement ont-ils conscience de l'étrange effet provoqué par une personne de taille démesurée ? La CIA devrait-elle donner à leurs interrogateurs un cocktail de stéroïdes et d'hormones de croissance ?

Sans cesser de me fixer, Ishmael fait un geste vers une porte toute proche.

— Entre.

— Bonne chance, chantonne Fabio.

Je lui lance un regard mauvais et suis le géant.

Ishmael me pousse dans une petite pièce bien propre et tend son bras charnu vers une table qui ressemble à une table de chevet, à côté de lui.

— Enlève ton pantalon et mets-toi dans la position du chiot.

S'il n'était pas gay et si je n'étais pas fidèle à Max, je lui demanderais de d'abord me payer à dîner, toutefois la situation étant ce qu'elle est, je fais ce qu'on me demande tout en maudissant Fabio entre mes dents.

— Écarte tes fesses, tonne Ishmael.

— Une seconde, qu'est-ce que vous allez faire ?

— Passer ton anus au laser, répond-il d'un ton laconique.

Oh. Je m'attendais à ce que ce soit une crème. Je suppose que Big Laser est de mèche dans cette arnaque.

— C'est quand tu veux, grogne Ishmael.

Rougissant comme un homard particulièrement timide, j'écarte les fesses et grimace.

Je suis prête à sentir le laser rayonner à l'endroit où le soleil ne brille jamais.

CHAPITRE
Vingt-Six

LA DOULEUR EST SI vive que je ne peux m'empêcher de pousser un cri.

C'est ce que ressentirait un super-vilain si Superman décidait de pointer ses yeux lasers sur ses fesses. Je ne serais pas surprise que de la fumée émane de moi, ce qui pourrait être une version alternative de l'expression « avoir le feu aux fesses ».

— Désolé, s'excuse Ishmael. Certaines personnes sont plus sensibles aux lasers que d'autres.

Je ne peux m'empêcher de songer qu'il parle des personnes d'un genre bien précis, mais je suis peut-être trop sensible.

— Tout va bien ? lance Fabio depuis l'autre pièce.

Les muscles torturés de mon sphincter se crispent et je réponds d'une voix forte :

— Très bien ! N'ouvre pas cette porte ou je te tue.

— Je n'ai pas envie de finir traumatisé, rétorque Fabio.

— Tu veux que j'applique une crème pour engourdir la zone ? propose Ishmael.

Argh. Quel est le pire : laisser Ishmael continuer à employer sa technique médiévale sur mon derrière, ou expérimenter l'indignité supplémentaire consistant à le laisser me mettre de la crème ? D'un autre côté, qui a dit qu'il fallait que ce soit lui ?

— Je peux appliquer la crème moi-même ? l'interrogé-je.

— Si tu préfères. Donne-moi ta main.

J'obéis et il me met un gant en expliquant :

— Pour éviter que tes doigts s'engourdissent.

— Ah. Bien sûr. Ne regardez pas.

— D'accord, répond-il.

Sentant mon visage rougir encore plus, j'applique la crème. La sensation fraîche est un changement agréable, après la brûlure.

Ishmael soupire avec impatience.

— N'oublie pas que si tu fais ça pendant plus de cinq secondes, ça veut dire que tu joues avec.

Super. Un comédien géant blanchisseur d'anus.

Je retire vivement ma main et me redresse à quatre pattes. Puis nous attendons, et cette position d'attente doit faire partie de celles que j'aime le moins. Enfin, mon derrière commence à s'engourdir – une drôle de sensation en soi. Ça me rappelle quand je suis chez le dentiste, sauf que j'ai mon pantalon, là-bas, et heureusement.

— Prête ? tonne-t-il.

— Oui.

La sensation horrible revient, légèrement étouffée, et je crie à nouveau de douleur.

— Ça fait encore mal ?

Ce salopard a l'air surpris.

— Continuez, articulé-je en serrant les dents.

Il s'exécute. Je me répète que c'est un entraînement pour l'éventualité où l'ennemi me capturerait et tenterait de m'obliger à trahir mon pays. Bravement, je ne cède pas. Je ne parviendrais peut-être pas à supporter une torture par oiseaux, cependant je peux encaisser les techniques d'interrogation améliorées impliquant mon anus. Ou tout du moins un rayon laser dans les fesses.

Merde. J'ai parlé trop vite.

Si j'avais des secrets croustillants à avouer, je le ferais, en ce moment. Au lieu de ça, je demande à Ishmael d'arrêter.

La brûlure disparaît.

— Je ne crois pas que ce soit une bonne idée de le laisser comme ça. Je suis à la moitié.

— Et alors ? grogné-je.

— Tu as une demi-lune sur l'anus, explique-t-il. Ou un visage souriant, selon l'angle auquel on regarde.

Je pousse un gros soupir. La dernière chose dont j'ai envie, c'est que Max me demande pourquoi j'ai un visage souriant sur le derrière.

— Très bien. Finissons-en.

— Une seconde. Ça t'aidera peut-être.

J'entends ses pas lourds s'éloigner, puis revenir.

Soudain, mon trou de balle devient glacé.

— Qu'est-ce que vous foutez ?

Il se racle la gorge.

— La douleur du laser est causée par la chaleur, alors j'essaie de rafraîchir la zone avec de la glace.

Je lui lance un regard noir par-dessus mon épaule.

— Vous n'auriez pas pu me demander mon avis avant d'appliquer des glaçons sur mes fesses ?

L'air chagriné, il retire la glace.

— J'essayais juste de t'aider.

— Contentez-vous de terminer cette torture, lâché-je en me retournant et en serrant à nouveau les dents.

Il reprend, et il s'avère que c'est vraiment plus tolérable, après la glace. D'humeur revêche, je ne lui avoue pas.

— C'est fini, annonce Ishmael après ce qui me semble avoir duré une heure.

Je descends de la table, remonte mon pantalon et songe à tous les actes malveillants que je pourrais faire subir à Fabio.

Ishmael m'annonce ce que je lui dois et je paie, ajoutant un gros pourboire en guise de remerciement pour la glace appliquée à la fin.

— C'était comment ? m'interroge Fabio quand on ressort.

— Tu ferais peut-être mieux de m'éviter durant les prochaines semaines.

Je dois avoir une expression très convaincante, parce que Fabio pâlit et sort du salon à reculons, marmonnant qu'il doit partir.

— Tu vas aimer les résultats, me promet Ishmael. Tu verras, tu reviendras pour les retouches.

— Des retouches ? répété-je dans un couinement. Ce n'est pas permanent ?

Dans sa colère, mon cerveau oublie que mon esthéticien est immense et j'avance vers lui de manière menaçante.

Il secoue la tête et fait un pas prudent en arrière, songeant sûrement qu'un Yorkshire qui a la rage peut blesser un molosse.

— En marchant, on crée une friction, qui crée à son tour de la pigmentation. Les résultats devraient durer environ six mois, pas plus.

Je déteste le monde entier.

— Hors de question que je refasse ça.

— Très bien, réplique-t-il en me tendant une crème. C'est pour en prendre soin après. Appelle ton médecin si tu as de la fièvre, des écoulements anaux, des saignements, des cloques ou des plaies ouvertes.

J'ai envie de vomir.

— Ta réputation en ligne a plutôt intérêt à prier pour que je n'aie pas besoin d'aller voir un médecin.

Je claque bruyamment la porte du salon derrière moi et prends un taxi pour rentrer. Mon trou de balle me picote tout le long du trajet.

———

Je me sens très mal pendant le restant de la journée, au point qu'Olive m'accuse d'être ronchon pendant le dîner. Eh, pour une biologiste marine, ça a peut-être une signification différente que pour les gens normaux. Elle me conseille peut-être de garder mes branchies hydratées.

Quand je rejoins ma chambre, je reçois mon habituel message post-dîner de la part de Max. Comme toujours c'est la photo d'une créature adorable – un fennec, cette fois.

L'élan de joie que j'éprouve me fait oublier que j'ai littéralement mal au cul.

Un renard qui ressemble à un bébé lapin ? dis-je. *Il fait sûrement croire aux créatures pelucheuses qu'il est l'un d'entre eux, avant d'assassiner toute leur famille de sang-froid.*

Eh bien, la discussion s'est assombrie très vite.

Je trouve une photo de condylure étoilé, un genre de taupe au nez en forme d'étoile, et l'envoie à Max accompagné du message :

Voilà un animal vraiment mignon.

Il répond aussitôt :

Encore une taupe ? Et avec des tentacules, cette fois ? Je n'aurais jamais cru écrire ça un jour, mais ce sont les tentacules les plus dégueux que j'aie jamais vues.

Je souris.

Appel vidéo ?

Il répond qu'il a besoin de vingt minutes et j'en profite pour réappliquer mon maquillage et enfiler un T-shirt plus confortable.

Quand on se téléphone, il me raconte sa journée, mais je ne lui rends pas la pareille. L'opération Laser dans le Derrière est confidentielle, et à moins qu'il soit présent et ait désespérément envie de sexe anal, il n'a pas besoin de savoir. Au lieu de ça, je lui parle de la sortie au restaurant russe pour voir s'il va essayer de l'esquiver.

— J'adorerais venir avec toi, répond-il, et je regrette de ne pouvoir l'embrasser par internet.

Soit il n'a pas conscience que les autres Russes peuvent repérer l'un des leurs, soit il est particulièrement brave ou arrogant.

— Tu ne seras pas trop fatigué ? l'interrogé-je. C'est le jour où tu rentres.

— Non, ça ira. J'aurai même le temps de passer te chercher.

— Tu es sûr ? Le restaurant est à Brooklyn, qui est sur le chemin de l'aéroport. Tu devras faire un gros détour pour venir me chercher.

Il m'adresse son sourire à fossette.

— J'insiste. Ce sera notre premier rencard, alors je viens te chercher même si je dois passer trois fois par Brooklyn. Peut-être même quatre.

— D'accord, mais monte dans l'appartement quand tu seras arrivé. En guise de récompense, je montrerai mon chat et la pieuvre de ma sœur.

Son sourire s'élargit.

— Ta chatte et ta pieuvre ?

Une chaleur m'envahit le visage, ainsi que d'autres régions du corps.

— Tu vas peut-être devoir attendre après notre sortie, pour voir *ça*.

— Je suis impatient, avoue-t-il dans un grognement.

Et c'est parti. J'active le mode femme fatale. Je me lèche les lèvres d'un air charmeur, comme il l'aime.

Il a aussitôt l'air avide.

— Déshabille-toi.

J'obéis et il m'imite.

Mon derrière m'empêchera-t-il de me masturber ?

Non. Le cybersexe qui s'ensuit est le meilleur qu'on ait jamais eu. Et au contraire, tant que mon cerveau baigne dans les endorphines post-orgasme, la douleur dans mon derrière n'est plus qu'un lointain souvenir.

CHAPITRE
Vingt-Sept

NOTRE ROUTINE TRAVAIL puis cybersexe continue glorieusement pendant que mon postérieur guérit, jusqu'au retour de Max.

J'ai du mal à travailler, ce jour-là. Au lieu de me concentrer sur **classifié**, j'imagine Maximus dans tous mes trous, même mon derrière – même si je sais que je devrais lui laisser plus de temps pour se rétablir.

En parlant de mon fessier, quand je rentre du boulot, je prends un autre analfie pour y jeter un œil.

Il est d'un joli rose. Je ne suis pas sûre que ça valait le coup de souffrir à ce point, mais bon, c'est fait maintenant, et je me sens un petit peu plus femme fatale comme ça. Max a intérêt à apprécier – à supposer que je lui montre, ce qui est à l'ordre du jour.

En parlant de Max, il m'envoie un message quand son avion atterrit.

Merde. Je dois me préparer pour le restaurant.

Il me faut plus d'une heure pour perfectionner ma toilette, mon maquillage et ma tenue. La touche finale, c'est le double-face entre mes seins et sur le corsage de la robe. Je n'ai pas envie que Sergent et Capitaine fassent une apparition prématurée ce soir.

Une fois satisfaite de mon apparence, je prends un selfie et l'envoie à Fabio.

Magnifique, répond-il.

Essaie-t-il encore de se faire pardonner après l'Opération Laser dans le Derrière ?

Juste au cas où, je vais au salon et demande à Olive ce qu'elle en pense.

— Waouh, sœurette, s'exclame-t-elle. L'espion ne comprendra même pas ce qui lui arrive.

Même Machette doit aimer, ou c'est comme ça que j'interprète sa façon de se frotter contre ma jambe, en tout cas.

Ne sois pas trop flattée, faible humaine. Machette te marque pour que les chats en dehors de son château comprennent bien que te dévorer le visage est la prérogative de Machette.

— Eh, lancé-je à Olive. Tu as besoin d'aller faire des courses, ou un truc comme ça ?

Elle m'adresse un sourire entendu.

— Max va monter ?

Je hoche la tête.

— Je vais mettre de la crème solaire, annonce-t-elle.

Elle en étale un tube entier sur son visage et ses bras, malgré l'heure tardive.

Peu importe, tant que ça me vaut un peu d'intimité.

Dix minutes après le départ d'Olive, Max m'envoie un message pour me faire savoir qu'il est dehors.

Monte, dis-je.

Pendant que j'attends, des papillons se torturent les uns les autres dans mon estomac. Je ne l'ai pas revu depuis une semaine. D'accord, on s'est vus sur nos écrans, mais ce n'est pas pareil. Et si…

La sonnette retentit.

Quand j'ouvre la porte, je sens son odeur d'érable et de lavande – puis Max apparaît devant moi, dans toute sa délicieuse gloire.

— Salut.

Sa voix laisse transparaître son désir, ses yeux verts aux éclats de miel m'étudient des pieds à la tête et s'assombrissent au fur et à mesure.

Pendant ce temps, je l'examine à mon tour. Il porte un costume bleu marine parfaitement ajusté qui souligne la largeur impressionnante de ses épaules et la finesse de sa taille. J'ai envie de le lui arracher – ainsi que la chemise blanche impeccable et le caleçon ou le boxer qui tente de contenir la bosse de plus en plus grosse dans son pantalon. À moins qu'il ne porte aucun sous-vêtement ?

Oh, zut. Rien que cette idée me donne l'impression que je vais imploser. Avec quelle violence Gia me tuerait-elle, si je ratais son spectacle pour baiser jusqu'à l'épuisement ?

— Salut, soufflé-je.

Ses narines se dilatent et sans autre préambule, il m'attrape par les avant-bras, m'attire à lui et écrase ses lèvres sur les miennes.

CHAPITRE
Vingt-Huit

L<small>E BAISER EST SEXY</small>. Plus que toutes nos séances de cybersexe combinées. Quand sa langue caresse mes lèvres de manière sensuelle, puis plonge dans ma bouche, j'ai l'impression que toutes les papilles gustatives sur ma langue se sont transformées en clitoris. Avec un hoquet, je me hisse sur la pointe des pieds et me presse contre son corps dur, enroulant les bras autour de son cou épais tout en lui rendant son baiser avec une ferveur grandissante.

Au bout de quelques minutes vertigineuses, il s'écarte avec réticence. Sa voix est rendue rauque par la frustration et sa mâchoire crispée.

— On doit partir bientôt.

Je l'observe en clignant des paupières, hébétée. Je suis sûre que la chaleur torride entre nous a grillé quelques-uns de mes neurones.

— Oui. Je… on devrait.

Il recule et m'admire à nouveau avec avidité.

— Tu es splendide.

Je lèche mes lèvres palpitantes.

— Merci. Et tu devrais toujours être en costume, ou mieux encore, tout nu.

Un sourire sexy étire ses lèvres.

— C'est noté. Maintenant, où sont les animaux que tu m'as promis ?

Les animaux. C'est vrai. M'efforçant de ne pas trop songer à ma libido hyper-stimulée, je lui prends la main et le guide jusqu'au salon, où j'indique le grand aquarium d'un geste.

— Voici Gros Bec.

Max étudie la pieuvre avec un mélange d'émerveillement et de malaise.

— Waouh. Il est tout à fait comme sur cette photo que tu m'as envoyée. Il y a clairement quelque chose qui fait penser à un film d'horreur, chez lui.

Gros Bec ne doit pas apprécier cette remarque. Soit ça, soit c'est une coïncidence s'il change de couleur à cet instant précis.

— Viens, allons trouver le chat.

Je lui prends à nouveau la main et m'efforce de ne pas fondre en une flaque de désir quand ses doigts forts étreignent délicatement les miens.

Pendant qu'on cherche Machette, je réalise que c'est une bonne chose que je n'aie pas encore couché avec Max. Et si ce fichu chat attaquait Maximus comme il l'a fait avec le godemichet et les kiwis de Bill ?

— Le voilà, lance Max en pointant du doigt vers un coin de la cuisine.

Un sourire chaleureux illumine son visage quand il approche du chat.

— Il est beau.

Tout se passe trop vite pour que j'aie le temps de réagir.

Max se penche et tend la main – une manœuvre de kamikaze.

Machette se précipite sur la main.

Je grimace, m'attendant à ce que ses griffes aiguisées déchiquettent la peau de Max.

Au lieu de ça, une nanoseconde plus tard, Max serre le chat contre sa poitrine tandis que la créature diabolique se met à ronronner.

Qu'est-ce que ça veut dire ?

Max murmure-t-il à l'oreille des chats ?

Ce doit être un truc qu'ils apprennent à l'école des espions russe. Ils commencent par apprendre comment séduire un humain, puis à la leçon soixante-neuf, ils passent à la séduction de chat.

Après tout, un espion doit maîtriser toutes sortes de chattes.

Je regarde Machette en plissant les yeux.

— Traître.

Le chat n'en a rien à faire, de ce que je dis.

Machette approuve cet humain. Son visage symétrique donne envie à Machette de se blottir dessus et de faire une longue sieste.

Hors de question. La seule chatte sur ce visage sera la mienne.

— Tu vas mettre des poils sur ton costume, remarqué-je quand j'ai repris mes esprits.

— C'est vrai, admet Max en reposant délicatement Machette au sol.

Le chat me lance un regard meurtrier.

Les poils de Machette sont une décoration. Un badge d'honneur indigne des répugnants moustiques.

Nous parvenons à sortir de l'appartement en conservant tous nos doigts et nos membres, et Max me fait monter dans un taxi. Pendant qu'on lutte contre les bouchons habituels, il me raconte son vol de retour, qui incluait apparemment une vieille dame bavarde assise à côté de lui dans l'avion.

Pendant que je l'écoute me raconter ses frasques, je ne peux m'empêcher de penser qu'elle essayait de flirter avec lui. Quelle femme hétéro ne le ferait pas ? Je sais que je serais intéressée par Maximus même si j'approchais les cent ans.

Pour finir, le taxi tourne dans Bighton Beach et nous dépassons les façades aux enseignes écrites en russe. Les gens qui entrent dans les magasins ne seraient pas déplacés dans les rues de Moscou, vingt ans avant notre ère.

Je scrute le visage de Max pour repérer le moindre signe de nostalgie.

Non. Soit ce n'est pas un espion, soit il prend garde de conserver une expression neutre, soit il n'est pas du genre sentimental.

Notre taxi s'arrête.

Mon cœur se serre quand je découvre le restaurant qui est notre destination. Je pointe du doigt l'horrible objet devant nous et demande :

— J'hallucine ou c'est vraiment là, ça ?

Max suit mon regard et fronce les sourcils.

— Si tu parles des pattes de poulet géantes qui servent de colonnes pour le restaurant, je les vois aussi.

Je parlais bien de ça. S'il me disait qu'elles appartenaient à un poulet diabolique, je le croirais – même si ça n'en rendrait pas cela moins horrible pour autant.

Je me prends la tête dans les mains.

— Pourquoi ? Pourquoi quelqu'un ferait-il ça ? C'est la version russe de Halloween ?

Même si c'était ça, un truc aussi terrifiant serait l'équivalent d'utiliser de vrais cadavres pour effrayer les enfants venus réclamer des bonbons.

Max grimace et me tapote l'épaule.

— Je suis à peu près sûr que ces pattes font référence au conte de fées de Baba Yaga. Si la version russe est la même que l'ukrainienne, Baba Yaga est une sorcière maléfique qui mange les enfants, et elle vit dans une hutte dans les bois, qui est posée sur des pattes de poulet géantes.

— Ça correspond, je suppose. Rien ne représente mieux le mal à l'état pur que des membres d'oiseau. Ils auraient tout aussi bien pu mettre les jambes de Freddy Krueger sur ce restaurant, tant qu'ils y étaient.

— Tu vas pouvoir entrer ? m'interroge-t-il, me scrutant avec inquiétude.

Je réprime un frisson.

— Je crois. Ce n'est pas réel. Tu crois que ça veut dire qu'ils servent beaucoup de poulet ?

Il sort son téléphone et fait défiler l'écran quelques secondes.

— Pas plus que la normale. Ce qui est logique. Si je ne me trompe pas sur le thème du lieu, on pourrait surtout craindre qu'ils servent de la viande d'enfants, mais par chance, ce n'est pas sur le menu non plus.

— Tant mieux. Allons-y.

Je lui prends la main, la serre aussi fort que je le peux et le laisse me guider vers les pattes horribles.

Ce doit être à ça que ressemblent les portes de l'enfer. Une fois juste à côté, je ferme les yeux et laisse Max me guider comme un chien d'aveugle.

Pourquoi faut-il que Gia ne se produise que dans des endroits remplis d'obstacles en lien avec les oiseaux ? Cela a-t-il quoi que ce soit à voir avec le Massacre de la Mésange Zombie ? Elle était là aussi. C'est peut-être sa façon de surmonter ce traumatisme ?

J'entends une porte s'ouvrir et se refermer, puis un bourdonnement de voix et le son léger des couverts sur de la porcelaine. De délicieuses et savoureuses odeurs parviennent jusqu'à mes narines. J'entrouvre les yeux avec prudence et desserre les doigts de la main de Max.

— Tu vas bien ? me demande-t-il avec un doux sourire.

Je hoche la tête et étudie ce qui nous entoure avec fascination.

On est dans un restaurant. Le lieu est couvert de marbre et de cristal, et il y a une scène au milieu du large espace. Ce doit être là que Gia va faire son spectacle. Mais pour l'instant, la scène est occupée par un homme grassouillet et barbu vêtu d'une tenue ressemblant à une explosion dans une usine de paillettes. Oh, et il chante – ou massacre, plutôt – « Wrecking Ball » avec un fort accent russe.

— Je prie pour qu'il ne retire pas ses vêtements et ne se mette pas à lécher des engins de chantier, comme Miley Cyrus dans la vidéo, murmuré-je à Max.

Il sourit.

— On a une table attitrée ?

Excellente question. Je la pose à Gia pas SMS.

Pendant que j'attends sa réponse, je remarque que tous les clients sont habillés avec élégance. Ça me rappelle ces scènes d'infiltration en costume-cravate qu'on trouve dans tous les films et toutes les séries d'espionnage.

Max et moi devrions peut-être nous associer pour voler la recette de borscht dans la cuisine ?

Au lieu de répondre par message, Gia accourt vers nous.

Waouh. D'habitude, elle est encore plus pâle qu'Olive, or aujourd'hui, son maquillage donnerait l'impression que la geisha de Dracula est bronzée, en comparaison.

— Merci d'être venus, déclare-t-elle. Le spectacle commence dans quelques minutes. Et si vous vous joigniez à nous pour l'instant ?

Elle indique du doigt une grande table qui avec la meilleure vue sur la scène.

— D'accord, acquiescé-je. Allons-y.

— Tu ne vas pas d'abord nous présenter ? s'enquiert Gia en fixant Max.

Ah. C'est vrai.

— Max, voici Gia, ma sœur et le divertissement de la soirée. C'est une magicienne, alors fait attention à tes possessions.

Oups. Pourquoi lui ai-je lancé cet avertissement ? Je pourrais en apprendre plus sur lui, si Gia lui volait son portefeuille.

— Ravi de te rencontrer, répond Max en couvrant la veste intérieure de sa main d'un geste appuyé.

Gia sourit.

— Merci de m'avoir montré où vous gardiez ce qui vaut la peine d'être volé.

— On ne flirte pas avec mon rencard, lui murmuré-je.

Elle lève les yeux au ciel.

— J'ai déjà le mien.

Et bon sang, elle a raison. Quand on atteint la table, un mec *presque* aussi sexy que Max lui lance un regard plein d'adoration. Nom de code Tigger. Son vrai nom est Anatolio Cezaroff.

Gia commence à présenter tout le monde dans le sens des aiguilles d'une montre autour de la table. Au fur et à mesure, je les évalue comme le ferait une espionne.

L'homme ténébreux et maussade dont c'est l'anniversaire est Vlad Chortsky. À côté de lui se trouve sa petite amie, Fanny – une beauté au visage rond qui rougit pour une raison inconnue. Alex Chortsky est le frère à l'air plus enjoué de Vlad, et le petit ami de ma sœur Holly. Tant mieux pour elle – les Chortsky ont clairement de bons gènes.

En parlant de bons gènes, les Cezaroff ne sont pas

mal non plus. Le frère de Tigger, Dragomir, est très sexy. Apparemment, il sort avec la sœur Chortsky, Bella – une femme qui ressemble bien plus à une femme fatale que moi. Je me promets mentalement de devenir amie avec elle pour lui demander des conseils.

Enfin, mais pas des moindres, il y a la matriarche et le patriarche du clan Chortsky, qui sont les propriétaires de ce restaurant. Ils s'appellent Boris et Natasha et ressemblent et parlent exactement comme les personnages de *Rocky et Bullwinkle*. Natasha est plus maquillée que tous les amis drag-queens de Fabio combinés, et Boris arbore un monosourcil qui pourrait donner envie à une chenille d'avoir une relation passionnée avec lui.

— Joyeux anniversaire, Vlad, lance Max en serrant la main de l'homme maussade et en déposant une enveloppe dedans.

Un pot-de-vin pour s'assurer qu'il ne le reconnaisse pas en tant que compatriote russe ? Soit ça, soit c'est un cadeau d'anniversaire – une super idée à laquelle j'aurais dû penser.

— Vous êtes en retard, vous allez donc devoir prendre des shots de pénalité, remarque Boris.

Natasha dévisage son mari en plissant les yeux.

— Qu'est-ce que ça peut te faire ? Tu ne bois pas de vodka, tu te souviens ?

Intéressant. Boris tient à la main la plus grosse chope de bière que j'aie jamais vue, remplie d'un breuvage sombre. Il est le seul à boire ça. Tous les autres ont des shots de vodka devant eux.

Boris avise la bouteille de vodka avec envie, comme je regarderais Maximus si Max l'avait sorti devant moi.

— Les traditions sont les traditions, que je doive rester sobre ou pas.

Boire de la bière, c'est rester sobre ?

— Et si on portait un toast à la santé du héros du jour, propose Max en prenant la bouteille de vodka.

Puis il verse des shots à tout le monde sauf Boris.

Quand Max arrive devant Natasha, elle lui lance un regard charnel et le remercie d'une voix si rocailleuse que Max pourrait se croire revenu dans les Rocheuses canadiennes. Il est en train de remplir le verre de Gia quand Natasha lui adresse un clin d'œil.

— Toi et tes sœurs avez un don pour trouver les hommes les plus attirants.

Bella lève les yeux au ciel.

— Maman ! Ton fils fait partie de ces hommes. Ce serait trop te demander de te comporter comme une femme mariée rien qu'un soir ?

Natasha semble sur le point de rétorquer quelque chose de cinglant à sa fille, cependant Dragomir bondit sur ses pieds et lance :

— Je voulais souhaiter un bon anniversaire à Vlad, moi aussi.

Tout le monde l'imite et Fanny embrasse le héros du jour sur la joue avant de rougir comme si elle avait été surprise en train de le masturber sous la table.

On vide nos shots.

Tout ce que je peux dire de positif sur la vodka, c'est que ce n'est pas de l'*horilka*.

Quand je reprends mon souffle, Max a déjà empilé

un tas d'aliments russes dans mon assiette. Une partie ressemble à ce qu'on a mangé au Salo, mais certains plats sont différents. Par contre, tout est délicieux, et je me concentre entièrement sur la nourriture pendant quelques minutes.

Une fois ma faim assouvie, je regarde dans l'assiette de mes sœurs.

Gia a pris à peu près la même chose que moi, alors qu'Holly n'a qu'un seul aliment dans la sienne – des raviolis appelés *pelmeni*. Plus spécifiquement, elle en a sept, ce qui veut dire qu'elle adore toujours autant les nombres premiers.

Je croise son regard.

— Eh, sœurette, quel est le plus grand nombre premier connu ?

Holly sourit timidement.

— C'est un nombre de Mersenne, ce qui veut dire...

— Que c'est un nombre premier moins un, terminé-je pour elle, surtout pour lui rappeler que je suis une spécialiste des nombres premiers, étant cryptographe.

Le sourire d'Holly devient rayonnant.

— Ce n'est pas tout à fait faux, mais la définition précise est « un pouvoir de deux moins un ». Trois et sept seraient de bons exemples, mais pas treize.

Elle parcourt la table des yeux et son sourire vacille.

— Bref, le plus grand nombre premier connu à ce jour est deux puissance 82 589 933 moins un.

Tout le monde semble prêt à boire un autre shot pour étouffer notre conversation, toutefois j'espère avoir planté la petite graine nécessaire pour une rencontre avec Holly en dehors d'une réunion familiale.

Holly parcourt à nouveau la table des yeux.

— En parlant de ça… quelqu'un d'autre va-t-il se joindre à nous ?

Ah. Oui. On est douze autour de la table, et elle préférerait un nombre premier, comme treize.

— Mon amie Clarice arrive, répond Gia à sa jumelle pour la rassurer.

— Alors on sera treize, boude Natasha. Ça porte malheur.

— N'importe quoi, rétorque Holly, et tout le monde la dévisage. Désolée.

Elle prend une grande inspiration, puis explique d'un ton plus calme :

— Le nombre treize ne porte pas malheur en Chine, et ils représentent dix-sept pour cent de la population terrestre.

Alex caresse le dos de Holly.

— Il ne porte pas malheur non plus en Inde. Dix-sept pour cent de l'humanité en plus.

Natasha ouvre la bouche, cependant oublie ce qu'elle s'apprêtait à dire quand Clarice arrive.

Je ne peux pas lui en vouloir. Ce n'est pas tous les jours que quelqu'un entre dans un restaurant habillé comme un pirate. Ou n'importe où ailleurs, à moins qu'une fête d'Halloween soit en cours.

Comme un disque rayé, Boris propose des shots de pénalité, et sa femme lui rappelle qu'il boit de la bière, maintenant. Avant que quelqu'un ait pu la sauver de cette pénalité, Clarice se verse un shot de vodka généreux et le vide comme une Russe professionnelle.

— Waouh, lâche Boris. Elle rendra un homme très chanceux, un jour.

Bella lève à nouveau les yeux au ciel.

— Si elle le fait, ce ne sera pas avec sa capacité à boire.

Cette fois, c'est Boris qui semble sur le point de lancer une remarque méchante à sa fille, mais Dragomir saute à nouveau sur ses pieds.

— C'est l'heure des blagues de Vovochka.

Tout le monde a l'air ravi, et je me souviens que Vovochka est le sujet fictionnel de nombreuses blagues russes, un peu comme Toto.

— J'en ai une, annonce Vlad, à ma grande surprise.

Je ne m'attendais pas à ce que le plus sinistre d'entre eux soit du genre à faire des blagues, surtout sachant que Vovochka est le diminutif de Vladimir – le nom complet de Vlad.

— Le petit Vovochka s'approche de la petite Fannychka et dit « Je peux profiter de ta féminité ? » Elle fronce les sourcils. « Tu as l'esprit si mal placé. » Il la regarde, confus. « Ma balle de tennis a roulé dans les toilettes des filles. »

Fanny manque de s'étrangler avec sa nourriture et tous les autres émettent de petits rires.

— J'en ai une aussi, annonce Alex. L'institutrice entre dans la salle de classe avec un pendentif en forme d'avion sur la poitrine. Vovochka garde les yeux rivés sur lui pendant toute la leçon. Au bout d'un moment, l'institutrice ne peut supporter ça plus longtemps et demande : « Quoi ? Tu aimes cet avion ? » Vovochka secoue la tête et répond : « J'aime l'aéroport. »

D'autres petits rires, puis Gia intervient :

— J'en ai une, mais tout le mérite revient à Tigger.

— Je ne peux m'en attribuer le mérite, répond Tigger en lui touchant tendrement la main. C'est un diplomate russe qui me l'a racontée.

— Eh bien, dans ce cas-là, reprend Gia. Vovochka est assis dans un arbre avec des jumelles et regarde son institutrice se changer. Elle le repère et hurle « Honte à toi ! Ne prends pas la peine de revenir à l'école sans ton père. » Vovochka tourne la tête et demande : « Tu l'as entendue, papa ? »

La plupart des gens rient, mais Tigger, Clarice, mes sœurs et moi explosons de rire en signe de soutien.

— J'en ai une, déclare Natasha, avant de lancer un regard à Bella. Une fille demande à sa mère « Qu'est-ce que tu préfères, les chiens ou les papillons ? » Sa mère fronce les sourcils. « Pas de tatouages. » La fille désobéissante fronce les sourcils à son tour. « Mais maman, s'il te plaît. Je le ferai à l'endroit qu'on remarque le moins. » C'est alors que Vovocka se tourne vers sa sœur et demande : « Sur ton cerveau ? »

Boris est le seul à rire, cette fois. On a tous senti la tension mère-fille émanant de cette blague.

— Il faut obligatoirement que ce soit des blagues de Vovochka ? demande Dragomir.

— C'est la tradition, répond Boris en appuyant significativement sur le mot.

— Eh bien, j'aimerais vraiment entendre quelque chose de différent, admet Bella d'un ton entendu.

— OK, acquiesce Dragomir. Tous ceux qui sont à

cheval sur les traditions peuvent remplacer Vika par Vovochka dans celle-là.

Il se racle la gorge et commence :

— Le petit Vika demande à sa maman : « Où est-ce qu'on insère un tampon ? » Sa mère manque de s'étrangler avec une pomme. Quand elle s'est reprise, elle répond : « Eh bien… à l'endroit d'où sortent les bébés. » Vika regarde sa mère, bouche bée. « Dans une cigogne ? »

Les rires sont plus enthousiastes, cette fois, mais avant que quiconque ait pu raconter une autre blague, le chanteur grassouillet s'adresse à son audience d'une voix forte.

— Mesdames et messieurs, je vous invite à me rejoindre sur la piste de danse.

Vlad et Fanny bondissent sur leurs pieds, suivis par Holly et Alex. Les autres couples s'empressent de les imiter.

Max se lève et me tend la main.

— Tu veux danser ?

Quand je prends sa grande main, une décharge me parcourt le corps et j'ai l'impression que je flotte quand on se dirige vers la piste de danse.

Un slow que je ne reconnais pas commence. Les paroles sont en russe et je les comprends à peine. Max saisit ma main et se met en position de danse de salon, provoquant une autre décharge dans mes organes féminins. Puis il pose son autre main au creux de mon dos, triplant les décharges.

On commence à osciller tandis que le chanteur à

moustache se met à brailler une chanson russe à propos d'amour, de fenêtres et de millions de roses écarlates.

Mon cœur se met à battre plus vite. Ça me rappelle toutes les scènes où James Bond ou un autre imitateur espion en smoking danse avec la femme fatale, juste avant la partie braquage de l'infiltration en costume-cravate. À moins qu'il s'agisse plutôt d'un duel de séduction classique, dans lequel je ne saurais dire qui est en train de gagner. Maximus est dressé contre mon ventre et de mon côté, si cela avait été socialement acceptable, j'aurais sauté Max ici et maintenant. Au lieu de ça, je suis très tentée d'oublier le spectacle de Gia et d'aller trouver un endroit discret où coucher avec mon rencard.

Mais non. Je dois soutenir ma sœur.

Que quelqu'un m'offre une médaille.

En parlant de récompenses, est-ce que je peux au moins l'embrasser ? C'est un geste acceptable, dans un restaurant russe ? Plus important encore, pourrais-je m'empêcher de devenir exhibitionniste, si on s'embrasse ?

Max doit penser la même chose que moi. Il se penche et nos lèvres sont sur le point de se rejoindre quand quelqu'un se racle la gorge derrière moi.

— Quoi ? lancé-je d'une voix assez tranchante pour couper le gêneur en deux.

Je lâche Max, me retourne et canalise toute ma frustration sexuelle en un seul regard noir.

J'ai déjà rencontré la femme devant moi. Elle s'appelle Harry et c'est l'une des millions d'amies colocataires de Gia. Elle est spécialisée dans les tours avec des cordes – je parle de magie, pas de bondage. Elle est peut-être aussi experte en bondage. Qui sait ?

— Désolée, s'excuse Harry d'un ton penaud. On cherchait juste Gia.

Elle fait un signe de tête vers un troupeau d'autres filles et je réalise qu'il s'agit des colocataires susmentionnées.

— Soit elle est sur la piste de danse, soit elle est à notre table, dis-je en pointant du doigt vers le chapeau de pirate de Clarice.

— Merci, répond Harry en reculant.

Je reporte mon attention sur Max pour reprendre notre baiser, mais la musique s'arrête.

— Et maintenant, une chanson qui fera bouillir votre sang, lance le chanteur. Gangnam Style.

D'un seul coup, la musique enjouée de la chanson de K-pop à succès commence, et le type moustachu demande à tout le monde de se mettre en position : jambes écartées, mais pas comme je le voudrais.

Une seconde, il chante les paroles en russe ?

Oui. Ça parle de chevaux, cependant j'imagine que c'est logique, compte tenu de la danse que tout le monde fait et qui consiste à mimer le fait de tenir des rênes.

C'est bizarre, si Max est sexy quand il fait ça ? Quand il exécute ce geste de lasso, j'ai envie d'être ce qu'il attrapera. Quand il secoue les rênes, j'ai envie d'être celle qu'il monte. J'aurais peut-être envie qu'on joue à dada, plus tard ?

En parlant de « plus tard » quand est-ce que le spectacle de Gia commence ? Je veux que cette sortie se termine pour avoir un peu d'intimité avec Max. Et puis, pourquoi une foule de gens de plus en plus grande se déverse-t-elle dans le restaurant ? Ils sont là pour le spectacle de magie ? C'est probable. Vu qu'il n'y a plus de place pour s'asseoir aux tables, ils ne sont pas là pour manger.

Au milieu de « Gangnam Style » version russe, j'ai un besoin naturel et préviens Max que je reviens, avant de me diriger vers les toilettes.

Il y a une dame pipi. C'est très chic.

Quand je sors de ma cabine, je me retrouve nez à nez avec Bella, la nouvelle meilleure amie de Holly et la sœur Chortsky.

Elle sourit.

— Tu ressembles tellement à Holly et Gia, c'en est troublant.

Je lui rends son sourire.

— Tu devrais voir mes cinq autres sœurs. On est littéralement identiques.

— C'est ce que j'ai entendu dire, répond-elle en se lavant les mains. Je dois admettre que je suis jalouse. J'ai deux frères, et j'ai toujours voulu une sœur.

— L'herbe paraît toujours plus verte ailleurs, assuré-je.

J'ouvre le robinet et la dame pipi verse du savon dans mes mains tendues. Je lui adresse un signe de tête en remerciement et ajoute à l'intention de Bella :

— Je pense parler au nom de mes parents et de toutes mes sœurs en affirmant qu'on serait prêtes à sacrifier au moins deux d'entre nous pour avoir un frère.

— Eh bien, rétorque Bella en se séchant les mains. Si Holly épouse Alex, tu auras l'un des miens. Je lui donne dix sur dix, en tant que frère. À Vlad aussi.

Hum. Bella et moi allons peut-être devenir de la même famille. C'est cool.

Je m'essuie les mains avec une serviette et pose la question que je mourais d'envie de lui poser :

— Est-ce que mon rencard ressemble à un Russe, pour toi ?

Elle prend un air songeur.

— Gia nous a posé la même question. D'après moi, non. Mes frères ne pensent pas non plus.

Ma joie est-elle visible sur mon visage ?

— Et tes parents ? l'interrogé-je.

— On ne les a pas inclus dans la discussion, parce qu'ils ne connaissent pas la définition du mot *discrétion*.

— Je comprends, acquiescé-je. Et merci.

— Pas de problème.

Elle jette un regard à la dame pipi et ajoute quelque chose en russe. Ce doit être un truc du genre « vous pouvez nous accorder un instant ? »

Vérifiant ma traduction, la dame pipi hoche la tête et quitte la pièce.

Bizarre. Qu'est-ce qu'elle veut ?

— Je voulais te demander un service, annonce Bella. Et je suis prête à te payer pour ça, bien sûr.

Ne possède-t-elle pas une entreprise fabriquant des sex-toys ? En quoi pourrais-je l'aider à quoi que ce soit ? Si elle veut ma permission pour faire une réplique de Maximus, la réponse est non. Un « non » très dur et succulent.

— Quel service ? l'interrogé-je avec prudence.

Elle sort son téléphone.

— J'ai une nouvelle gamme de jouets qui fonctionne bien sur internet. C'est mon parano de frère qui a conçu l'application. Holly y a jeté un œil et a affirmé qu'elle était sûre, mais je crains encore qu'un pervers la pirate pour prendre des vidéos d'utilisateurs sans méfiance, alors j'ai pensé à te demander ton aide.

Oh. Ça m'a tout l'air d'être dans mes cordes.

— Bien sûr, dis-je. Échangeons nos coordonnées et je te dirai de quoi j'ai besoin pour jeter un œil.

Elle me tend sa main manucurée avec soin.

— Merci beaucoup.

Je la serre de manière professionnelle et l'interroge :

— Comment s'appelle l'application ?

Elle me le dit et je la cherche sur le *store*. Quand je lève les yeux de mon téléphone, elle tient un énorme godemichet bleu dans les mains.

Je cligne des paupières et l'étudie des pieds à la tête. D'où a-t-elle sorti ça ? Est-elle comme ces femmes fatales de films ? Elles dissimulent des flingues dans des tenues moulantes comme la sienne, mais la capacité reste la même.

Je fais un pas en arrière.

— Je préfère être payée en bitcoin, si ça ne te dérange pas. Le liquide fonctionne aussi. Ou même un chèque.

Elle agite le godemichet et répond :

— Ce n'est pas ton paiement. C'est un échantillon de ce que contrôle l'application. Je me suis dit que tu...

— Tu peux l'envoyer chez moi par courrier ?

demandé-je. Je n'ai nulle part où ranger un truc de cette taille.

Elle va peut-être me dire où *elle* l'a caché ?

Au lieu de ça, elle me tend son téléphone.

— Tu peux t'ajouter dans mes contacts ?

Je m'exécute et quand je lève la tête, le godemichet a disparu – je n'ai aucune idée d'où elle l'a mis, et toutes mes théories sont perverses.

— On devrait y retourner, proposé-je. Si le spectacle commence et que je le rate, Gia me fera disparaître.

Bella sourit.

— Allons-y.

Heureusement qu'on est parties maintenant. Quand nous sortons des toilettes, le chanteur annonce que le spectacle est sur le point de commencer.

Enfin.

Plus vite la magie sera terminée à la Hutte, plus vite elle pourra commencer dans la chambre.

CHAPITRE
Vingt-Neuf

JE ME PRÉCIPITE sur ma chaise, puis y regarde à deux fois.

Gia est encore à la table.

Comment compte-t-elle faire son spectacle si…

Les lumières se tamisent et un projecteur illumine la scène.

Une femme habillée comme une Amish est plantée là, un arc dans les mains.

— Ça fait partie de l'un de tes tours ? murmuré-je à Gia.

— Non, c'est un autre spectacle, répond-elle. Le mien est après.

Une musique mélancolique commence et un groupe de danseurs apparaît sur la scène. Une femme à la tenue criarde et fortement maquillée se lance dans un étrange numéro de ballet. Une autre danse au rythme d'une chanson triste, puis la dame à l'arc se met à remuer au son d'une mélodie héroïque.

Pourquoi cela me semble-t-il vaguement familier ?

Je regarde, fascinée, jusqu'à ce que je remarque que l'héroïne a un oiseau épinglé à sa nouvelle tenue.

Beurk. Un oiseau.

Attendez une seconde.

S'agit-il d'une version ballet non-autorisée de *Hunger Games* ?

C'est un restaurant, et si je ne me trompe pas, le message subliminal pourrait convaincre les gens à acheter plus de pelmeni que de raison.

Oui. C'est la musique du film, et maintenant que j'ai fait le lien, la prochaine danse correspond à la perfection.

Je suppose que les Russes ne se soucient pas de futilités telles que les copyrights. À moins que la Hutte ait vraiment acheté les droits ?

De mon côté, j'aurais préféré que *The Hunger Games* – cette interprétation comprise – repose moins sur l'imagerie de l'oiseau. Le geai moqueur que Katniss a épinglé sur son vêtement est une créature de cauchemar, capable d'imiter les sons mieux qu'un perroquet. Non pas que le véritable oiseau dont il est dérivé – l'oiseau moqueur – soit plus rassurant. Tous les oiseaux sont des salopards moqueurs. Ils ne produisent des sons quasiment que pour ça.

Comme s'il avait senti mon malaise, Max rapproche sa chaise de la mienne et passe un bras sur mes épaules.

J'adore ça, même si ça me donne encore plus envie de partir.

Dans ma vision périphérique, je remarque Gia et Tigger en train de partir.

Ah ah. J'espère que ça veut dire que son spectacle commence bientôt.

La partie arène du ballet commence. Ça me rappelle la danse des quatre petits cygnes dans *Le Lac des Cygnes*, mais avec plus de danseurs.

Je tressaille. *Le Lac des Cygnes* est un ballet horrifique qui idéalise des créatures capables de vous en vouloir pour l'éternité. Ce qui les rend particulièrement effrayants, c'est qu'ils peuvent voler à 95 kilomètres-heure et briser des os d'un simple coup d'aile.

Pendant que le ballet surréaliste continue, je ne peux m'empêcher de réfléchir à ce qu'a dit Bella à propos de Max. S'il n'est vraiment pas russe, et donc pas non plus un espion, nos projets pour ce soir n'en deviendront que plus merveilleux. Au lieu de séduire un ennemi, ce qui est cool, je vais finalement coucher avec mon petit ami, ce qui est époustouflant, vu que ça veut dire que je n'aurais pas à protéger mon cœur.

Malheureusement, je ne suis toujours pas sûre à cent pour cent qu'il n'est *pas* un espion.

Je reporte mon attention sur le spectacle et réalise que Katniss doit être en pleine danse de victoire – même si ça ressemble à la danse du « Black Swan » du ballet horrifique, aussi rendu célèbre par le film du même nom, où un destin des plus affreux attend Natalie Portman. Alerte spoiler : elle se transforme en oiseau.

Les danseurs s'en vont et le spectacle de Gia est annoncé.

Ouf.

J'applaudis et mes sœurs et les amies de Gia m'imitent. Certaines sifflent même.

Gia apparaît avec Tigger, ce qui explique pourquoi ils sont partis ensemble. Elle porte sa tenue et son maquillage les plus vampiriques, et Tigger porte un justaucorps très échancré et moulant qui expose l'intégralité de son torse musclé.

— Merci à tous d'être venus voir mon spectacle, lance Gia, et la foule se déchaîne à nouveau.

Si je me demandais encore si les personnes supplémentaires dans le restaurant étaient venues pour la voir, j'ai ma réponse, maintenant. Leur enthousiasme indique que c'est le divertissement principal qu'ils meurent d'envie de voir.

— Je vais commencer par un classique, annonce Gia en faisant un signe de tête à Tigger.

Il prend deux chaises et les amène au milieu de la scène. Gia fait quelques gestes mystérieux et Tigger semble tomber dans une transe hypnotique. Ce n'est pas réel, bien sûr. D'après un dossier classifié de la CIA, l'hypnose n'est pas réelle, ou elle ne peut pas être utilisée comme arme, en tout cas.

D'une démarche de zombie, Tigger s'avance vers les chaises et se couche de manière à ce que sa tête soit sur une chaise et ses pieds sur l'autre.

Gia est-elle en train d'exhiber la force de son petit ami ?

Non. Elle retire d'abord la première chaise, et Tigger se retrouve en équilibre sur son cou. Avant que quiconque ait pu réagir, elle retire l'autre chaise et Tigger plane dans les airs.

Tout le monde émet un hoquet de surprise dans la foule, mis à part peut-être les copines magiciennes de Gia.

Cette dernière lève les mains. Tigger lévite de plus en plus haut.

Les hoquets deviennent plus bruyants.

Gia stoppe ses gestes vaudou un instant et demande :

— Je peux avoir un volontaire ?

Un million de bras se lèvent.

Elle choisit un grand type et lui demande de vérifier si Tigger est attaché par des câbles.

Quand il n'en trouve aucun, elle le remercie et le laisse rejoindre sa chaise.

Gia esquisse un autre geste de la main et les pieds de Tigger commencent à s'incliner vers le sol. Lentement, il lévite vers le bas, puis se réveille et fait une révérence courtoise.

Gia s'incline aussi et nous applaudissons tous, créant un vacarme proportionnel au miracle auquel nous venons d'assister.

— Maintenant, passons à quelque chose de plus léger, propose Gia. J'ai besoin d'un autre volontaire.

Cette fois, elle choisit le chanteur grassouillet.

— Comment vous appelez-vous, monsieur ? l'interroge-t-elle.

— Boris, répond-il en entortillant sa moustache.

Une seconde, ce n'est pas aussi le nom du patriarche de la famille Chortsky ? Maintenant que j'y réfléchis, les deux Boris se ressemblent un peu.

— Pouvez-vous jeter un œil aux tétons de Tigger ? le

questionne Gia.

Boris n'est pas aussi déstabilisé par cette requête que je l'aurais été à sa place. Avec un sourire lubrique, il pince le téton droit de Tigger, puis le gauche.

Waouh. Je suis bien contente que Gia ait décidé d'inverser les genres pour son assistant.

Gia fronce quand même les sourcils.

— À quel moment vous ai-je demandé de pincer les tétons de mon petit ami ?

Boris pâlit.

— Je suis désolé.

Elle esquisse un sourire narquois.

— Oh, pas grave. Je voulais juste montrer qui est aux commandes, ici.

L'audience émet de petits rires.

— Maintenant, reprend Gia en pointant du doigt le téton droit de Tigger. Regardez bien.

Elle s'approche et recouvre le téton de sa main gantée pendant une seconde. Quand elle écarte la main, le téton a disparu.

Tout comme le reste de l'audience, je reste bouche bée devant la peau lisse du pectoral droit de Tigger.

Comment ?

Pourquoi ?

— Vous pouvez toucher, propose Gia à Boris d'un ton impérieux.

Boris tripote le pectoral de Tigger une deuxième fois, de plus en plus perplexe à mesure qu'il le palpe.

— Il est là ? l'interroge Gia.

Boris secoue la tête et recule.

— Non. S'il vous plaît, ne faites disparaître aucune partie de mon corps.

Avec un sourire, Gia répète son tour sur le téton gauche – et c'est à ce moment-là que ses amies magiciennes hoquettent à leur tour.

Ayant grandi avec Gia, j'ai appris que les magiciens ne faisaient jamais deux fois le même tour, vu que ça risquerait de trahir la manière dont il fonctionne. Gia vient d'enfreindre cette règle, et pourtant, elle n'a pas été surprise en train de faire quoi que ce soit furtivement.

Boris examine le deuxième téton manquant.

Rien.

L'air suffisant, et à raison, Gia recouvre les deux zones sans téton avec ses paumes pendant un instant, avant de nous montrer que le torse musclé de Tigger a repris son état normal.

Cette fois, les applaudissements sont tonitruants.

Gia et Tigger s'inclinent.

Dans le tour suivant, Gia se tient dans une structure métallique, les bras écartés. Une musique dramatique commence et Tigger sort d'entre les jambes de Gia, comme dans le film *Alien*.

Tout le monde applaudit, pourtant je ne suis sûrement pas la seule à me poser la question : Tigger vient-il plus ou moins de pénétrer Gia sous nos yeux ?

Le prochain tour pourrait aussi être interprété comme un aperçu bizarre de la vie sexuelle de ma sœur. Tigger l'attache avec ces chaînes et des verrous, avant de la déposer dans un grand coffre, comme son esclave personnelle.

Puis il monte sur le coffre, un tissu à la main. Dans une explosion pyrotechnique, Gia se retrouve sur le coffre et Tigger est ensuite révélé à l'intérieur, pieds et poings liés, et soumis aux désirs de Gia.

— Je commence à croire qu'il a perdu un pari contre elle, murmuré-je à Max une fois que les applaudissements déchaînés se sont taris.

Comme pour confirmer ma théorie, Gia coupe Tigger en deux lors de son prochain tour, avant de le plonger dans un bassin de torture rempli d'eau.

Eh, il a de la chance qu'elle n'ait pas fait le tour des balles cachées dans les gobelets en se servant de ses boules. À moins que ce soit prévu.

Non. Ses testicules restent en sécurité. Gia le fait asseoir sur une chaise, le recouvre d'un drap et le fait disparaître.

— Je vais devoir travailler deux fois plus dur, maintenant que je ne dispose plus de la diversion apportée par mon sublime assistant, remarque-t-elle, et toutes les femmes de l'audience hochent la tête d'un air entendu.

Les tours suivants sont du mentalisme – ce qui va très bien à Gia. Elle arrive à deviner ce qu'un certain nombre de gens pensent, découvre le numéro de carte bancaire de quelqu'un, puis disparaît dans un nuage de fumée, comme Batman, en guise d'au revoir.

Je bondis sur mes pieds et applaudit jusqu'à en avoir mal aux mains, comme tous les autres.

Au bout de quelques minutes, Tigger et Gia ressortent, vêtus de leur tenue normale, et s'inclinent.

Les applaudissements explosent à nouveau et Boris

doit commencer une autre chanson pour que tout le monde se calme.

— Tu as été incroyable, lancé-je à Gia quand elle nous rejoint à la table.

Elle sourit.

— C'est un énorme compliment, venant de ma famille.

C'est vrai. On a fini par se lasser de la magie, après l'avoir vue s'entraîner et nous utiliser comme cobayes pendant des années.

Pendant les quelques minutes qui suivent, elle me demande quels tours j'ai préférés et je lui réponds en toute honnêteté.

— Merci, finit-elle par dire. Je travaille encore sur mon répertoire.

— Aucun problème, dis-je en jetant un coup d'œil à Max, qui se trouve être en train de parler à Vlad. Si tu as fini ton spectacle pour ce soir, je pense qu'on va rentrer.

Elle me lance un regard entendu.

— Bonne chance. Fais-moi savoir comment ça s'est passé.

Je bondis sur mes pieds et me racle la gorge pour obtenir l'attention de tout le monde.

Douze paires d'yeux se rivent sur moi.

— Max a fait un long vol tout à l'heure, alors on va partir tôt ce soir, annoncé-je aussi calmement que possible.

Max m'adresse un clin d'œil et le reste du groupe a l'air de ne pas croire un mot de ce que je raconte.

J'ai peut-être « j'ai envie de baiser Max » inscrit en travers du front ?

— C'était un plaisir de tous vous rencontrer, annoncé-je en étreignant le coude de Max. Et encore joyeux anniversaire, Vlad.

Max recouvre ma main de la sienne tout en disant au revoir, puis nous nous précipitons vers la porte. Quand on passe l'entrée, je ferme à nouveau les yeux pour éviter d'avoir l'impression d'entrer dans le cloaque d'un poulet.

Max hèle un taxi.

— Chez toi ? lui murmuré-je à l'oreille d'un ton charmeur quand le taxi se gare contre le trottoir.

— Oh que oui, grogne-t-il, avant de m'ouvrir la porte.

Oh que oui, exactement. J'ai désespérément besoin de le baiser depuis des jours, et ça va enfin arriver.

Dès qu'il me rejoint dans la voiture, j'active le mode turbo femme fatale et canalise mon excitation dans un baiser à faire fondre ma culotte, qui me pousse à laisser un pourboire extrêmement généreux au chauffeur pour le nettoyage de la flaque que j'ai peut-être laissée sur son siège.

———

L'immeuble de Max est huppé, un indice qu'il n'est pas un espion, je pense, vu qu'ils préfèrent ressembler à des gens lambda. En tout cas, quel que soit son métier, ça doit bien payer.

On se pelote dans l'ascenseur et quand on entre dans son appartement, je m'attends à ce qu'on laisse une traînée de vêtements en chemin jusqu'à la chambre, comme les miettes d'Hansel et Gretel. Attendez, non. Ils ont fait ça avec des bonbons, et en plus, ils étaient frère et sœur. Pourquoi ne pas plutôt nous imaginer nous arrachant nos vêtements, comme dans un James Bond ?

Oui. C'est mieux.

Sauf que Max n'initie aucune de ces options et demande plutôt :

— Tu veux visiter mon appartement ?

Si j'étais une femme fatale licenciée, je lui répondrais « Non, putain, je te veux en moi. » Mais étant la séductrice trouillarde que je suis, je hoche la tête et me dit qu'il s'agit juste d'un peu de reconnaissance avant de bondir.

Max me fait traverser un couloir orné de posters d'animaux qui me rappellent ceux de sa chambre d'enfant. Il me présente un salon confortable, puis un bureau avec deux étagères décorées de figurines d'animaux de haut en bas, triées par espèce. Il y a aussi des animaux en peluche, y compris le panda qu'il a acheté lors de notre premier rencard. Il est posé parmi d'autres ours.

C'est là que je la remarque.

Une horrible étagère remplie d'oiseaux.

Beurk. Je n'avais jamais réalisé à quel point les oiseaux jouets pouvaient être flippants. Ils me dévisagent de leurs petits yeux globuleux. Ces poupées de film d'horreur qui prennent vie ne sont rien comparées à ces minuscules atrocités.

Je déglutis et fais un pas en arrière.

— Oh, zut, désolé, lance Max en suivant mon regard. Je n'avais pas réfléchi.

— C'est rien, mens-je.

— Non.

Il me tourne vers lui et prend mon visage entre ses larges paumes. Sa voix est grave et douce, ses yeux pétillent comme du jade poli.

— Je vais m'en débarrasser, c'est promis.

S'en débarrasser ? Des oiseaux ? Pour une raison que j'ignore, je ne me souviens même pas d'eux.

J'humidifie mes lèvres.

— Tu peux les conserver dans une boîte. Ou dans un placard que j'éviterai.

— Viens, m'invite-t-il en me lâchant sans même m'embrasser.

Quoi ?

Je le suis dans une cuisine à l'air moderne.

— Tu veux du café pour t'aider à dessoûler ? propose-t-il.

— Dessoûler ? répété-je en me raidissant. Qui a dit que j'étais soûle ?

Il se pince l'arête du nez.

— Désolé. Tu as bu de la vodka, alors j'ai supposé que...

Est-ce pour cette raison qu'il ne m'a pas encore mise dans son lit ? A-t-il peur de profiter de moi ?

C'est à la fois mignon et paternaliste.

— Avec cette supposition, tu nous as fait passer pour des idiots tous les deux, lâché-je avec un soupir agacé. Je suis prête à manipuler des engins lourds.

Je jette un regard à Maximus et ajoute :

— Mais bon, tu peux prendre une tasse si tu veux, histoire de préparer *ton* cerveau à l'action.

Il m'adresse un sourire penaud.

— Je pense que ça ira.

— Super, commenté-je en tapant du pied de manière appuyée. Il y a une autre pièce que tu veuilles me montrer ?

— Oui, répond-il, ses yeux se mettant à pétiller avidement. La chambre.

— *Voilà* un endroit que je suis impatiente de voir, lancé-je d'un ton aguicheur propre à me racheter aux yeux de l'Association Américaine des Femmes Fatales.

— Tu es sûr d'être prête à la voir ?

Il a posé la question d'un ton enroué qui me donne encore plus envie de ce « la ».

— Tu n'as aucune MST ? l'interrogé-je.

Il secoue la tête.

— Et toi ?

Je fais un pas vers lui et réplique :

— Je suis clean et je prends la pilule.

— Bien, acquiesce-t-il en avançant lentement. Tu veux savoir autre chose avant la fin de la visite ?

C'est ma chance. Je n'ai jamais été aussi près de le tenir par les couilles – jusqu'à ce que ça arrive littéralement, et bientôt, j'espère.

— Tu es sûr d'être ukrainien ?

Il s'arrête.

— Qu'est-ce que je pourrais être d'autre ?

— Russe, peut-être ?

Son front se plisse légèrement.

— Non, je suis ukrainien, comme je te l'ai dit. Et juste pour info, certains Ukrainiens se sentiraient offensés par cette question.

J'ai l'impression d'être une idiote n'y connaissant rien à la géopolitique, maintenant. Alors que je m'y connais. Comme tout aspirant espion qui se respecte.

— Je suis désolée.

— C'est rien, rétorque-t-il en haussant les épaules. Je ne fais pas partie de ceux qui s'indignent facilement. Étant de deuxième génération, je n'ai pas la même animosité envers la Russie que mes parents.

— Mais je suis quand même désolée. Je ne voulais pas sous-entendre qu'il n'y avait aucune différence entre la Russie et l'Ukraine.

Je prends une grande inspiration et lâche :

— Cette question était une manière détournée de te demander autre chose.

Il arque un sourcil.

— Quoi ?

— Ça a un rapport avec mon boulot, avoué-je.

Je prends une autre grande inspiration, expire et me lance :

— Es-tu un agent des renseignements étranger ?

Voilà. Aussi subtil qu'un rhinocéros sur la glace, mais au moins, j'ai joué cartes sur table. S'il arrive à me convaincre qu'il n'est pas un espion, je savourerai bien plus ce qui s'apprête à arriver, je l'observe donc de très près quand il répond.

À ma grande déception, il arbore un visage impassible.

— Je ne suis *pas* un agent des renseignements étrangers.

Zut. Son expression de marbre et son ton neutre sont-ils des tentatives pour dissimuler la vérité, ou est-il blessé que je l'ai accusé d'une telle chose ?

Je penche pour la deuxième possibilité, et suis convaincue à quatre-vingt-dix-neuf pour cent que ce n'est pas un espion.

Ça me suffit pour lui prendre la main.

— Montre-moi ta chambre.

Une partie de la froideur s'efface de son visage, et les éclats de miel dans ses yeux s'assombrissent d'un désir renouvelé. Il étreint mes doigts dans sa grande main chaude et me guide jusqu'à une chambre luxueuse où quelqu'un a déposé des pétales de fleurs et des bougies, dans une scène qui ressemble plus à un film à l'eau de rose qu'à une comédie romantique d'espionnage.

Mon rythme cardiaque accélère. Il avait *prévu* de m'amener ici. Je commençais à me poser des questions.

— Une seconde, annonce-t-il en me lâchant la main pour aller allumer les bougies.

Hum. Un vrai allumeur, hein ?

Une fois qu'il a fini, j'ai presque envie de lui adresser un salut militaire. De toute évidence, je suis sous l'influence de Sergent et Capitaine, qui sont au garde-à-vous.

— Alors ? demandé-je, avant de mordre ma lèvre inférieure soudain sèche.

Toute l'humidité de mon corps est descendue ailleurs.

Pour finir, Max s'inspire des films d'espion et plonge sur moi pour s'emparer de mes lèvres.

Oui !

Il me dévore tout en commençant à m'ôter mes vêtements.

Double oui.

Il arrache sa chemise et son pantalon, ainsi que ses sous-vêtements, exposant un Maximus au pavillon levé.

— Enfin, hoqueté-je.

Sa réponse ressemble à un grognement d'ours tandis qu'il me soulève et me dépose sur le lit.

Et c'est parti.

CHAPITRE
Trente

ON S'EMBRASSE ENCORE, nos langues s'entremêlant férocement pendant qu'il fait courir ses mains le long de mon corps avec avidité, provoquant des vagues de chaleur au creux de moi. Son parfum d'érable et de lavande titille mes narines et un frisson de plaisir parcourt ma peau quand il me retourne sur le ventre et commence à m'embrasser sur la nuque.

Putain. C'est tellement bon.

Il fait glisser sa langue le long de mon dos et s'arrête pour lécher les creux au bas de mon dos.

Je me suis mise à haleter et mon cœur bat à toute vitesse. Pourquoi fait-il aussi chaud ? Et puis, est-ce qu'il a remarqué mon trou de balle blanchi ?

Peut-être.

— Tu es si sublime, grogne-t-il, et il est possible qu'il parle de mon derrière.

Je me souviens de mon mode femme fatale et marmonne :

— J'ai envie de toi. Maintenant.

Il démontre ses compétences viriles incroyables en me retournant. Malgré le décor romantique, quelque chose d'animal danse dans ses yeux tandis qu'il m'étudie. Quelque chose de bestial que j'adore.

Il est peut-être un agent sous couverture qui ne sait pas qu'il l'est tant qu'il n'a pas entendu la phrase qui « l'activera ». Pour le Soldat de l'Hiver, les mots déclencheurs étaient « Désir, rouillé, dix-sept, aube, fourneau, neuf, bienveillant, retour à la maison, un, wagon à marchandise » en russe. Mais pour Max, le déclencheur est peut-être mon trou de balle blanchi.

Maximus tressaille quand Max mordille brutalement Sergent.

Ce type d'attention accordée à un téton peut-il suffire à vous faire jouir ?

Aucune idée, toutefois je suis à deux doigts de *quelque chose* quand Max reporte son attention sur Capitaine et l'aspire avec expertise.

Un gémissement s'échappe de mes lèvres. À cause d'un titillement de tétons. Il a peut-être vraiment étudié dans cette école de séduction, en fin de compte ?

Quand je gémis à nouveau, il croise mon regard et recouvre mon ventre de baisers, descendant toujours plus bas jusqu'à ce que je sente son souffle sur mon sexe surchauffé.

Il lèche lentement mon clitoris et grogne, soit pour créer des vibrations, soit parce qu'il est officiellement passé en mode bestial.

Mon prochain gémissement est plus désespéré et

l'encourage à me prodiguer un autre coup de langue encore plus dévastateur.

Mes yeux roulent dans mes orbites et ma respiration s'affole.

Je suis à deux doigts de jouir et sa langue rusée semble me garder suspendue, juste au bord du précipice.

Diabolique. J'ai tellement envie de dépasser ce seuil que je serais prête à révéler le nom de code de mon clitoris, ainsi que tout ce qu'il veut savoir d'autre.

Pas étonnant qu'ils enseignent des techniques de séduction, dans ces écoles.

Il prend mon sein droit dans ses paumes, et son pouce masse Capitaine avec expertise. Sa voix est comme du velours brut.

— Jouis pour moi.

D'un coup, l'ordre et les vibrations qu'il provoque dans mon clitoris me font sauter dans le précipice. Mes doigts de pied se recourbent, tous les muscles de mon corps se crispent et j'ai l'impression de tomber à travers le lit tandis que des feux d'artifice explosent dans toutes mes terminaisons nerveuses. Je jouis avec le gémissement le plus sonore à ce jour.

Il m'observe avec une satisfaction purement masculine.

— Bien joué, *sonechko*.

La respiration saccadée, j'oblige mes muscles ramollis à fonctionner et me redresse. Parce que c'est ce que ferait une femme fatale.

— À ton tour d'être bien sage.

Il arque un sourcil.

— Mets-toi sur le lit.

Mon ordre râpeux est tiré directement du manuel de l'Association Américaine des Femmes Fatales.

Il marmonne un « putain, oui » et se lève.

Je me mets à genoux. Quel heureux hasard : nos tailles sont idéales pour que je me retrouve juste en face de Maximus.

Max baisse son regard fou sur moi.

Soutenant son regard, je lèche Maximus comme une sucette.

Max grogne.

Maximus se contracte.

Encouragée, je canalise le chat qui est en moi et lape Maximus de haut en bas.

Nouveau grognement. Nouvelle contraction.

Il est temps d'escalader un peu. Je prends le gland de Maximus dans ma bouche.

Putain. On dirait de la soie tendue sur du verre blindé.

Je l'avale plus profondément.

Les pupilles de Max se dilatent.

Avec un sourire, je prends ses testicules (nom de code kiwis) dans ma main gauche.

Max grogne.

— Qu'est-ce que tu me fais ?

Oh, je n'ai encore rien fait. Je titille le dessous du gland de Maximus avec ma langue tout en tirant délicatement sur les Kiwis.

J'obtiens un mélange entre un juron et une plainte tourmentée en récompense.

J'accélère, faisant mon possible pour adopter le

même rythme que Max quand il se masturbe – j'ai étudié ça avec beaucoup d'attention, durant notre semaine de cybersexe.

Les Kiwis se contractent dans ma main.

— Je suis tout prêt, annonce Max, l'air de souffrir tandis qu'il articule ces mots.

Je retire Maximus de ma bouche pour répondre :

— Pas grave. Je veux que tu jouisses dans ma bouche.

Sur ces mots, je reprends mes bons soins, l'avalant profondément tout en observant les yeux de Max s'écarquiller presque jusqu'à avoir la taille de kiwis – les fruits.

Or j'ai menti. Même si ce serait sexy s'il jouissait dans ma bouche, j'ai encore plus envie de le sentir en moi, et s'il jouit, la pénétration devra attendre le temps qu'il faudra à Maximus pour se remettre d'aplomb.

Cette pensée en tête, je ralentis. Il m'a maintenue suspendue, tout à l'heure, alors disons que c'est œil pour œil, dent pour dent.

En parlant d'yeux, je ferme les miens pour me concentrer sur le rythme. Ça m'aide un peu. Je sens la moindre minuscule réaction de Maximus et les Kiwis, comme ça, et je ralentis la cadence en fonction. Quand je sens une partie de la tension quitter le corps de Max, j'accélère à nouveau.

Au bout du troisième cycle de ce genre, Max grogne comme un ours affamé à qui on aurait volé son miel.

Je m'écarte et lui souris.

— Tu n'apprécies pas quand je te titille, hein ?

Sa mâchoire se contracte.

— Je n'apprécie pas ça. J'aime ça.

Oh, là. Il devrait être prudent avec le mot en A quand je tiens Kiwis dans une position aussi vulnérable. Je dois mobiliser tout mon entraînement pour ne pas les presser trop fort par accident.

— Tu mérites un traitement spécial, annoncé-je.

Je me lèche le doigt d'un geste appuyé, m'assurant de le recouvrir de la bave que j'ai générée pendant qu'il était au fond de ma gorge.

Ses yeux s'écarquillent encore plus.

Avec un sourire sournois, je remets Maximus dans ma bouche et serre les Kiwis de ma main droite tout en dirigeant mon doigt lubrifié vers le postérieur de Max.

C'est son occasion de m'arrêter.

Je positionne mon doigt de manière à ce que ma destination ne fasse aucun doute.

Il grogne de plaisir. Je suppose que ça veut dire qu'il est partant. J'en suis ravie. C'est un cours avancé de l'Association Américaine des Femmes Fatales.

Très délicatement, je commence à chercher nom de code Noisette.

Max semble se figer sur place. Avec un peu de chance, c'est une bonne chose.

Là. Doux, lisse et intéressant à toucher – ce doit être Noisette. Je la masse doucement tout en accélérant le rythme avec Maximus.

— Putaaaaaiiin ! s'exclame Maximus.

Lui ai-je fait du mal ? Je retire mon doigt de Noisette, mais continue de sucer Maximus, songeant que ça devrait produire assez d'endorphines pour dissiper la douleur.

Ah. Non. Ce n'était pas du tout de la douleur.

Max grogne et Maximus devient aussi dur que le diamant, avant d'entrer en éruption dans ma gorge.

Oups. Je suis trop douée pour mon bien. Le coït va devoir attendre, maintenant. Mais bon, je ne me suis jamais sentie aussi sexy qu'au moment où je croise le regard de Max et avale ostensiblement.

Il grogne quelque chose en ukrainien, qui me rappelle le mot russe signifiant « incroyable ».

Oui, tu peux le croire.

— C'est encore à ton tour, annonce-t-il en s'agenouillant sur le lit.

— Mon tour ? répété-je en déglutissant.

Il m'observe de haut en bas comme un prédateur et ordonne :

— Mets-toi à quatre pattes.

J'obéis avec joie. C'est une position de base, pour une femme fatale. En plus, il va sûrement remarquer mon trou de balle blanchi, s'il ne l'a pas encore fait.

Il presse mon derrière.

Intéressant.

Soudain, je sens une langue pénétrer mon sexe par-derrière.

À mon tour, en effet. Ce développement n'est pas seulement intéressant. Il est captivant.

Le doigt de Max entre en contact avec mon clitoris.

Je vais de surprise en surprise.

Sa langue si maligne passe sur mes replis.

S'il essaie de se montrer compétitif et de me prouver que son école de séduction est supérieure à la mienne, je suis prête à me lancer dans la course à l'armement.

Son doigt et sa langue se synchronisent.

Un orgasme savoureux grandit au creux de moi et ma respiration accélère.

Vais-je pouvoir le supporter, s'il m'aguiche à nouveau ?

Il accélère.

Je serre les draps dans mes mains.

Il accélère encore.

Quelle est la longueur de sa langue ? Je pourrais jurer la sentir éveiller des terminaisons nerveuses au niveau de mon col de l'utérus.

— Je suis tout près, annoncé-je, à bout de souffle, me disant qu'il est plus poli de l'avertir comme il l'a fait avec moi.

Il grogne quelque chose d'un ton satisfait et les vibrations provoquées par ce son me catapultent aussitôt au pays des orgasmes.

Tous les muscles de mon corps se crispent, puis se relâchent tandis que je pousse un cri. Des décharges de plaisir brûlantes parcourent mes terminaisons nerveuses. Quand c'est terminé, je m'écroule presque.

— Non, reste comme ça, murmure-t-il.

— Ah ? m'étonné-je avec un regard hébété par-dessus mon épaule.

Il lèche le doigt qu'il vient de retirer de mon clitoris de manière ostensible.

— Je n'en ai pas terminé avec toi.

Sur ces mots, il enfonce le doigt là où était sa langue une seconde plus tôt.

Je me retourne et ferme les yeux.

Le doigt localise mon poing G de manière infaillible, ou je suppose que c'est ça, en tout cas. Je sens un élan de plaisir picotant déclencher le début d'un autre fichu orgasme – si ça arrive, ce sera mon record.

— Tu es sublime, me complimente-t-il d'une voix rauque.

Parle-t-il à nouveau de mon derrière ? Comme pour me rendre encore plus perplexe, je sens son souffle juste au niveau de la zone blanchie.

À quelle distance est-il en train d'admirer mon…

Une seconde.

Sa langue entre en connexion avec la zone en question.

Mon cerveau fait un court-circuit.

C'est agréable, mais aussi bizarre. C'est sexy, coquin et ça chatouille un peu.

Ce doit être à ça que ressemblent les examens finaux de l'Association Américaine des Femmes Fatales. Sauf que c'est peut-être moi qui devrais lui faire ça ? Oh, peu importe. Je n'arrive pas à réfléchir.

Et puis, je donnerai tout pour pouvoir remplacer ce doigt en moi par Maximus. Malgré ça, son doigt est tout près d'atteindre son but – or avant que j'aie pu basculer, il me torture en retirant à la fois son doigt et sa langue.

— Tu es prête ? murmure Max d'une voix rocailleuse.

Je regarde par-dessus mon épaule, extrêmement frustrée.

— Prête pour quoi ?

Je reste alors bouche bée devant un Maximus totalement en érection. C'est comme si l'orgasme de tout à l'heure était arrivé à un autre pénis.

Son temps de récupération est très rapide. Est-ce qu'ils apprennent aussi ça, à l'école de séduction ?

Réalisant que je perds de précieuses secondes que je pourrais passer à me faire sauter jusqu'au septième ciel, j'articule :

— Prête.

Pour l'encourager un peu plus, j'arque le dos et soulève légèrement les fesses.

Le visage tendu, Max palpe mon intimité avec Maximus.

Un gémissement s'échappe de mes lèvres quand je l'enveloppe.

Il s'enfonce un peu plus et commence à aller et venir.

Mes gémissements gagnent en volume.

Il me pénètre lentement, une, deux, trois fois.

— Encore, hoqueté-je.

Il m'étreint brutalement les fesses et ses coups de reins s'approfondissent. Mais ce n'est toujours pas assez, et je me surprends à le supplier d'aller plus vite, plus fort. Je commence à croire que si Max aime à ce point les animaux, c'est parce qu'il en est un – au lit. En réponse à mes suppliques, il me pilonne avec une férocité bestiale, et la mer de tous les orgasmes apparaît à l'horizon.

Il accélère encore.

Vient-il de pousser un hurlement de loup ? Est-ce à cause de notre position, ou…

Il tend la main et pince Sergent, fort.

Mesdames et messieurs, nous nous apprêtons à rencontrer quelques turbulences. Veuillez mettre votre ceinture.

Mon orgasme tsunami touche terre.

Je hurle et gémis, mes muscles internes se contractant autour de Maximus et le pressant avec un désespoir violent.

Max grogne et jouit en moi, provoquant une petite réplique d'orgasme juste après celui, complètement dingue, dont je ne me suis toujours pas remise.

— Eh bien, articule-t-il d'une voix rauque. Je suis vidé.

Je m'écroule sur le lit, l'impression que mes muscles sont des *holodets* gélatineux.

J'entends Max partir. Quelques secondes plus tard, il revient avec une serviette humide et me retourne pour me nettoyer, cependant je suis trop épuisée pour ouvrir les yeux tandis qu'il fait courir la serviette entre mes replis avec délicatesse.

— Tu sais…

Je l'entends sourire, ce qui me donne l'impression d'avoir été recouverte par une couverture polaire.

— D'habitude, c'est l'homme qui devient comateux après.

Au lieu de répondre, je roule sur le flanc, attrape son oreiller et fais semblant de ronfler.

Avec un petit rire, il m'étreint et me place en cuillère contre lui. Son souffle chaud recouvre mon épaule, son corps large et fort m'enveloppe et je ne peux m'empêcher de me sentir submergée de contentement.

Une seule pensée entache la perfection de ce moment, tandis que je dérive doucement vers le sommeil.

C'était bon. Peut-être trop bon. A-t-il étudié dans cette école de séduction russe, pour finir ?

CHAPITRE
Trente-Et-Un

JE ME RÉVEILLE quand les premières lueurs de l'aube filtrent à travers la fenêtre de la chambre de Max.

Ai-je rêvé les ébats épiques d'hier soir ?

Non. La légère sensation endolorie entre mes jambes me prouve que tout ce qu'on a fait était délicieusement réel.

Je regarde Max avec un sourire idiot, mais il dort comme un ours en hibernation. Un ours sublime, puissant et musclé, dont les cheveux mériteraient leur propre compte Instagram et dont les cils me font me demander s'il utilise secrètement du sérum pour les entretenir.

Avec des gestes prudents pour ne pas le réveiller, je me lève, ramasse mes vêtements et localise une salle de bain au bout du couloir.

Comme c'est prévoyant. Il a préparé une brosse à dents encore dans son emballage pour moi.

Tandis que je me brosse les dents et commence à

m'habiller, une pensée persistante perturbe mon bonheur.

Max s'est-il montré prévoyant ou calculateur, hier soir ?

Si tout est comme il paraît, alors c'est la première solution, et il obtient un A+ en tant que petit ami. Sauf que si c'est un espion, ce pourrait-être la seconde option, et il obtient aussi un A+, mais cette fois pour m'avoir menée par le bout du nez. Et d'ailleurs, les poils sexy de ses articulations font-ils partie de sa ruse pour me séduire ?

Une fois que mes pensées ont pris cette malencontreuse direction, un tas de données refont surface, que j'avais réussi à ignorer tant que j'étais sous le coup de la vodka et du désir. Par exemple, c'était quoi, cette tentative pour mettre un mouchard sur le téléphone de l'un des membres du Hot Poker Club ? Pourquoi parlait-il à ces banquiers de manière aussi camouflée ? Pourquoi son téléphone est aussi bien protégé que Fort Knox ?

Je me contemple dans le miroir tandis que mon humeur euphorique se dissipe. Comment la situation a-t-elle pu en arriver là ? Comment ai-je pu m'autoriser à développer des sentiments pour Max avant d'avoir écarté tous mes doutes ?

Parce que c'est l'embarrassante vérité : j'ai laissé mon cœur à découvert et maintenant, la simple idée qu'il soit peut-être un espion est aussi terrifiante qu'une autruche en colère.

Je réprime l'envie de le réveiller pour commencer un

interrogatoire. Si c'est un espion, il répondra par des faux-fuyants, et si c'est mon petit ami, il cessera de l'être.

Que ferait une femme fatale digne de ce nom, dans cette situation ?

La réponse est évidente, et elle provoque des décharges de peur et d'excitation mêlées, dans tout mon corps.

Et si je fouinais dans sa maison pendant qu'il dort, jusqu'à trouver une preuve de l'une de mes deux théories ?

Je visualise presque le petit diable sur mon épaule (qui ressemble un peu à Gia), m'encourageant à me lancer. Après tout, ce que j'envisage de faire n'est que la routine, pour quelqu'un qui bosse dans mon domaine, parce que si Max *est* un espion, la sécurité de notre nation est peut-être en jeu. S'il y avait un petit ange sur mon autre épaule, il ressemblerait à Olive et ses arguments se réduiraient au concept d'atteinte à la vie privée.

Oublions le bien et le mal pendant une seconde ; si je fais ça, comment m'assurer de ne pas me faire prendre ?

Je ne le peux pas. Le mieux que je puisse faire, c'est préparer une excuse expliquant pourquoi je suis là où je ne le devrais pas.

Un plan se dessine tout de suite dans ma tête. Il n'est pas aussi sournois que ce que Gia aurait pu concocter dans son cerveau tordu de magicienne, néanmoins il devrait fonctionner en cas d'urgence.

Je sors mon téléphone. Comme je le pensais, il me

reste environ vingt pour cent de batterie. Je passe en mode « économiseur de batterie » et d'un seul coup, mon téléphone semble presque à court d'énergie.

Voilà. Je peux me balader dans la maison de Max avec mon téléphone à la main, et s'il me surprend en train de fouiner, je lui expliquerai que je cherche un chargeur de téléphone.

Je suppose que le diable a remporté cette manche. Si je ne trouve rien de compromettant, je révélerai mon plus grand secret à Max pour apaiser ma conscience. Ou bien j'avouerai tout... au bout de dix ans de mariage.

Avant de perdre courage, je rejoins le salon sur la pointe des pieds et scrute la table basse.

Il y a un livre sur les safaris en Afrique. Super. Maintenant, je sais quel cadeau d'anniversaire sympa offrir à Max pour nos noces de diamant, juste avant de tout lui avouer sur ce jour.

Il n'y a aucun chargeur de téléphone en vue, ce qui est une bonne nouvelle. Mes recherches sont totalement justifiées.

J'entre dans son bureau avec furtivité. Aucune preuve irréfutable ici, et pas de chargeur non plus, ce que je trouve un peu bizarre.

Je pousse un soupir. Je gardais cette pièce pour la fin, mais quand faut y aller... J'entre dans la bibliothèque et grimace sous le regard diabolique des figurines oiseaux.

Ce ne sont que des jouets. Ils ne peuvent faire de mal à personne.

Je tourne le dos aux oiseaux le temps de reprendre mon souffle – et me retrouve face à face avec un coffre-fort encastré dans le mur.

Bingo. C'est un classique, pour cacher ses secrets. En parlant de classique, le verrou est un cadran, ce qui est malin de la part de Max. Le taux d'échec de ce système est très bas et il ne requiert pas d'électricité pour fonctionner. Et c'est une chance pour moi, parce que c'est précisément le genre de verrou que Gia m'a appris à ouvrir.

Je lance un regard furtif vers la porte. Si je commence à faire ça et que Max arrive, je ne pourrai pas m'en sortir avec de belles paroles. Il ne me croira jamais assez stupide pour chercher un chargeur de téléphone dans un coffre verrouillé.

Malgré les risques, je ne peux m'en empêcher. Je presse l'oreille contre le coffre et tourne le cadran jusqu'à entendre deux clics proches l'un de l'autre. Après ça, je me sers de mon téléphone pour enregistrer les données dont j'ai besoin pour procéder. Au bout de ce qui me paraît durer une heure, j'arrive enfin à déverrouiller le coffre.

Je regarde le contenu, bouche bée et l'estomac se remplissant de nitrogène liquide.

Merde.

Merde.

Merde.

C'est bien un espion, finalement.

La preuve irréfutable est juste sous mes yeux, sous la forme d'un flingue. Il y a aussi un tas de monnaies différentes et un assortiment de passeports.

Ce doit être sa planque en cas d'urgence, un classique d'espion. Hébétée, j'ouvre le passeport français au hasard. Félix Stone. Est-ce un faux nom, ou Maxim Stolyar est-il le faux ? Le passeport est expiré depuis l'année dernière, ce qui est assez négligent, cependant sa simple existence constitue une preuve accablante.

Je scrute le passeport allemand. Un autre nom, et lui aussi est expiré. Pourquoi avoir tout ça si on n'est pas un espion ?

Les implications de ces découvertes me font l'effet d'un coup de coude dans le ventre.

J'ai couché avec l'ennemi parce que je croyais qu'il pourrait devenir mon petit ami.

Je me sens manipulée. Sale, et pas dans le bon sens du terme. Même si j'ai rencontré Max parce que je le prenais pour un espion russe, je me sens trahie. Il a réussi à me convaincre qu'il n'était pas ce que je croyais – ou bien je m'en suis convaincue moi-même.

Je n'arrive pas à croire à quel point je suis surprise et blessée. À quel point je pleure la perte d'une relation qui n'a jamais vraiment existé.

Je me sens prendre la mouche, même si je n'ai jamais trop su ce que cette expression signifiait. Max est le mal incarné. Comment ose-t-il m'envoyer toutes ces photos d'animaux mignons ? Comment ose-t-il m'offrir tous ces orgasmes ? Comment ose-t-il faire semblant d'être un si bon parti ?

Le pire, c'est que je me sens totalement impuissante. Je n'ai aucune idée de quoi faire. Je n'ai pas seulement le cœur brisé. Je dois décider si je le dénonce ou pas. Je le *devrais* sûrement. Mais même maintenant, alors que je souffre de sa trahison, je crains ce qui lui arrivera si je le fais. Et puis, que m'arrivera-t-il, à moi ? Perdrai-je mon emploi, si l'agence apprend que j'ai couché avec un agent étranger ? Me considérera-t-on comme un risque de sécurité ?

L'espace d'un instant perfide, je m'interroge : serait-ce si grave de ne pas le dénoncer ? Pourrais-je encore me regarder dans un miroir ? Mon pays en souffrira-t-il ?

Pendant une seconde, je me demande aussi si je devrais suivre la même direction que dans le dernier épisode de *Homeland*.

Mais non. Je suis loin d'être aussi bonne actrice que Claire Danes. Putain, elle a plus de compétences d'actrice dans son menton que je n'en ai dans tout mon corps.

Et puis – et peut-être que je suis folle – mais ce qui me perturbe le plus n'est pas qu'il veuille du mal à ce pays, mais qu'il ait menti, hier soir, quand je lui ai demandé si c'était un espion. Il savait que je demandais ça en guise de prérequis avant de m'autoriser à coucher avec lui, et il a quand même menti – c'est comme affirmer qu'on est célibataire alors que c'est faux.

Peut-être même pire.

Oh, merde. A-t-il une femme en Russie ? Jusqu'où va le mensonge ?

Une seconde. J'ai oublié le plus important. Puisque c'est un espion, s'il me surprend ici, ma vie sera en danger. Il m'a déjà blessée émotionnellement, il n'est que trop facile de l'imaginer me blesser aussi physiquement.

Enfin, pas si je lui prends son flingue.

Je le récupère, mais découvre qu'il n'est pas chargé. Pas de munitions en vue. Cette arme est inutile.

OK, je vais obtenir des preuves et fermer le coffre pour pouvoir m'échapper avec grâce. Je sors mon téléphone et prends une photo de deux des passeports. Plus tard, je pourrai déterminer s'ils ont été octroyés par le gouvernement ou si ce sont des faux.

Mon cœur se met à battre plus fort. S'il n'est pas intéressé par moi en tant que petite amie, alors que cherche-t-il vraiment ? A-t-il verrouillé la porte d'entrée ? Me laissera-t-il partir ? Je dois trouver un moyen de programmer quelque chose au cas où je mourrais – préparer un e-mail à envoyer à l'un de mes collègues pour leur faire savoir ce qui se passe, et l'effacer si je m'en sors vivante.

Les mains tremblantes, j'ouvre une application me donnant un accès d'urgence à ma boîte e-mail du boulot. C'est mal vu, de l'utiliser dans la vie de tous les jours, mais à cet instant, c'est sans importance.

Je suis sur le point d'envoyer mon message quand je vois un e-mail dans ma boîte de messagerie. Le sujet est : « Re : service personnel », et ça vient de l'expert canadien.

Pardon de t'avoir fait attendre. J'ai enfin eu l'occasion de faire une recherche sur Maxim Stolyar pour toi. Pas étonnant que tu aies eu du mal à le trouver. J'ai dû me concerter avec les gens de chez le SRSC, qui m'ont dit qu'il était de chez eux. Ils...

J'arrête de lire, stupéfaite.

Le changement de paradigme me coupe presque le souffle.

Je devrais me sentir soulagée. Ravie, même. Max n'est pas russe. Il est canadien, comme il me l'a dit. Le SRSC est le Service de Renseignement et de Sécurité Canadien. Leur budget annuel est d'un demi-milliard de dollars et ils constituent un allié de poids.

Cependant pour une raison que j'ignore, ma colère ne s'atténue pas. Quand on est « de chez eux », on ne peut pas affirmer ne pas être un agent des renseignements étranger.

Max m'a quand même menti de manière éhontée, hier soir. Et il avait encore moins de raisons de le faire.

Quel salopard. Pourquoi n'a-t-il pas juste dit, « je ne peux pas répondre à ta question », ou « c'est classifié » ? Mentir comme ça, alors que je lui ai admis faire partie de la N…

Quelqu'un se racle la gorge de manière mécontente.

Merde.

Je fais volte-face et fusille du regard la source de ce son.

C'est Max. Comme dans un miroir déformant, son expression reflète la fureur qui fait rage en moi.

— Qu'est-ce que tu fous ? demande-t-il d'une voix dure.

Je plonge mon téléphone dans ma poche et réponds sur le même ton :

— À toi de me dire.

Max fait un pas dans la pièce.

— Je t'ai demandé si tu te renseignais sur moi pour ton boulot. Tu m'as répondu que non.

Il a l'air blessé. Quel culot.

Je serre les dents.

— Ce n'est pas pour mon boulot. Plutôt des recherches personnelles.

Ses yeux vert forêt deviennent anormalement froids.

— C'est très socialement acceptable.

Les muscles de mon bras tremblent tandis que je réprime l'envie de le gifler.

— Hier soir, je t'ai demandé si tu étais un agent des renseignements étrangers. Tu as nié, mais aux dernières nouvelles, le Canada ne fait pas partie des États-Unis.

Ah ah ! Il a l'air coupable, maintenant. L'espace d'un instant, en tout cas. Puis il pince les lèvres et ses yeux lancent des éclairs.

— Je t'ai dit la vérité. Je ne fais pas partie du SRSC. Plus maintenant.

— Conneries ! m'exclamé-je par-dessus mon pouls qui cogne dans mes oreilles. Je t'ai vu conduire des opérations clandestines.

Merde. Je n'aurais peut-être pas dû l'admettre.

Il me dévisage comme si je l'avais bel et bien giflé.

— Tu as fait quoi ?

— Oublie ça, grogné-je. Quel est l'intérêt de cette conversation ? De toute évidence, tout ça était une erreur, et c'est terminé, maintenant.

Correction. *Maintenant*, il donne l'impression d'avoir été giflé. Ou peut-être même d'avoir reçu un coup de genou entre les jambes.

— Très bien.

— Très bien ? répété-je en tournant les talons. Très bien.

Les yeux brûlants, je sors de l'appartement en courant et cours vers l'ascenseur comme si j'étais pourchassée par un faucon enragé.

CHAPITRE
Trente-Deux

JE RÉPRIME l'envie de pleurer pendant tout le trajet en taxi jusque chez moi. Quand Olive m'accueille, je ne peux que balayer son inquiétude et rejoindre ma chambre. Là, je laisse enfin mes émotions prendre le dessus, et pendant je ne saurais dire combien de temps, je sanglote et m'apitoie sur moi-même.

À un moment donné une créature poilue vient se blottir contre moi. Je la serre contre ma poitrine, me sentant un tout petit peu mieux quand elle se met à ronronner.

Machette n'aime pas quand quelqu'un d'autre que lui-même contrarie son humaine insignifiante. Pointe les griffes de Machette dans la bonne direction, puis détourne les yeux pour éviter que le massacre à venir ne te traumatise à vie.

Je me mets à hoqueter. Même si toute cette situation craint vraiment, je n'ai pas envie que Machette fasse du mal à Max. Sans parler du fait qu'il y a de fortes chances pour que ce traître de félin se contente de se frotter contre la source de mon mal-être. Après tout, une bromance s'est développée entre eux au premier regard.

Mon alarme sonne.

Merde. J'ai oublié le boulot.

Le trajet jusqu'au bureau se passe dans un brouillard. Des scènes de mon temps passé avec Max défilent dans ma tête : les sessions vidéo, les rendez-vous, les ébats incroyables…

Pour une raison que j'ignore, j'ai toujours pensé que rompre avec quelqu'un était comme arracher un pansement – ça fait mal au début, mais on se sent très vite mieux après avoir pris la bonne décision. Conneries. C'est tout l'inverse. Comme si j'avais arraché un pansement et reçu la célèbre « mort par mille coupures » en récompense.

Je mange mon petit-déjeuner à mon bureau, cependant il est insipide. J'effectue le projet donné par mon patron en mode pilote automatique. Mon déjeuner a un goût de carton et j'ai peut-être même une crise de larmes dans les toilettes.

Je dois reconnaître qu'aucun de mes collègues ne me lance « Tu as le blues ? » pour plaisanter. Je suppose qu'ils ont un bon instinct de conservation.

Je suis en chemin pour chez moi quand je reçois un message d'Olive.

Désolée de te prévenir à la dernière minute, mais mon premier entretien s'est si bien passé qu'ils veulent que je vienne en Floride pour une deuxième rencontre. J'ai trouvé des tickets très bon marché pour un vol ce soir. Tu pourras nourrir Gros Bec, s'il te plaît ?

S'ensuivent des instructions détaillées sur la manière de prendre soin et de nourrir une pieuvre.

Super. Même ma sœur m'abandonne, maintenant. Qu'est-ce que ce sera ensuite ? Un minuscule nuage va-t-il apparaître juste au-dessus de ma tête, comme dans une pub pour les antidépresseurs ?

———

Quand je rentre à la maison, elle est vide et solitaire. Mon dîner est encore plus insipide que mon petit-déjeuner et mon déjeuner combinés. Après une autre brève crise de larmes, je nourris Gros Bec et envoie un SMS à Olive pour lui faire savoir que je m'en suis occupée.

Son téléphone sonne près de moi.

La pauvre. Elle l'a oublié dans la précipitation. Avec un peu de chance, nos grands-parents la laisseront emprunter le leur.

Me sentant épuisée, je soulève Machette et caresse sa fourrure. Quand il se met à ronronner, le brouillard furieux dans ma tête commence enfin à se soulever, et je commence à nouveau à penser de manière à peu près cohérente.

Max est donc un espion. Ou l'était. Bravo mon instinct. Le truc, c'est qu'il n'est plus espion, ou c'est ce qu'il affirme, en tout cas. Et même quand c'était le cas, il n'était pas un agent ennemi, mais l'un de nos alliés.

Quand on regarde ça sous un certain angle – ce que j'avais du mal à faire jusqu'à maintenant – il est possible que j'aie *un peu* surréagi en rompant avec lui. Enfin, s'il m'a dit la vérité en affirmant ne plus faire partie du SRSC. En fait, ça expliquerait les passeports expirés.

Néanmoins s'il n'est plus avec le SRSC, pourquoi se comportait-il comme un espion ? Pourquoi essayer de placer un mouchard dans le téléphone de quelqu'un au Hot Poker Club ? Pourquoi employer des techniques d'espionnage pour ses réunions avec les banquiers d'investissement ?

J'ouvre ma boîte e-mail du boulot et relis le message de l'expert canadien au cas où il puisse m'apporter des éclaircissements.

Merde.

Je suis si bête.

Si j'avais lu l'e-mail jusqu'au bout ce matin, ma conversation avec Max se serait passée très différemment.

Peut-être. Ou peut-être pas. Il aurait quand même été énervé de découvrir que j'avais fouiné chez lui.

Dans tous les cas, je relis tout une fois de plus, du début à la fin.

Pardon de t'avoir fait attendre. J'ai enfin eu l'occasion de faire une recherche sur Maxim Stolyar pour toi. Pas étonnant que tu aies eu du mal à le trouver. J'ai dû me concerter avec les gens de chez le SRSC, qui m'ont dit qu'il était de chez eux. Ils ne m'ont pas précisé ce qu'il faisait chez eux, mais le fait qu'il soit un Ukrainien de deuxième génération est un indice. Ils disent qu'il a pris sa retraite il y a quelques années et qu'il est désormais consultant pour des entreprises, même si en lisant entre les lignes, j'ai le sentiment qu'il n'a pas totalement quitté le travail de terrain. Même si son boulot dans le secteur privé est très discret, ça ressemble à de l'espionnage industriel, mais du genre légal.

Bref, j'espère que ça t'aidera... et qu'on est quittes, maintenant.

Je lis le message deux fois de plus.

Max est à la retraite.

À la retraite.

Ça veut dire qu'il ne m'a pas menti. Il ne fait *pas* partie des services de renseignement étrangers.

Plus maintenant.

Mais... il fait de l'espionnage industriel, ce qui pourrait expliquer ce qu'il fabriquait avec ces banquiers et ce téléphone. C'est peut-être aussi pour ça qu'il a eu l'air déstabilisé quand je lui ai demandé s'il était un espion. Est-ce que les personnes pratiquant l'espionnage industriel sont appelées des espions ?

Je crois que oui. Surtout quand il s'agit d'un ancien espion. Espion un jour, espion toujours. Toutefois j'ai parlé d'un « agent des services de renseignement étrangers », et ce n'est pas ce qu'il est.

C'est peut-être aussi pour ça qu'il s'est montré aussi évasif quand il m'a dit être un « consultant en entreprise ».

Mais pourquoi ? S'il m'avait dit qu'il travaillait dans l'espionnage industriel, j'aurais trouvé ça super cool. Je lui aurais peut-être même demandé de m'engager. J'étais si préoccupée par mes rêves de CIA que je n'ai jamais envisagé cette option, pourtant elle est bien plus réaliste, pour quelqu'un comme moi.

Je bondis sur mes pieds et me mets à faire les cent pas, mon cafard entièrement dissipé.

C'était une erreur de rompre avec Max. Je le vois clairement, maintenant. Mais je l'ai fait, et je ne peux rien y changer. La question la plus importante est : comment arranger ça ?

Aucune idée, cependant un geste fort sera sûrement nécessaire. Je devrai peut-être même ramper à ses pieds. Après tout, je n'ai pas été entièrement honnête avec lui, moi non plus.

Si je fais quelque chose, qu'est-ce que ça pourrait être ?

Je continue de faire les cent pas, ce qui me vaut des regards mauvais de la part de Gros Bec et Machette.

Enfin, une idée fleurit.

Je peux aider Max dans sa mission actuelle. Oui, c'est ça. Dans ce nouveau contexte d'espionnage industriel, je comprends enfin le lien entre le Hot Poker Club et les banquiers d'investissement. Je crois, en tout cas.

C'est Piles Désordonnées. C'est son téléphone que Max tentait de trafiquer.

Piles Désordonnées est forcément la clef, ou plus spécifiquement, l'entreprise de logiciels pour laquelle il travaille l'est — celle qui crée des plateformes de trading.

Oui. J'adore cette sensation des pièces du puzzle qui se mettent en place.

Je me précipite sur mon ordinateur et mes doigts dansent sur le clavier.

Comme je le supposais, les deux banques sont des clients de l'entreprise de Piles Désordonnées, et si ma théorie est la bonne, elles sont aussi les clientes de Max.

Je passe en mode analyste et lis tout ce que j'arrive à dénicher jusqu'à tomber sur deux articles concernant les banques d'investissement en question. Apparemment, les deux banques ont perdu pas mal d'argent quand un fonds spéculatif a anticipé un gros changement qu'ils feraient sur le marché. Les deux banques ont affirmé qu'il y avait quelque chose de louche. Aucune n'avait de preuve.

Super. J'ai désormais une confirmation suffisante de ma théorie pour justifier de passer à la portion un peu moins légale de mes recherches. Chaque chose en son temps. Je lance une série d'outils non-classifiés, mais je ne préfère pas les évoquer en détail.

Le premier est le plus inoffensif. En fait, mon père s'en sert pour son boulot parfaitement légal de testeur de pénétration. Comme le dit mon père, « ce n'est pas aussi cochon que ça en a l'air ».

Ce que je veux, c'est tester la sécurité de l'entreprise de logiciels de Piles Désordonnées. Ça n'a rien de malveillant. En fait, si je leur donnais mes résultats, ce serait un service d'intérêt général.

Leur sécurité n'est globalement pas terrible, sauf que pour une entreprise de sciences informatiques, elle est minable. Je pourrais la pénétrer sans risquer de me faire prendre, j'en suis certaine.

J'espère que mon père n'a jamais à se lancer dans ma prochaine étape. J'entre dans l'intranet de l'entreprise de Piles Désordonnées, puis je localise le référentiel de code où sont situées les dossiers de la plateforme de trading, en me concentrant sur les parties dont Piles Désordonnées est responsable.

Aïe. Piles Désordonnées n'est pas négligent qu'avec ses jetons de poker ; il l'est aussi avec son code. Je finis quand même par trouver ce que je cherchais.

Une porte de derrière.

Comme je le soupçonnais, ce petit sournois de Piles Désordonnées s'est codé un moyen d'apprendre ce que font les clients de son entreprise avec les plateformes de trading qu'ils achètent – comme insuffler beaucoup d'argent dans une action spécifique, par exemple, ce qui ferait grimper en flèche le prix de ladite action.

Je parierais tous mes bitcoins que Piles Désordonnées vend ces informations glanées de manière illégale au plus offrant – ce qui expliquerait comment il a obtenu l'argent suffisant pour la mise d'entrée du Hot Poker Club.

Enhardie, je m'habille et retourne en vitesse au boulot.

Le bureau est vide, et c'est tant mieux.

Je lance **classifié** et fais ce que Max a tenté de faire sans succès : j'entre dans le smartphone de Piles Désordonnées.

Waouh. Il a une grosse addiction aux jeux d'argent. Énorme, même, à en croire ses e-mails et ses messages.

D'après certains, il doit de l'argent à des gens louches. En fait, cet imbécile est au Hot Poker Club en ce moment-même, sûrement en train de perdre encore une fois ses fonds acquis illégalement.

Une seconde.

S'il est en pleine partie, Max pourrait-il être là-bas aussi ? Après tout, il n'a jamais pu terminer son opération de trafic de téléphone, le jour de notre rencontre, et je vois que Piles Désordonnées n'est pas revenu au Hot Poker Club jusqu'à aujourd'hui.

Mon cœur se met à battre plus vite. J'imagine Max se faire prendre avec le mouchard, puis blesser par Bogdan, le dangereux propriétaire du Hot Poker Club.

Bordel. Quelles sont les chances pour que Max ait déjà mis le téléphone de Piles Désordonnées sur écoute en dehors du jeu ? Faibles. Il était au Canada jusqu'à hier. Aujourd'hui doit être la première fois qu'il a l'occasion de retenter le coup. C'est ce que je ferais, à sa place.

Merde. Je devrais alerter Max. Je dois le faire.

Mais comment ? Je ne peux pas l'appeler. Ils nous demandent d'éteindre et de ranger nos téléphones.

Mes jambes se mettent en mouvement avant même que mon cerveau soit allé au bout de sa réflexion.

La réponse est simple. Je dois aller au Palais et lui parler en face à face.

Oui. C'est ça. Voilà ce que je vais faire.

En un temps record, je rejoins mon Aston Martin et, dès que le moteur s'allume en rugissant, j'enfonce la pédale d'accélérateur.

Il est temps de s'engager dans une course de voiture à la James Bond.

CHAPITRE
Trente-Trois

D'APRÈS MON GPS, ce trajet devrait prendre vingt-cinq minutes. Mon objectif : arriver à ma destination en dix minutes.

Au début, tout se passe comme sur des roulettes. Quand je tourne au troisième virage, mes pneus crissent et la voiture dérape, mais je me retrouve dans la prochaine rue en un seul morceau, même si je devrais être un peu plus prudente quand je tourne, à partir de maintenant.

La limite de vitesse est de quarante kilomètres-heure. Quelle blague. Quand je le peux, je roule quatre fois plus vite.

Un taxi jaune s'arrête devant un stop – quel culot. Je le contourne vivement, changeant de voie en un clin d'œil, puis le dépasse comme si le panneau n'existait pas. Je fais pareil avec un feu rouge à la prochaine intersection.

Deux pâtés de maisons plus tard, je dois ralentir pour épargner la vie d'un couple de passants éméchés, et cinq rues plus loin, je vois une voiture de police et ralentis encore une fois. Même si je pourrais user de mes charmes pour éviter de me prendre une contravention, je ne peux me permettre d'être retardée.

Neuf minutes et trente secondes plus tard, je me gare devant le Palais.

Je manque de trébucher en sortant de ma voiture et en jetant les clefs au voiturier.

— Vous pouvez la garder près de l'entrée ? demandé-je en lui fourrant un billet de cent dollars dans la main en guise de motivation.

Il hoche la tête, les yeux écarquillés, tandis que je me précipite vers la porte d'entrée.

C'est alors que je me rappelle d'un problème que j'avais complètement refoulé de mon esprit.

Un énorme problème cauchemardesque.

Des oiseaux.

Beaucoup d'oiseaux.

CHAPITRE
Trente-Quatre

L'ESPACE D'UNE SECONDE, j'espère que quelqu'un a eu le bon sens de décontaminer le lobby. Cependant quand j'entre dans le bâtiment, tous mes espoirs sont réduits à néant, tels une myrtille dans le bec cruel d'un paon.

Les oiseaux sont encore là.

Des paons avec leurs queues abominables et des perroquets qui ressemblent encore plus à des clowns diaboliques, grâce à l'adrénaline qui court dans mes veines.

Je recule du lobby en vitesse et attrape le voiturier à qui je viens de donner un pourboire.

— Je dois passer par l'entrée arrière de l'hôtel. Je sais qu'il y en a une. J'y suis passée l'autre jour.

Pour être précise, quelqu'un me l'a fait traverser pendant que j'avais les yeux bandés, mais bon, j'y suis passée quand même.

Il secoue la tête avec véhémence.

— Personne n'a le droit de passer par là. Pour des raisons de sécurité.

Merde. Je n'ai pas le temps d'argumenter ou de chercher sa porte de derrière. Je suppose que ce jour est celui où je dois me forcer à traverser un lobby infesté d'oiseaux. Je regrette de ne pas avoir l'une de ces combinaisons anti-bombe, comme celles qu'ils portent dans le film *Démineurs*.

Je prends une grande inspiration et retourne dans le lobby.

Tout va bien se passer. Les perroquets sont dans des cages. Quelles sont les chances pour qu'ils s'échappent aujourd'hui ?

Ça me rassure. Un peu.

Je fais un autre pas.

Je peux y arriver. Je suis une espionne, bon sang.

Mon pas suivant est plus assuré.

Mais c'est alors que, comme s'il attendait le bon moment, un paon se précipite vers moi.

Avec un cri tout sauf digne, je fuis la créature – et dois mobiliser toute ma volonté pour foncer vers l'ascenseur plutôt que dehors.

Un autre paon doit sentir l'odeur du sang et tente de me bloquer le passage.

Je cours en zigzag sur la droite, contournant la créature diabolique en un large cercle. J'ai la gorge à vif à force de crier de manière ininterrompue, et j'ai l'impression que quelque chose me déchire les muscles des jambes tandis que je cours vers l'ascenseur aussi vite que je peux.

— Vous allez bien ? me lance le concierge.

Je n'ai pas l'énergie nécessaire pour lui répondre que bien sûr que non, tout ne va pas bien. Tout mon bien-être a été plongé dans le goudron, couvert de plumes et me poursuit à l'heure où l'on parle.

Je réduis la distance avec l'ascenseur, enfonce le bouton et me prépare à repousser les attaques de paons grâce à mes coups de pied de Krav Maga briseurs d'os.

Les paons doivent réaliser qu'ils ont acculé un animal sauvage et que ça ne vaut peut-être pas le coup de se battre. Après tout, quelqu'un doit les nourrir, dans cet hôtel – et ils ne savent pas si j'ai bon goût ou pas.

L'ascenseur arrive enfin. Je saute dedans et enfonce le bouton du sous-sol comme si ma vie en dépendait – parce que c'est sûrement le cas. Les portes se referment, dissimulant les horreurs de l'autre côté. Je fais de mon mieux pour reprendre mon souffle et planifie la prochaine étape.

Je m'apprête à me rendre là où je n'ai aucun droit d'aller. Je vais faire irruption au milieu d'une partie privée. Comment m'en tirer avec ça ?

Je balaie plusieurs idées d'emblée. Me faire passer pour le service d'étages ne fonctionnera pas, même si ça aurait été drôle de pratiquer ce classique des films d'espion en volant ou soudoyant une domestique pour récupérer sa tenue. Je devrais peut-être passer par la ventilation ? Non. Encore une fois, même si j'aimerais beaucoup me laisser tomber quelque part retenue par un câble comme dans *Mission Impossible*, je ne pense pas qu'il y ait une grille de ventilation dans le sauna où a lieu la partie du Hot Poker Club, même s'il y en a peut-être une dans le vestiaire.

Non. Je vais suivre ce bon vieux principe PPSI, qui

est très populaire parmi les développeurs : Pense Plus Simplement, Imbécile.

Si on me pose la question, je cherche les toilettes. C'est tout.

Je pourrais maintenir facilement cette couverture. Tout ce que j'ai à faire, c'est me souvenir comment j'ai failli faire dans ma culotte pendant l'attaque de paons dans le lobby.

Les portes de l'ascenseur s'ouvrent et je sors pour foncer vers le couloir le plus proche.

Il n'y a aucun employé ici à cette heure. Tant mieux.

Je renifle l'air. Je détecte une légère odeur de chlorine et de citrons, le Hot Poker Club ne doit pas être bien loin.

Je cours sur la moquette et tourne en suivant mon odorat et mon intuition. L'une des deux doit être fiable, parce qu'au prochain tournant, la moquette sous mes pieds est remplacée par du carrelage – et je me souviens que c'est déjà arrivé à ma dernière visite.

Super.

L'odeur que je suivais est bien plus forte après mon prochain tournant, puis je repère une porte au loin.

Je parie que c'est le vestiaire.

Le problème, c'est que deux types baraqués se tiennent juste devant.

Quand je me rapproche, je reconnais l'un d'eux. L'âme courageuse qui a effrayé un pigeon pour moi.

Zut. Je m'en voudrais de le combattre pour pouvoir entrer – et ce n'est peut-être pas la meilleure des idées, sachant que ces types sont peut-être armés.

Je m'en tiens à mon plan très simple d'employer

tous mes talents d'actrice pour courir comme seule une femme à la vessie sur le point d'exploser peut le faire.

— C'est quoi, ce bordel ? s'exclame le garde que je ne reconnais pas quand je le dépasse en trombes.

— Je dois aller aux toilettes, lancé-je en dansant d'un pied sur l'autre comme si une fontaine était sur le point de jaillir de mon urètre.

Le type que j'ai reconnu semble me reconnaître à son tour. Il fronce les sourcils.

— Vous jouez, aujourd'hui ? Je ne savais pas que vous étiez une joueuse régulière, maintenant.

— J'ai juste besoin d'aller aux toilettes, répété-je.

Sans attendre qu'il m'arrête, je me précipite alors dans le vestiaire.

— Attendez ! hurle quelqu'un.

Je n'attends pas. Au lieu de ça, je fonce vers le hammam comme si tous les paons et les perroquets du monde étaient à mes trousses.

Quand je fais irruption dans la pièce, la buée m'empêche de voir les joueurs pendant quelques secondes.

Je cligne des paupières et distingue le propriétaire, Bogdan, qui a à nouveau formé une sculpture avec ses jetons. Piles Désordonnées est là aussi, et comme il fallait s'y attendre, ses jetons de poker sont éparpillés de manière désordonnée.

Les deux videurs entrent en trombes derrière moi. Ils tendent la main pour m'attraper, cependant Bogdan les arrête d'un simple regard.

Je me mets à transpirer, et pas seulement à cause de

la chaleur. Je parcours à nouveau la pièce des yeux – et réalise deux choses qui n'ont aucun sens.

D'abord : Max n'est pas là.

Ensuite : Clarice est ici, elle, même si je ne la reconnais pas, au début, sans sa tenue de pirate.

L'absence de Max est mystérieuse. L'ai-je déjà manqué ? J'en doute, vu qu'il n'y a aucune chaise vide.

La présence de Clarice est logique, en y réfléchissant. Elle comptait *bien* venir jouer ici. Je lui ai donné la mise d'entrée moi-même.

Je suppose que sa partie était pour aujourd'hui.

Hum. Ses cheveux ont-ils toujours été aussi soyeux, sous son bicorne, ou quel que soit le nom de son chapeau ? Et puis, pourquoi regarde-t-elle Bogdan d'un air aussi avide ? Ne lui ai-je pas dit qu'il était dangereux ?

En parlant de danger, Bogdan me dévisage en plissant les yeux.

— Qu'est-ce que vous faites ici ?

Le regard de Clarice passe de lui à moi et elle écarquille les yeux.

— Blue ?

Merde. Il est temps de passer à la stratégie de repli. Ma main plonge dans mon sac à main comme si elle était dotée d'une conscience propre.

Gia serait fière de mon prochain stratagème.

Je ressors la main et exhibe un tampon. Puis je me précipite vers Clarice et le lui fourre dans les mains avec le sérieux d'une athlète tendant son bâton lors d'une course de relais.

De manière assez prévisible, les hommes réagissent

comme si le tampon était un lépreux et ont un mouvement de recul collectif.

En tant que magicienne, Clarice est aussi experte en ruses que Gia. Elle prend le tampon comme l'aurait fait Gollum avec son précieux anneau.

— Merci, Blue. Tu me sauves la vie.

Je tourne les yeux vers Bogdan.

— Désolée pour cette interruption, commencé-je.

Je me prépare à lui expliquer que je suis un agent du gouvernement et que me tuer serait très mauvais pour ses affaires et sa santé.

— Comment avez-vous trouvé cet endroit ? demande-t-il, le visage de marbre. On ne vous a pas bandé les yeux en chemin, la dernière fois ?

Il lance un regard noir à ses videurs.

— Oh, ils m'ont très bien bandé les yeux, m'empressé-je de répondre. Surtout ce monsieur.

J'indique du doigt le type qui m'a sauvé du pigeon.

— Il se trouve juste que j'ai un excellent sens de l'orientation, et mon petit ami m'a dit dans quel hôtel avaient lieu les parties de poker. C'est un joueur régulier.

Bogdan arque un sourcil.

— Maxim Stolyar ?

— Comment vous avez deviné ?

Il sourit d'un air narquois.

— Je surveille toujours ce qui se passe à la table.

Bien sûr. Il a décelé notre langage corporel et extrapolé. Un homme dangereux de bien des manières.

— En parlant de Max, je l'ai perdu de vue, aujourd'hui, ajouté-je. Il n'est pas venu ici, hein ?

Clarice secoue la tête.

— Cool, cool.

J'aimerais *vraiment* pouvoir passer aux toilettes, cette fois.

— Je suppose que je vais partir, alors ?

Putain. Une espionne dure à cuire n'aurait pas prononcé ça comme une question.

— Escortez-la, lance Bogdan aux videurs d'un ton impérieux.

— Merci, dis-je en reculant, avant de faire un signe de la main à Clarice. Bonne chance.

Une fois qu'on a quitté le hammam, je demande :

— Je peux aller aux toilettes ?

Les videurs se sont-ils entraînés pour réussir à lever les yeux au ciel de manière aussi synchronisée, comme des adolescentes ?

Le tueur de pigeons indique du doigt les cabines de toilettes et répond :

— Allez-y.

Je vide ma vessie, puis laisse docilement les hommes me guider à travers les couloirs. Quand je vois qu'on se dirige vers l'ascenseur normal, je m'arrête.

— Vous ne pourriez pas me faire passer par la porte de derrière, par hasard ?

— Pourquoi ? m'interroge le tueur de pigeons.

— Il y a des oiseaux dans le lobby, expliqué-je en étudiant la moquette sous mes pieds.

Ils lèvent à nouveau les yeux au ciel puis, d'un ton réticent, l'un d'eux répond :

— Par ici.

Oui ! Ils me font passer une porte à l'arrière, puis me montrent le chemin pour rejoindre l'avant de l'hôtel.

Le voiturier à qui j'ai laissé un pourboire me ramène ma voiture en vitesse.

Dès que je suis à l'intérieur, j'enfonce la pédale d'accélérateur et m'éloigne en faisant crisser mes pneus avant que quelqu'un change d'avis s'agissant de me laisser partir.

Une fois assez loin, je réfléchis à ma destination.

Devrais-je aller voir Max chez lui ?

Il est tard, ça risquerait d'être un peu bizarre. D'un autre côté, si je ne le fais pas, je serai encore éveillée à minuit, à regretter de ne pas y être allée.

Ma décision prise, je roule dans cette direction, ou je fais la course jusque là-bas, plutôt.

———

Sept minutes plus tard, je sonne à la porte de Max. Il n'ouvre pas. Son judas ne s'assombrit pas non plus, il ne doit donc pas être chez lui. À moins qu'il soit très doué. Il sait que c'est moi et n'a même pas besoin d'approcher de la porte.

Je réprime l'envie de crocheter la serrure. S'il est chez lui, ça n'arrangera pas mon cas, et s'il n'y est pas, quel est l'intérêt d'entrer par effraction ?

Avec un soupir, je rejoins ma voiture et rentre chez moi lentement, autrement dit à seulement le double de la limite de vitesse.

———

Une fois garée dans le parking souterrain de mon immeuble, je prends l'ascenseur et me demande si je devrais appeler Max, vu que je n'ai pas réussi à le voir en face à face.

Avant que j'aie pu prendre la moindre décision, l'ascenseur s'arrête au niveau du lobby et un homme familier y monte.

D'où est-ce que je le connais ? Et comment me connaît-il ? Parce que c'est forcément le cas. Il dilate les narines et contracte la mâchoire en me scrutant, ce qui n'est pas le genre de comportement qu'on a avec des étrangers.

En temps normal. À moins d'être un psychopathe.

— Tu t'es coupé les cheveux, putain ? articule-t-il entre ses dents serrées.

Son haleine a une odeur de distillerie.

Ah. Je me souviens, maintenant. J'ai vu son visage sur une photo, chez Olive.

C'est Brett, son connard d'ex. Il me prend pour elle. Mais qu'est-ce qu'il fiche ici ?

— Comment tu m'as retrouvée ? l'interrogé-je, décidant de jouer le jeu.

Il esquisse un rictus.

— Espèce de garce stupide. Je pourrai toujours te retrouver.

Je plisse les yeux en deux fentes.

— Qu'est-ce que tu viens de me dire ?

D'un coup, je réalise que s'il pense qu'Olive est ici, c'est qu'il a dû installer je ne sais quelle application sur son téléphone – un téléphone qu'elle a oublié chez moi.

C'est hypocrite de ma part, de le considérer encore

plus comme un connard à cause de ça, sachant que j'ai moi-même placé un traceur sur son téléphone ? Même si j'ai totalement oublié d'activer une alerte pour me prévenir s'il se rapprochait d'Olive. Je vais devoir corriger cette erreur – et élargir la portée à trente mètres.

Et puis, Dieu merci, il est tombé sur moi au lieu d'Olive.

— J'ai dit « garce stupide », aboie Brett, savourant chaque moi.

Je me mets en position de Krav Maga.

— Tu commets une énorme erreur. Je te laisse une chance de partir et de ne plus jamais penser à moi. Une seule.

Il ricane.

— Cette coupe de cheveux te fait ressembler à une tapette.

Je crispe et décrispe les poings.

— Très bien. *Dernière* chance. Ne m'oblige pas à te faire du mal.

L'ascenseur s'arrête.

— Va-t'en, l'invité-je d'une voix glaciale tout en sortant de l'ascenseur. Tant que tu le peux encore.

Avec un son railleur, Brett me fonce dessus.

Je pense qu'il a l'intention de m'attraper par le coude, cependant c'est hors de question. Je pivote sur la pointe des pieds et il ne trouve que de l'air là où mon bras était une seconde plus tôt. Avant qu'il ait pu se ressaisir, j'enfonce mon poing dans son abdomen.

Tout l'air quitte ses poumons dans un souffle bien

audible et il ressemble à « garce », alors je lui donne une gifle du dos de la main.

À sa décharge, il se reprend vite et tente de me donner un coup de poing.

J'esquive, mais avant que j'aie pu terminer ce combat par mon coup de pied éclateur de boules emblématique, il y a un mouvement flou derrière moi.

Je me retourne et, avec une fascination hébétée, regarde un poing puissant entrer en collision avec la mâchoire de Brett, assommant le connard net.

Clignant des paupières dans un effort pour comprendre ce qui se passe, j'observe Max – le propriétaire de ce poing.

— Qu'est-ce que tu fais ici ?

— C'est qui, ça ? demande Max en donnant un coup de pied dans le corps inconscient de Brett du bout de sa chaussure.

— Brett. L'ex d'Olive. Sérieusement, je te cherchais.

— Une seconde.

Max sort son téléphone et compose un numéro.

— 911, quelle est votre urgence ? questionne une voix enjouée à l'autre bout du fil.

— Un homme vient d'attaquer ma petite amie, répond Max. Vous pouvez envoyer quelqu'un, s'il vous plaît ?

Il lui donne mon adresse.

Il a dit que j'étais sa petite amie ! Ça veut dire qu'il m'a pardonnée, ou était-ce juste la manière la plus simple d'expliquer la situation à l'opératrice au téléphone ?

Quand Max raccroche, je m'apprête à lui demander ce qu'il fait chez moi lorsqu'il m'interroge :

— Tu as des menottes ?

C'est vrai. Brett pourrait se réveiller.

— Une seconde.

Je cours dans mon appartement, manquant de trébucher sur Machette.

Ne prends pas la peine d'appeler la police. Laisse Brett seul avec Machette. Il n'embêtera plus jamais personne.

Je localise une paire de menottes couverte de fourrure de léopard – un truc dont j'espérais me servir avec Max, à un moment ou un autre.

Quand je reviens et la tends à Max, il attache Brett à la rambarde de l'escalier, puis m'étudie avec une expression indéchiffrable.

— Tu me cherchais ? répète-t-il.

Je hoche vigoureusement la tête.

— Qu'est-ce que tu fais là ?

Il pousse un soupir.

— Je te cherchais aussi. Évidemment.

— Pourquoi ?

Brett se met à jurer et à se débattre.

Je fais un signe de tête vers ma porte et propose :

— Et si on parlait à l'intérieur ?

Max acquiesce.

On entre dans mon appartement et je ferme la porte, étouffant les sons agaçants sortant de la bouche de Brett.

Machette accueille Max en se frottant contre sa jambe de pantalon.

Machette ne sait pas pourquoi il apprécie autant cet

humain insignifiant, mais Machette se laisse porter et fait ce qu'il veut.

Gros Bec change de couleur et Machette déguerpit en courant.

Je me laisse tomber sur le canapé et tapote le coussin à côté de moi.

Max s'assied à l'endroit suggéré.

— Je voulais m'excuser, annonce-t-il.

Je manque de bondir à nouveau sur mes pieds.

— Moi aussi !

Un sourire illumine son regard.

— Moi d'abord.

Je fais semblant de bouder.

— Ce n'est pas très galant de ta part, mais vas-y.

Son visage reprend son sérieux.

— Quand tu m'as demandé si j'étais un agent étranger, j'aurais dû te parler de mon passé dans le SRSC.

Je hoche la tête.

— Et de l'espionnage industriel, ajouté-je.

Il écarquille les yeux.

— Je m'apprêtais justement à... comment tu es au courant de ça ?

Avec un sourire sournois, je lui explique que non seulement je suis au courant pour son travail, mais que j'ai découvert sur quoi il enquêtait précisément en ce moment et que j'ai résolu l'affaire pour lui.

— Je n'ai pas les mots, avoue-t-il. OK, j'en ai peut-être trois : tu es dangereuse.

— Dangereuse de manière géniale, hein ? demandé-je en me rapprochant de lui.

Ses yeux vert forêt se réchauffent.

— La plus géniale qui soit.

Je pose la main sur son genou.

— Si tu veux, je peux faire en sorte que les méfaits de Pile Désordonnée soient signalés à la SEC, et tu pourras dire à tes clients que c'est ton œuvre.

Il pose la main sur la mienne.

— Je répète, je n'ai pas les mots.

— Tant mieux, dis-je. Parce que c'est à mon tour, maintenant. Je suis désolée d'avoir porté atteinte à ta vie privée comme je l'ai fait, et encore plus d'avoir dit que c'était terminé entre nous.

Il se penche vers moi et rétorque :

— Non. C'est moi qui suis désolé de ne pas avoir essayé de te convaincre de rester pour tout arranger. Et d'avoir attendu une journée avant de réaliser que je devais te récupérer. Tu es…

Je le fais taire avec mes lèvres et il me rend mon baiser avec une merveilleuse férocité.

Ses mains errent sur ton mon corps par-dessus mes vêtements et j'ai très envie de me déshabiller.

Pourquoi est-ce aussi sexy ? Sommes-nous sur le point de nous engager dans des ébats de réconciliation ?

Je tends la main pour ouvrir sa braguette quand ma stupide sonnette retentit.

Max s'écarte.

— Ce doit être la police.

Ah. C'est vrai. J'avais oublié Brett, et le reste de l'humanité, d'ailleurs.

Je me lève et rajuste ma tenue.

— Tu sais, je n'avais pas besoin que tu me protèges

de ce connard.

Max éclate de rire.

— Oh, je sais bien. Je crois que j'ai plutôt protégé les couilles de ce connard. Un truc de solidarité masculine.

Avec un petit rire, j'ouvre la porte aux agents de police et leur propose un café. Une fois nos tasses à la main, nous nous asseyons à la cuisine pour parler. Je leur explique que je travaille pour le gouvernement, ce qui me les met tout de suite dans la poche. Puis j'explique que Brett s'est montré horrible avec ma sœur dont l'apparence est identique à la mienne, qu'il m'a confondue avec elle aujourd'hui et que je compte porter plainte. Ils m'assurent que Brett va être placé en détention le temps d'éliminer l'alcool dans son organisme et recommandent que ma sœur signe une ordonnance de restriction.

— Alors, où en étions-nous ? demandé-je à Max une fois les agents repartis.

Il remue les sourcils.

— Je crois que tu t'apprêtais à me faire visiter ton appartement.

Je resserre la main autour de mon collier de perles inexistant.

— Il n'y a qu'une pièce que tu n'as pas encore vue : ma chambre.

Il m'étudie d'un air avide.

— Montre-moi tout.

J'obéis avec joie. À la seconde où on est dans la chambre, on se jette l'un sur l'autre.

Nos ébats sont plus urgents qu'hier soir. Plus transpirants et désespérés.

Tandis que nous sommes couchés l'un à côté de l'autre à savourer les contrecoups, Max se hisse sur un coude et croise mon regard.

— Si je voulais te parler en face à face, ce n'était pas seulement pour m'excuser, annonce-t-il d'une voix grave et sérieuse.

— Ah non ? demandé-je en me mordant la lèvre.

— Je voulais aussi te dire quelque chose.

Mon cœur se met à battre à toute vitesse.

— Moi aussi !

Le coin de ses yeux se plisse.

— Moi d'abord.

J'ai l'impression d'être à deux doigts d'exploser d'excitation.

— Encore une fois, ce n'est pas très galant de ta part, mais je t'écoute.

Ses yeux pétillent.

— Tu es la paire de mon brelan. Le bambou de mon panda. Le…

— Martini secoué, mais pas remué de ton James Bond, l'interromps-je. Le salo de ton pain. Le…

Il pose la main sur ma joue.

— Ce que j'essaie de te dire, c'est que je t'aime, *sonechko*. De tout mon cœur.

— C'est ce que j'essayais de te dire aussi ! Enfin, je t'aime aussi.

Le sourire qu'il m'adresse illumine tout mon monde, et quand nos lèvres s'unissent à nouveau, je sais que quoi qu'on fasse à partir de maintenant, je me souviendrai toujours de ce moment. Et avec un peu de chances, de beaucoup d'autres à venir.

MAX

— Qu'est-ce que c'est que ça ? demandé-je en pointant du doigt les deux minuscules créatures ressemblant à des antilopes.

Ils sont actuellement premiers sur ma liste des animaux les plus mignons que j'aie jamais vus.

Blue esquisse un sourire radieux, comme souvent depuis le début de ce séjour à la ferme de ses parents.

— Celui à cornes, c'est Buzz, répond-elle. Et celui qui en est dépourvu, c'est Bean.

Je secoue la tête.

— Tu sais que je demandais quel type de créatures étaient Bean et Buzz. Pas leur nom.

J'ai été déconcerté un nombre incalculable de fois, depuis mon arrivée à la ferme – et ce n'est qu'en partie à cause de l'espèce de ses résidents à poils. Le plus souvent, je suis surtout ébahi par le comportement des adorables parents hippies de Blue. Comme la fois où sa mère nous a offert une série de conseils très spécifiques à appliquer au lit. Ou celle où elle nous a rappelé l'importance de la lubrification. Ou quand son père m'a massé les pieds après notre retour d'une longue balade, à Blue et moi, quand j'ai commis l'erreur de mentionner que j'avais mal aux pieds. Ou la fois où son père m'a massé l'épaule – je venais de lui demander sa bénédiction pour ce que je m'apprête à faire – parce qu'il trouvait que j'étais trop tendu. Ou le jour où son père m'a massé la tête sans la moindre raison. Ou…

— C'est un dik-dik, explique Blue, me tirant de mes pensées.

Je regarde la petite créature semblable à une antilope.

— Un quoi ?

— Tu as bien entendu. Un dik-dik, confirme-t-elle en souriant. Ils sont originaires des régions sud de l'Afrique.

Je ne prends pas la peine de vérifier ses affirmations douteuses sur mon téléphone, cette fois, comme je l'ai fait l'autre jour avec Salty – et Blue avait totalement raison, c'était bien un tatou nain d'Argentine.

Je jette quelques myrtilles à Bean et Buzz et remarque :

— Je n'arrive pas à croire que je vais dire ça, mais les dik-diks sont mignons.

Elle ricane.

— Je crois que ce que tu voulais plutôt dire, c'est « j'aime les dik-diks », me reprend-elle en prenant une voix plus grave.

Je résiste à l'envie de faire une blague évidente à propos de ses préférences et de mon pénis – qu'elle a considéré comme assez important pour lui donner pour nom de code Maximus.

— Les dik-diks sont plus mignons que les tatous nains d'Argentine.

Elle émet un hoquet théâtral.

— Tu es fou. Salty est la créature la plus adorable de cette ferme. Combien d'autres animaux roses tu connais ?

Je ne suis pas assez fou pour mentionner des oiseaux tels que la sterne rosée et le flamant rose, surtout en ce jour spécial.

— Tu veux dire ici, à la ferme ? Il y a les cochons. Et si tu parles de manière générale, il y a les nudibranches, et d'autres animaux marins.

Elle se mord la lèvre.

— J'aimerais monter ta nudi branche.

Merde. Mon sang quitte mon cerveau pour affluer vers Maximus.

Je devrais peut-être remettre mes projets à plus tard et la traîner jusqu'à notre chambre ?

— Maman est en train de nettoyer la maison, me prévient Blue, lisant sûrement dans mes pensées. Papa est en train de pelleter du crottin de cheval, alors même batifoler dans les bottes de foin est impossible.

Elle se penche, me lèche l'oreille et ajoute d'une voix rauque :

— Et si on partait en balade et qu'on s'arrêtait à nouveau dans cette clairière ?

Putain, oui. C'est dans cette clairière que je comptais l'amener, de toute façon, mais maintenant, on va pouvoir faire d'une pierre deux coups.

On se met en route tout en se disputant sur le caractère mignon ou pas de certains animaux, en particulier quand lesdites créatures croisent notre route. Quand je repère des oiseaux, je leur tire dessus avec un pistolet Nerf. Les petites fléchettes orange ne peuvent faire de mal aux bestioles à plumes même si je les touche, néanmoins je vise seulement la branche sur laquelle ils sont posés, et je vise bien.

On parle aussi de la prochaine mission qu'on va mener. J'ai réussi à convaincre Blue de travailler pour moi plutôt que pour la CIA. Elle affirme qu'elle a juste eu à regarder *Duplicity*, un film romantique sur fond d'espionnage industriel avec Clive Owen et Julia Roberts.

— Qu'est-ce que c'est que ça ? m'interroge Blue quand on rejoint la clairière.

Je souris.

À ma demande, sa mère a proposé qu'elles « discutent entre filles » plus tôt dans la journée, ce qui m'a permis de m'éclipser le temps d'éparpiller des pétales partout sur le sol, pour accentuer le romantisme de cet endroit déjà magnifique.

Je me tourne vers elle.

— J'aimerais te dire quelque chose.

Elle écarquille les yeux.

— Moi aussi.

— Moi d'abord.

Je replace une mèche de cheveux blond vénitien derrière son oreille. Elle les a laissés pousser depuis les six mois qu'on est ensemble, et ils sont désormais coiffés comme la perruque qu'elle portait le jour de notre rencontre. Quand elle a fait irruption dans cette partie de poker, à moitié nue.

Le jour où j'ai décidé qu'elle serait mienne.

Elle incline la tête.

— Ce n'est toujours pas galant, mais vas-y.

Je sors la boîte à bijoux de ma poche et savoure la joie ébahie sur son visage quand je me mets à genou.

— Blue, *sonechko*... commencé-je d'une voix enrouée. Je ne peux m'imaginer ma vie sans « tes compétences très particulières ». Tu fais honneur à l'Association Américaine des Femmes Fatales et maintenant, j'aimerais avoir l'honneur de faire de toi ma femme.

Je prends une grande inspiration et ouvre la boîte.

— Oui, hoquette-t-elle en passant la bague à son doigt avant même que j'aie pu la sortir de sa boîte. Lève-toi, maintenant. C'est mon tour.

Je me lève et éprouve cette sensation de perplexité désormais familière.

— Tu veux encore me dire quelque chose ?

— Eh bien, oui.

Elle admire sa bague d'un air fasciné, tournant son doigt d'un côté et de l'autre.

On dirait que je dois une énorme faveur à son ami Fabio. Il ne s'est pas trompé quand il a affirmé qu'elle « serait gaga » de cette bague.

Pour finir, elle lève les yeux vers mon visage :

— Ce que j'ai à dire a un rapport avec les créatures mignonnes. Dans ce cas précis, je pense qu'il y aura consensus entre nous.

Elle sort un genre de bâton de sa poche et me le fourre dans les mains.

— Tu ferais mieux d'éviter de le lécher, précise-t-elle. J'ai fait pipi dessus.

Je regarde le bâton en plastique.

Deux barres sont visibles dans la petite fenêtre.

Un test de grossesse.

Deux barres, et il y a une explication sur le côté.

Deux barres, ça veut dire qu'elle est enceinte.

Enceinte.

Un mélange de stupeur et de joie irradie dans tout mon corps, comme un shot d'*horilka* bouillant.

Comment ? Quand ? En fait, quelle importance ? On parle d'une petite créature qui est en partie Blue. Elle sera sûrement plus mignonne qu'un panda. Et même plus qu'un dik-dik.

D'une voix anormalement hésitante, Blue reprend :

— On aurait dû utiliser un préservatif quand j'ai pris cet antibiotique, je suppose. Je sais que c'est…

Je la fais taire d'un baiser. Puis je la soulève du sol et la fais tournoyer comme je le ferai peut-être avec nom de code Petite Créature.

— Tu as oublié que je connaissais le Krav Maga ? lance-t-elle entre ses gloussements.

Je la repose avec un sourire.

— Maintenant que tu as obtenu ce que tu voulais de moi, tu comptes me donner un coup de pied écraseur de boules ?

— Non, assure-t-elle.

Elle déboutonne le haut de sa chemise, exposant sa

peau lisse que j'ai envie de lécher et le renflement de ses seins délicieusement ronds.

— J'ai encore besoin de tes kiwis.

La chemise tombe dans l'herbe.

— Un besoin urgent.

L'ours en moi se réveille. Mes vêtements sont aussi serrés autour de mon corps que si je m'apprêtais à me transformer en ours-garou, en commençant par mon pénis. Elle tend la main vers l'agrafe de son soutien-gorge et je bondis sur elle tout en me déshabillant.

Elle pouffe de rire et se met à courir, alors je la pourchasse au milieu de la clairière, où j'ai étalé une couverture de manière préventive. Je la rattrape à cet endroit et la tacle comme un dik-dik, mais délicatement.

Parce que c'est un dik-dik enceinte.

Je cloue ses bras au-dessus de sa tête et souris en regardant son visage rougi.

— Je t'aime, dis-je en ukrainien.

Elle me rend mon sourire.

— Je t'aime aussi. Au fait, qui séduit qui, maintenant ?

Je lui mordille le lobe d'oreille comme elle l'aime et hume son parfum doux et féminin.

— C'est moi qui te séduis, toi.

— C'est injuste, souffle-t-elle.

Je mordille son cou délicat et rétorque :

— C'est le problème avec les espions. Ils ne jouent jamais à la loyale.

Elle gémit.

— C'est vrai. Tellement vrai.

Nos doigts s'entrelacent et je commence ma

séduction. À moins qu'elle commence la sienne – c'est dur à déterminer.

Dur comme la pierre.

Après-coup, pendant qu'on se fait des câlins, son derrière galbé pressé contre un Maximus désormais satisfait, je regarde le ciel bleu et imagine notre vie ensemble. Je tente aussi de visualiser à quoi ressemblera nom de code Petite Créature.

Un grand sourire s'étire sur mon visage. Notre futur promet beaucoup d'aventures, d'amour et de joie. Et de parties de jambes en l'air.

Je ne le dirais jamais à voix haute, mais avec Blue à mes côtés, je ne risque pas d'avoir le blues de sitôt.

Extraits en Avant-Première

Merci d'avoir participé à l'aventure de Blue et Max ! Si vous avez aimé cette histoire, merci de poster un avis.

Envie d'autres comédies romantiques hilarantes ? Si ce n'est pas déjà fait, vous devez absolument rencontrer la famille Chortsky de la série *Si tu peux* ! Découvrez l'histoire de Vlad dans *Teste-moi si tu peux*, celle de Bella dans *Défie-moi si tu peux*, et celle d'Alex dans *Imite-moi si tu peux*. Et n'oubliez pas de lire *Une illusion royale*, romance sur fond de royauté avec Tigger, la tête brûlée de *Défie-moi si tu peux*, et Gia, la grande sœur de Blue !

Un autre titre à ne pas manquer : *L'Homme de l'aquarium*, une comédie romantique entre haine et amour, avec Olive, l'une des sœurs sextuplées de Blue, et son nouveau boss aussi torride qu'insupportable.

Pour être informés de prochaines parutions, inscrivez-

vous à la newsletter de Misha Bell sur
www.mishabell.com/fr/.

Misha Bell est une collaboration d'écriture entre Anna
Zaires et son mari Dima Zales. Quand cette équipe de
choc ne vous concocte pas ces concentrés de bonne
humeur sous la plume de Misha, Dima écrit des romans
de science-fiction et de fantasy, et Anna des romances
dark et contemporaines. Découvrez aussi *Le Colosse de
Wall Street* par Anna Zaires pour rencontrer un autre
milliardaire sensuel !

Tournez la page pour un aperçu d'*Une illusion royale* et
du *Colosse de Wall Street* !

Extrait d'Une illusion royale par Misha Bell

Un prince risque-tout qui veut me payer une somme folle pour lui apprendre à retenir son souffle en apnée pendant dix minutes ? Je signe !

Sauf que je suis une magicienne, pas une conseillère pour cascadeurs. Mon record de plongée en apnée n'était qu'un tour. Bien sûr, je ne peux pas le dire à mon client, sa royale majesté ultra-canon Anatolio Cezaroff, alias Tigger. Pas si je veux pouvoir payer mon loyer.

Sachez aussi que je ne suis pas très à l'aise avec les microbes. *Tous* les microbes, y compris ceux que l'on trouve sur les hommes hyper séduisants. Alors, bien sûr, tomber amoureuse de mon sublime client est absolument hors de question, et j'ai bien l'intention de garder mes distances.

Enfin, jusqu'à ce qu'il me propose de jouer lui aussi les professeurs, mais *au lit*.

———

— Holly ? lance une voix d'homme que je ne reconnais pas depuis la rue.

Je regarde le nouvel arrivé, et c'est soudain à mon tour de rester bouche bée.

Je ne savais même pas que ce genre de perfection masculine existait en dehors d'Hollywood.

Des traits ciselés. Un nez busqué. Des yeux noisette vaguement félins fixés sur mon visage avec une lueur prédatrice. Je me sens comme une gazelle sur le point d'être dévorée.

Je ravale le trop-plein de salive dans ma bouche dans un grand bruit de déglutition.

Le torse musclé et les larges épaules de l'inconnu sont couverts d'un t-shirt blanc moulant, et malgré le jean débraillé qui pend sur ses hanches étroites, il y a quelque chose de régalien, chez lui – une impression appuyée par le drôle de motif sur la boucle de sa ceinture. Ça ressemble au genre d'emblème qu'un chevalier médiéval incorporerait sur son bouclier.

Il paraît que je compare trop les gens avec des célébrités, mais c'est difficile, avec ce type. Peut-être un mélange entre Jake Gyllenhaal et Heath Ledger, si leur amour dans *Brokeback Mountain* avait engendré un enfant ?

Non, il est encore plus séduisant que ça.

Réalisant que ma façon intense de le dévisager est

assez impolie, je baisse les yeux et remarque qu'il serre deux lanières en cuir entre ses doigts. Des laisses, sûrement.

Je m'attends à moitié à découvrir deux esclaves sexuelles consentantes au bout de ces chaînes, cependant au lieu de ça, je vois deux chiens bizarres.

Enfin, je crois que ce sont des chiens.

L'un a des taches noires et blanches qui lui donnent un air de panda.

En fait, compte tenu de l'énormité de cette créature, je ne peux exclure la possibilité qu'il s'agisse bien d'un ours. Et comme si le fait de ressembler à une espèce d'ours en danger n'était pas déjà assez bizarre, la créature porte des lunettes.

Est-ce parce qu'elle a une mauvaise vue, ou le panda s'apprête-t-il à aller faire du snowboard ?

La deuxième créature ne comporte aucun accessoire optique et me rappelle un koala, mais en plus gros et avec une canine pendante.

Je me force à reporter mon attention sur leur maître ridiculement beau.

— Eh, lancé-je, parce que c'est tout ce que je suis capable d'articuler.

Mes hormones hyperactives semblent m'avoir privé de la parole.

L'étranger plisse ses yeux noisette.

— Tu es bien Holly, n'est-ce pas ?

C'est ta chance, intervient ma voix intérieure de magicienne. *Piège cet étranger sexy. Embobine-le.*

Je repousse mon accès de désir par un effort de volonté héroïque et me frotte les mains intérieurement telle une méchante de conte de fées. Avant que j'adopte mon personnage de scène à la peau pâle et aux cheveux couleur corbeau, on m'a toujours confondu avec ma jumelle, même nos proches ne savent pas nous différencier. Notre visage en forme d'ovale est parfaitement identique, jusqu'aux pommettes hautes et au nez droit. Je suis littéralement née pour cette illusion.

J'ajoute une touche snob à ma voix et réponds :

— Qui d'autre veux-tu que je sois ?

Voilà. S'il sait que Holly a une jumelle nommée Gia (autrement dit, moi), il choisira ce moment pour exprimer ses doutes et j'arrêterai tout.

Peut-être.

Je parie que je peux le duper même s'il sait que j'existe.

Il m'observe avec attention.

— Tu as changé de couleur de cheveux.

— Un cosplay de *La Famille Addams*, expliqué-je en prenant ma meilleure voix de Morticia Addams.

Ce n'est pas mon mensonge le plus convaincant, mais le mec a l'air prêt à l'avaler quand même. C'est alors que je réalise que j'ai un problème. Waldo cligne des paupières d'un air confus, à deux doigts de parler. Je lui donne un coup de pied sous la table.

— Tu connais Waldo ? demandé-je à l'inconnu d'un ton enjoué.

J'espère que la belle gueule tendra la main et se présentera, ce qui me permettra d'apprendre son nom.

Mon plan diabolique est contrecarré par le panda. Il tire sur la jambe de pantalon du beau gosse avec ses dents. En le voyant faire, le koala fait la même chose de l'autre côté, sauf que ses mouvements sont maladroits, comme ceux d'un chiot, et font un trou dans le pantalon. Si c'est comme ça que les chiens attirent son attention, pas étonnant que son jean soit aussi dépenaillé. Et puis, beurk. J'espère qu'il lave la salive de chien sur son pantalon aussitôt.

— Une seconde, les gars, intervient l'inconnu à ses amis poilus d'un ton chaud et paternel qui provoque un pincement quelque part dans ma poitrine. Vous ne voyez pas que je parle à Holly ?

But ! Il croit que je suis Holly.

Il relève les yeux des chiens et regarde Waldo de haut en bas. Trouve-t-il que mon ami ressemble à Willem Dafoe, mais dans le rôle du mentor d'Aquaman, et pas dans celui du Bouffon Vert de *Spider-Man*, lui aussi ?

Avant que j'aie pu lui poser la question, l'inconnu reporte son attention sur moi.

— Ce n'est pas ton petit ami.

Je cligne des paupières. Il connaît le petit ami d'Holly ? Où est-ce que ma sœur va chercher tous ces beaux mecs ? Celui-là est encore plus sexy que son Alex.

— En effet, acquiescé-je en me remettant à l'imiter. Ce type n'est qu'un ami, sans le *petit*.

Le sourire malicieux de l'inconnu me fait l'effet d'une caresse sur le clitoris.

— Je ne crois pas à l'amitié entre un homme et une femme.

Il se trompe. Mes sœurs et moi sommes amies avec un homme depuis toujours, et il n'a jamais tenté de séduire l'une d'entre nous. Bon, il est gay, mais quand même.

Waldo se lève avec une expression de dignité blessée.

— Écoute, mon pote, je suis allergique aux chiens, alors si ça ne te dérange pas…

— Mon pote ? répète l'inconnu.

Il me lance un regard, une lueur moqueuse dans ses yeux félins.

— Tu vois ? reprend-il. Il n'aime pas me voir venir empiéter sur son territoire.

La chaleur qui me parcourt le corps n'est pas du désir, cette fois. Quel culot.

— Je ne suis le territoire de personne, rétorqué-je.

Et encore moins celui de Waldo. Il n'a jamais tenté de flirter avec moi, alors qu'on se connaît depuis dix-huit mois.

Le visage de Waldo devient écarlate et il resserre les doigts autour du couteau qu'il ne m'a jamais rendu.

Sérieux ? La testostérone rend-elle vraiment *aussi* stupide ?

— Elle a raison, mon pote, reprend Waldo d'une voix très menaçante, même si pour être honnête, on dirait un peu qu'il imite Macaron le Glouton de *Sesame Street*. Tu ferais mieux de déguerpir.

L'étranger le dévisage en retroussant la lèvre. S'il a remarqué la présence du couteau, il n'en montre rien. Encore une victime d'empoisonnement à la testostérone, je suppose.

— Déguerpir ? répète-t-il en reportant son attention sur moi. Où as-tu trouvé ce Waldo ?

OK, j'en ai assez entendu. Je suis la seule autorisée à faire des blagues « Où est Waldo » aux dépens de mon ami.

L'étranger sexy dépasse les bornes.

Je repousse ma chaise et me lève de mon mètre soixante-sept.

— Et si tu te cassais d'ici ? Tu préfères cette formulation ?

C'est à ce moment-là que le panda grogne sur Waldo – un son menaçant qu'on ne s'attend pas à entendre de la part d'un chien géant si mignon. Ça me rappelle cet article concernant un homme qui a tenté d'étreindre un panda dans un zoo, et qui s'est retrouvé à l'hôpital quand l'animal effrayé l'a attaqué.

Waldo pâlit et pose le couteau sur la table. Apparemment, il reste au moins dix neurones en état de fonctionner dans son crâne épais.

L'étranger tapote la tête de la créature à lunettes et lui murmure quelque chose dans une langue qui ressemble à celle d'un pays d'Europe de l'Est.

Hum. Il n'avait pas d'accent quand il m'a parlé, cependant l'anglais est peut-être sa deuxième langue. Autrement, il ne parlerait pas à ses chiens dans une langue étrangère.

Zut. Avec la chance qu'on a, ce beau gosse va s'avérer être un membre de la mafia russe.

— Assieds-toi, sifflé-je à Waldo.

À mon grand soulagement, ce dernier obéit.

Allez, disons vingt neurones.

L'étranger scrute mon visage de ses beaux yeux, avant de les étrécir à nouveau.

— Tu n'es pas Holly. Elle est gentille.

Une pointe de ce sourire malicieux effleure à nouveau ses lèvres et il prend une voix plus grave.

— Alors que toi tu es… vilaine.

Ça suffit. Adieu la Gentille Magicienne.

Je m'avance vers lui d'un pas lent.

Même si… ce n'est peut-être pas une si bonne idée.

Maintenant que je me suis rapprochée, je réalise à quel point il est grand. Et large d'épaules.

Les chiens géants ont perturbé mon sens de la perspective, créant une illusion d'optique me laissant croire que leur maître avait une taille normale. Ce n'est pas le cas. Pire encore, il sent divinement bon, un mélange d'océan et d'autre chose d'ineffablement masculin.

Si je lui joue un tour dans ces conditions, cela mettra au défi toutes mes capacités.

Une seconde. Les chiens vont-ils s'énerver de me voir approcher ?

Comme s'il avait lu dans mes pensées, l'inconnu leur lance un ordre sévère et ils se placent derrière lui, penauds.

Cet ordre avait-il pour but de faire en sorte que *je* me comporte comme une bonne chienne obéissante ? Parce que j'en ai un peu envie.

Non, oubliez ça. Je m'en tiens à mon plan, qui requiert que je me rapproche assez près pour lui faire les poches.

— Tu veux voir à quel point je peux être vilaine ? demandé-je de la voix la plus sensuelle dont je suis capable.

C'est normal, pour un œil humain, de se réduire à ce point en fente, comme s'il était un lion ?

— À quel point, *myodik* ? murmure l'inconnu.

Est-ce qu'il vient de dire « me dick », « ma bite » en français ? Non. C'est un mot dans cette langue qu'il a employée avec les chiens. Malgré tout, je ne pense plus qu'à son membre, maintenant, ce qui ne m'aide pas à apaiser la surcharge hormonale.

Je repousse les images classées X de ma tête et me lèche les lèvres de manière délibérée.

— Je vais te voler ton portefeuille. Ou ta montre. À toi de voir.

Le choix supposé est une diversion, bien entendu. Ma vraie cible n'est aucune de ces choses, toutefois il n'a pas besoin de le savoir.

Ses narines se dilatent et il baisse les yeux sur mes lèvres.

— Ça reste du vol si tu me préviens avant ?

Si je pouvais oublier ma crainte des germes et envisager de poser mes lèvres sur celles de quelqu'un d'autre, c'est ce que j'aurais fait à cet instant. C'est la première fois que j'en éprouve l'envie aussi fortement.

— Qu'est-ce qui se passe ? l'interrogé-je dans un souffle. On se dégonfle ?

Il tapote la poche droite de son jean.

— Et si tu me volais mon portefeuille ?

Je prends une inspiration pour me calmer.

— Merci de m'avoir montré où il est.

Avant qu'il ne puisse répondre, je plonge sur la poche en question. J'ai besoin d'une grosse diversion pour ce que j'essaie vraiment de voler.

Par les sourcils d'Houdini, est-ce bien ce que je pense ?

Ouais. Impossible de s'y méprendre. Quand mes doigts gantés effleurent le portefeuille, je sens autre chose, sous le tissu de son pantalon.

Quelque chose de gros et de très dur.

Eh bien. On dirait que quelqu'un est extrêmement heureux de se faire fouiller les poches.

Il a peut-être vraiment dit « ma bite », tout à l'heure ?

Je fais de mon mieux pour soutenir son regard et pour ne pas racler ma gorge soudain très sèche.

— Tu me sens le voler ?

Tout en parlant, je m'efforce de défaire sa boucle de ceinture chic – c'était ma vraie cible.

Il abaisse les paupières et prend une voix encore plus grave.

— Tes doigts agiles sont exactement là où je les veux.

Zut. Entre mes gants et son sex-appeal ridicule, je n'arrive pas à déboucler la ceinture.

Mais non. Je ne peux pas me faire prendre. Ce serait révéler un secret magique – le pire tabou que je connaisse.

— Ces doigts-là ? demandé-je d'une voix rauque.

Je caresse légèrement le membre dur sous la couche de tissu, et me sers de la distraction apportée par mon geste vulgaire pour tirer plus fort sur la boucle de ceinture avec mon autre main, jusqu'à réussir enfin à l'ouvrir.

J'aimerais bien voir David Blaine faire *ça*.

L'étranger émet un grognement bas, guttural et animal qui rend mes tétons si durs que je me sens à deux doigts de m'écrouler. Il ressemble à un lion prêt à bondir.

Je ravale ma salive, retire ma main de sa poche et tente de lui adresser un sourire rusé. Il doit plutôt avoir l'air chancelant.

— J'ai changé d'avis. Je vais plutôt voler ta montre.

Je lui prends le poignet et le serre avec force tout en tirant sur la ceinture avec mon autre main.

Oui ! Je l'ai. Je cache la ceinture derrière mon dos et regarde la montre d'un air boudeur.

— À bien y réfléchir, je crois que je vais te laisser garder toutes tes possessions.

Il affiche un air triomphant, sûrement convaincu que son sex-appeal a vaincu mes talents de pickpocket. Vu que ça a failli être le cas, je ne peux pas lui en vouloir de le penser.

Je recule avec prudence et demande :

— Oh, et au fait, tu n'as pas perdu quelque chose ?

Je lui montre ma prise.

Il écarquille les yeux et son regard passe de ma main à son pantalon.

— Comment ? m'interroge-t-il.

Cette question est si douce à mes oreilles.

— Avec le talent, dis-je, sans parvenir à arborer mon expression fanfaronne habituelle.

— Tu es une femme dangereuse, remarque-t-il en tendant la main pour récupérer sa ceinture.

Deux choses se passent simultanément quand je fais un pas en avant pour lui rendre son accessoire. Le panda tente d'attirer à nouveau son attention en tirant sur sa jambe de pantalon gauche. Pour ne pas être en reste, le koala fait la même chose du côté droit – sauf que cette fois, aucune ceinture ne retient le pantalon, qui glisse sur ses hanches.

Jusqu'en bas.

Bordel.

La plus grosse érection de l'histoire des phallus apparaît et me fait un clin d'œil – même si cette dernière impression n'est peut-être que l'effet de mon imagination.

Il ne porte pas de sous-vêtements ?

Ma bite, en effet.

Je regarde le membre gigantesque, bouche bée. Même si je l'ai touché et que j'ai senti sa taille pendant que je fouillais dans sa poche, je n'aurais jamais imaginé un truc pareil.

Lisse. Droit. Délicieusement veineux. Il ne demande qu'à être touché, ou sucé, ou léché – néanmoins je ne le peux pas, pour des raisons dont j'ai du mal à me souvenir à cet instant.

On devrait avoir un permis de port d'arme pour ce genre d'équipement. Ainsi que le permis dont on a besoin pour manœuvrer les engins lourds. Et un permis de chasse. Peut-être même un permis de tuer, comme 007…

J'entends Waldo émettre un hoquet derrière moi. Le pauvre. Je parie que même lui, il est prêt à se mettre à genoux pour goûter, et à ma connaissance, il est hétéro. Je n'arrive pas à détourner les yeux.

Si ce sexe était une baguette magique, il serait l'une

des Reliques de la Mort – celle brandie par Voldemort à la fin. Et s'il s'était agi d'une banane, elle aurait constitué un en-cas parfait pour King Kong.

L'étranger devrait être rouge d'embarras et s'empresser de se couvrir, et au lieu de ça, un sourire suffisant étire le coin de ses lèvres.

— Tu aimes ce que tu vois ?

Oh oui. À tel point que j'ai envie de sortir mon téléphone pour prendre un selfie avec. À ma grande – *immense* – déception, il remonte son pantalon.

— Je l'avais bien dit, remarque-t-il d'une voix rauque. Tu es vilaine. Très vilaine.

Il arrache sa ceinture de mes doigts engourdis et la place à nouveau autour de son pantalon, avant de s'éloigner d'un pas léger avec ses chiens, me laissant plantée là, bouche bée.

— Pour qui il se prend, ce type ? Non, mais tu y crois, à ça ? lance Waldo d'un ton indigné quelque part au loin.

Non. Je n'y crois pas.

Je n'arrive pas à croire que c'est arrivé, en fait.

Tout ce que je sais, c'est que je ne m'attendais pas du tout à ça quand j'ai décidé d'embobiner ce type.

———

Si vous souhaitez en savoir plus, veuillez consulter le site internet de Misha Bell: www.mishabell.com/fr/.

Extrait du Colosse de Wall Street par Anna Zaires

Un milliardaire à la recherche d'une femme parfaite…

À trente-cinq ans, Marcus Carelli a tout : la richesse, le pouvoir et un physique qui ne laisse pas les femmes indifférentes. Parti de rien, il est devenu milliardaire, à la tête de l'un des fonds spéculatifs les plus importants de Wall Street. Il lui suffit d'un mot pour faire tomber des sociétés réputées. La seule chose qui lui manque ? Une épouse trophée, preuve de réussite aussi belle que les milliards sur son compte en banque.

Une femme à chats à la recherche d'une nouvelle rencontre…

Emma Walsh, employée de librairie âgée de vingt-six ans, est ce que l'on appelle une femme à chats, d'après son amie. Elle n'est pas forcément d'accord avec cette étiquette, et pourtant les faits sont là. Vêtements négligés couverts de poils de chat ? Oui. Dernière coupe de cheveux chez le coiffeur ? Il y a plus d'un an. Oh, et trois chats dans un petit studio de Brooklyn ? Tout y est, la totale.

Sans compter qu'elle n'est pas sortie avec un homme depuis… trop longtemps pour s'en souvenir. Mais ça peut s'arranger. N'est-ce pas tout l'intérêt des sites de rencontres ?

Un malentendu qui tombe à pic…

Une entremetteuse haut de gamme, une appli de rencontres, un quiproquo qui change tout… Les opposés s'attirent peut-être, mais cela peut-il durer ?

———————

Je prends une grande inspiration et j'entre dans le café, jetant un regard circulaire pour voir si Mark est déjà là.

La salle est petite et chaleureuse. Des compartiments avec banquettes sont disposés en demi-cercle autour d'un bar. L'arôme des grains de café torréfiés et des pâtisseries me met l'eau à la bouche et mon estomac se met à gronder. J'avais l'intention de me contenter d'un café, mais j'opte aussi pour un croissant. Mon budget n'en souffrira pas.

Seules quelques tables sont occupées, sans doute parce que nous sommes mardi. Je les passe en revue à la recherche d'un homme correspondant à la description de Mark et j'aperçois quelqu'un, assis tout seul dans le dernier compartiment. Il me tourne le dos et je ne distingue que l'arrière de sa tête, mais il a les cheveux courts et foncés.

C'est peut-être lui.

Je prends mon courage à deux mains et je m'approche de la banquette.

— Excuse-moi, lui dis-je. Mark ?

Il se tourne alors vers moi. Aussitôt, mon rythme cardiaque s'envole dans la stratosphère.

L'homme en face de moi n'a rien de commun avec les photos de l'appli. Il a les cheveux bruns et les yeux bleus, mais la ressemblance s'arrête là. Ses traits taillés à la serpe n'ont rien de rond ni de timide. De son menton d'acier jusqu'à son nez aquilin, son visage est d'une virilité affirmée, marqué d'une assurance qui frôle l'arrogance. L'ombre d'une barbe de fin de journée obscurcit ses joues creuses, soulignant ses pommettes saillantes, et ses sourcils forment deux traits sombres et épais au-dessus de ses yeux clairs et perçants. Bien qu'il soit assis, je devine qu'il est grand et bien bâti. Ses épaules paraissent immenses dans son costume sur mesure, et ses mains font deux fois les miennes.

Cela ne peut pas être le même Mark que celui de l'appli, à moins qu'il ait passé son temps à la salle de sport depuis ses dernières photos. Est-ce possible ? Une personne peut-elle changer à ce point ? Il n'a pas indiqué sa taille sur son profil, mais j'en avais déduit qu'il complexait à ce sujet, un peu comme moi.

L'homme que je regarde en cet instant n'a absolument aucun complexe à avoir. Pas plus qu'il ne porte de lunettes.

— Je... je suis Emma, dis-je en bafouillant sous son regard intense.

Son expression est froide, indéchiffrable. Je presque certaine de m'être trompée, mais je demande quand même :

— Tu ne serais pas Mark, par hasard ?

— Je préfère Marcus.

Sa voix me surprend. C'est un grondement grave et viril qui réveille en moi un instinct féminin primaire. Mon cœur redouble d'ardeur et mes paumes deviennent moites lorsqu'il se lève en déclarant sans préambule :

— Tu ne corresponds pas à mes attentes.

— Moi ?

C'est quoi, cette histoire ? La colère balaie toutes les autres émotions. Je reste bouche bée, plantée devant ce colosse. Il est si grand que je dois me dévisser le cou pour le regarder.

— Et toi, alors ? Tu ne ressembles pas du tout à ta photo !

— Dans ce cas, nous avons tous les deux été induits en erreur, dit-il, la mâchoire contractée.

Avant que je puisse répondre, il désigne la banquette.

— Autant t'asseoir et manger avec moi, Emmeline. Je n'ai pas fait tout ce chemin pour rien.

— C'est *Emma*, précisé-je, encore furieuse. Non, merci. Je m'en vais.

Ses narines frémissent et il se décale sur la droite pour me barrer le passage.

— Assieds-toi, *Emma*.

Dans sa bouche, mon prénom ressemble à une injure.

— Je dirai deux mots à Victoria, mais pour le moment, je ne vois pas pourquoi nous ne pourrions pas partager un repas comme deux adultes civilisés.

J'ai les oreilles brûlantes de colère, mais je préfère prendre place sur la banquette plutôt que de faire un scandale. Ma grand-mère m'a inculqué la politesse dès mon plus jeune âge, et même maintenant que je suis adulte et que je vis seule, j'ai toujours du mal à outrepasser ses enseignements.

Elle ne serait pas contente si je décochais un coup de genou entre les jambes de ce rustre et l'envoyais se faire voir.

— Merci, dit-il en s'asseyant en face de moi.

De ses yeux d'un bleu de glace, il étudie la carte.

— Ce n'était pas si difficile, n'est-ce pas ?

— Je ne sais pas, *Marcus*, dis-je en accentuant son prénom bon chic bon genre. Je ne suis avec toi que depuis deux minutes et j'ai déjà des envies de meurtre.

Je l'ai insulté comme une grande dame, avec un sourire que ma grand-mère aurait approuvé. Je laisse tomber mon sac à main à côté de moi sur le siège et je prends le menu sans même retirer mon manteau.

Plus vite nous mangerons, plus vite je décamperai.

Soudain, un ricanement grave me fait lever les yeux. À mon grand étonnement, cet abruti sourit, révélant deux rangées de dents blanches sur son visage au teint hâlé. Je remarque non sans une certaine jalousie qu'il n'a pas la moindre tache de rousseur. Sa peau est parfaitement harmonieuse. Pas même un seul grain de beauté sur la joue. Il n'est pas d'une beauté classique – ses traits ont trop de caractère –, mais il est franchement agréable à l'œil, dans le genre puissant et purement masculin.

À mon désarroi le plus total, une bouffée de chaleur monte dans mon bas-ventre et mes muscles internes se contractent.

Non. Impossible. Ce connard ne peut *pas* m'exciter. Je supporte à peine de rester assise en face de lui.

En grinçant des dents, je baisse les yeux sur mon menu et constate avec soulagement que les prix sont raisonnables. J'insiste toujours pour payer ma part lors d'un rencard, et maintenant que j'ai rencontré Mark – pardon, *Marcus* –, il me semble bien du genre à m'emmener dans un endroit chic où un simple verre d'eau coûte plus cher qu'un shooter de Patrón. Comment ai-je pu me tromper à ce point sur son compte ? À l'évidence, il a menti en prétendant être étudiant et travailler dans une librairie. Dans quel but, je l'ignore, mais tout chez l'homme assis en face de moi exprime la richesse et le pouvoir. Son costume à fines rayures épouse son corps large d'épaules comme s'il avait été conçu spécialement pour lui, sa chemise bleue est fraîchement amidonnée et je suis presque sûre que sa cravate à carreaux subtils vient d'une maison de haute couture qui ferait passer Chanel pour une vulgaire marque de supermarché.

Alors que tous ces détails s'impriment dans mon esprit, un nouveau soupçon me frappe. Serait-ce une plaisanterie à mes dépens ? Kendall, peut-être ? Ou Janie ? Toutes les deux connaissent mes goûts en matière d'hommes. L'une d'elles a peut-être décidé de m'attirer dans un guet-apens, même si je ne comprends toujours pas pourquoi elles me brancheraient avec *lui* ni pourquoi il aurait accepté... Le mystère reste entier.

Les sourcils froncés, je lève les yeux de la carte pour le dévisager. Il a perdu son sourire, concentré sur le menu, le front plissé. Il a l'air plus âgé que les vingt-sept ans indiqués sur son profil.

Cette partie aussi devait être un mensonge.

Je me sens encore plus furieuse.

— Alors, *Marcus*, pourquoi m'as-tu écrit ?

Je pose le menu sur la table et le regarde froidement.

— As-tu seulement des chats ?

Il lève la tête et son front se plisse encore davantage.

— Des chats ? Non, bien sûr que non.

La dérision dans sa voix me donne envie d'envoyer balader les recommandations de ma grand-mère et de gifler son visage sévère et fermé.

— C'est une blague ou quoi ? Qui t'a donné cette idée ?

— Pardon ?

Il hausse ses sourcils épais avec arrogance.

— Oh, arrête de feindre l'innocence. Tu as menti dans ton message et tu as le culot de me dire que *je* ne suis pas conforme à tes attentes ?

Je sens presque la vapeur sortir de mes oreilles.

— C'est *toi* qui m'as contactée et mon profil est absolument transparent. Quel âge as-tu ? Trente-deux ? Trente-trois ?

— J'ai trente-cinq ans, dit-il lentement en retrouvant son expression revêche. Emma, de quoi parles-tu... ?

— Ça suffit.

J'attrape une lanière de mon sac à main et me glisse au bout de la banquette pour me lever d'un bond. Grand-mère ou pas, je refuse de manger avec un enfoiré qui vient d'admettre qu'il m'a menti. J'ignore pourquoi un homme comme lui chercherait à jouer avec moi, mais je ne serai pas le dindon de la farce.

— Bon appétit, dis-je d'un ton sarcastique en tournant les talons.

Je sors avant même qu'il puisse tenter de me barrer le passage.

Toute à ma hâte de m'enfuir, je manque de renverser une grande brune élancée devant le café et le petit gars enrobé qui arrive derrière elle.

———

Si vous souhaitez en savoir plus, veuillez consulter le site internet d'Anna www.annazaires.com/book-series/francais/.

À propos de l'auteur

Je m'appelle Misha Bell. J'adore écrire des histoires humoristiques (pas toujours bon chic bon genre), des fins heureuses (de tous les genres) avec des personnages excentriques à deux doigts de perdre la boule (toujours une histoire de boules…).

Si vous aimez les romances avec une bonne dose de comédie et une touche de légèreté, consultez www.mishabell.com/fr/ et inscrivez-vous à ma newsletter.

www.ingramcontent.com/pod-product-compliance
Lightning Source LLC
Chambersburg PA
CBHW010524100726
47903CB00011B/2882